로크미디어가
유혹하는
재미있는 세상

ROK
MEDIA
로크미디어

우리 교황님 좀
말려 주세요

우리 교황님 좀 말려주세요 3

2022년 11월 4일 초판 1쇄 인쇄
2022년 11월 9일 초판 1쇄 발행

지은이 판미손
발행인 김정수 강준규

기획 이기헌 왕소현 박경무 강민구 조익현
책임편집 주현진
마케팅지원 이원선

발행처 (주)로크미디어
출판등록 2003년 3월 24일
주소 서울시 마포구 마포대로 45 일진빌딩 6층
Tel (02)3273-5135 Fax (02)3273-5134
홈페이지 rokmedia.com E-mail rokmedia@empas.com

© 판미손, 2022

값 9,000원

ISBN 979-11-408-0283-8 (3권)
ISBN 979-11-408-0095-7 04810 (세트)

우리 교황님 좀
말려주세요

판미손 퓨전 판타지 장편소설 ③

Contents

불협화음

이교도.

말 그대로 우리와 다른 종교를 지니고 있는 사람들 되시겠다.

우리 리멘 교단은 이교도들에게 배타적인 성향을 지닌 교단은 아니었다.

애초에 에덴에는 여러 신격이 있었고, 그들을 따르는 몇몇 교단과는 동맹을 맺기도 했었다.

그건 어찌 보면 당연한 결과기도 했다.

마왕이라는 공동의 적이 있었기 때문이다.

물론 일부 광신도들은 이교를 배척하며, 이교도들을 강제로 개종해야 한다고 주장했다. 그리고 그들 중 일부는 실제로 행동에 나서기도 했고.

하지만 그런 이들은 곧 교황청의 이단심문관들에 의해 소리 소문 없이 사라졌다.

그것은 어디까지나 리멘의 의지였다.

―강압과 공포로부터 피어오르는 것은 믿음이 아니야. 오로지 복종일 뿐이지. 나는 내 아이들에게 그런 복종을 바라지 않아.

그녀가 언젠가 나에게 해 줬던 말.

그 말에서 알 수 있다시피, 우리 교단은 오히려 이교도들을 배려해 주는 편이었다.

그러니까 내가 지금 왜 이 이야기를 하고 있느냐면.

"그 이교도 새끼들 본거지만 딱 알려 주시라니까요? 나랑 레오가 쳐들어가서 싸그리 지워 버리고 온다니까?"

"레벤톤 경, 그것은 교리에 맞지 않습니다. 리멘께서는 존중을 받고 싶으면 다른 이를 먼저 존중하라고 말씀하셨습니다. 이교도들을 막무가내로 배척해서는……."

"그 이교도 놈들이 최 대표님이랑 교황 성하 담그려고 했는데?"

"이런 씹어 먹을 놈들. 성하, 성전을 선포해 주시겠습니까? 대주교 레오 루멘, 기꺼이 성전의 최전선에서 사악한 이교도들을 말살하겠습니다!"

교황의 집무실에서 한창 논의가 진행 중이었기 때문이다.

나는 당장에라도 집무실을 뛰쳐나가려는 레오와 루나를 바라보면서 이마를 짚었다. 그리고 눈을 슬며시 감으면서 말했다.

"……민수 씨랑 최 대표님 얼굴 보기 부끄러우니까 좀 가만히 있어 봐."

"흐하하하! 아주 시원시원들 하셔서 저는 좋습니다! 성전에 저희도 끼워 주시면 안 되겠습니까? 이참에 종교쟁이 놈들 싹 다 밀어 버립시다!"

"저, 최 대표님. 저희 리멘 교단도 종교 단체입니다."

"아, 그렇습니까, 민수 군? 이거 그럼 리멘 교단 빼고 나머지 종교쟁이로 정정하지요."

"좋군요. 감사합니다. 아, 그리고 조만간 도깨비 길드를 주인공으로 한 미튜브 컨텐츠를 하나 하고 싶습니다. 혹시 가능하겠습니까?"

아무래도 회의는 글러 먹은 듯한 분위기.

한쪽에선 성전을 부르짖고 있고, 한쪽에서는 비즈니스가 진행 중이고.

개판도 이런 개판이 없다.

나는 그 개판을 잠시 주시하면서 부드럽게 미소를 지었다. 그리고 고개를 작게 끄덕인 다음.

콰아아아앙!

집무실의 책상을 주먹으로 내리쳤다.

효과는 확실했다.

방금 전까지만 하더라도 시장 바닥 같았던 집무실의 분위기가 빠르게 내려앉는다.

그들은 내 눈치를 슬쩍 살폈고, 루나가 배시시 웃으면서 조심스럽게 말했다.

"헤헤, 성하. 갑자기 왜 그러실까."

"다들 꼴리는 대로 하는 것 같아서, 나도 그냥 책상 한번 두드려 보고 싶었어. 왜, 불만 있냐? 불만 있으면 네가 교황 하든가."

"그럴…… 리가요. 헤헤."

내 눈치를 살피던 루나가 재빠르게 목소리를 낮춘다.

나머지 인원들도 마찬가지였다.

그들은 저마다 목소리를 가다듬으면서 의자에 바로 앉았고, 나는 그런 그들을 바라보면서 말을 이어 갔다.

"아무튼, 백명교를 적으로 규정할 생각입니다. 혹시 질문 있으신 분?"

그 말에 민수 씨가 조심스럽게 입을 열었다.

"백명교가 저희 교단과 경쟁하는 관계에 놓여 있다는 건 잘 알고 있습니다. 하지만 성하께서 말씀하시는 '적'이라는 것은 단순한 경쟁의 관계가 아니지 않습니까?"

"교류를 포함한 모든 것을 제한합니다. 리멘 교단은 백명교와 공존할 수 없습니다."

"제가 느끼기에는 살짝 섣부른 결정처럼 느껴지기도 합니다. 저희가 오해를 하고 있을 가능성을 배제할 수는 없다고 생각합니다."

신중하게 생각해야 한다는 입장. 어쩌면 저쪽이 정론일 수도 있다.

그리고 나 역시 민수 씨의 입장을 이해할 수 없는 건 아니었다.

현재까지 백명교가 보여 준 모습은 굉장히 단편적이다. 즉, 상대방을 판단할 수 있는 근거가 부족한 것이다.

이걸 어떻게 설명해 줘야 하나 잠시 고민하려던 찰나, 가만히 있던 루나가 나를 지그시 바라보았다.

본인이 대신 설명하고 싶다는 제스처였다.

나는 고개를 끄덕이며 허락했고, 루나는 민수 씨를 바라보면서 다소 부드러워진 목소리로 이야기를 시작했다.

"저희가 다짜고짜 백명교를 적으로 규정하는 건 아니에요. 이미 저쪽에서는 저희를 적으로 규정했으니, 저희도 그에 맞춰서 대응하는 거죠. 어젯밤에 성하랑 제가 상태가 안 좋았다면, 분명 사고가 났을 겁니다."

심진규라는 놈이 데려왔던 30명 전원은 상당한 실력자들이었다.

그들에게 다른 마음이 없었다면, 백명교 놈들이 굳이 도깨비 길드와 대치를 할 필요가 있었을까?

녀석들은 여차하면 도깨비 길드를 처리하고 목적을 달성할 생각이었을 것이다.

이계의 신격에 대한 정보를 알고 있었다는 것이 그 증거였다.

다만, 나와 루나가 떡하니 버티고 있었기 때문에 포기했었던 것일 뿐.

루나는 그렇게 말한 다음 조용히 손을 책상 위에 올렸고, 곧 한껏 진지해진 표정으로 민수 씨에게 말했다.

"성하께서 그들을 적으로 인식하고 계신다면, 그것은 교단의 뜻이 되는 겁니다. 성하께서는 리멘님의 첫 번째 사도이시자, 유일한 대리자시니까요. 성하의 뜻을 헤아리는 것은 좋지만, 함부로 의심하셔서는 안 됩니다."

저렇게 보여도 루나는 선지자다. 우리 교단 내에서 서열도 높고, 그만큼이나 교리에 빠삭하기도 했다.

그런 루나가 저렇게 말하니 좀 성직자 같은 느낌이 든다.

루나의 말에 민수 씨는 고개를 숙이면서 대답했다.

"죄송합니다."

"죄송하실 것까지야. 민수 형제님의 신중함은 언젠가 교단의 큰 힘이 되어 줄 거랍니다. 그리고 무엇보다……."

그녀는 말하다가 말고 갑자기 민수 씨의 손을 살짝 잡으면서 입꼬리를 올렸다.

"민수 형제님은 잘생겼으니까, 그걸로 된 겁니다. 교리 같은 거야 당장 모를 수 있지! 앞으로 우리가 잘 가르쳐 주면 되니까. 그렇죠, 성하?"

"잘 가다가 갑자기 왜 그러냐?"

"민수 씨, 아니 민수 형제님 능력도 좋으시다면서? 잘생겼지, 능력 좋지. 어? 이만한 새 신자가 또 어디에 있다고."

······그래, 성직자는 무슨.

잠깐이라도 루나에게서 경건함을 기대했던 내가 바보지.

나는 루나를 바라보면서 크게 한숨을 내쉰 다음, 고개를 절레절레 내저었다.

"회의 끝."

다시는, 다시는 이 조합으로 회의 안 해야지.

❧

"이쪽입니다."

회의를 끝낸 우리는 곧바로 자리를 옮겼다.

자리를 옮겼다고 해 봤자 그렇게 멀리 옮긴 것도 아니다. 신전 내부에 있던 교황의 집무실에서, 신전 외부에 위치한 축성소로.

축성소에는 레오가 밤새 축성한 신성석 팔찌들이 자리 잡고 있었는데, 벌써부터 그 개수가 500에 다다른다.

아마 레오가 틈틈이 축성을 해 왔던 듯싶다.

만들어진 신성석 팔찌의 효능은 내가 생각했던 것 이상이었다.

최상급 마정석을 신성석으로 변환하여 만든 덕분일까, 기대 이상의 결과물이 나왔다.

신성석 팔찌
●아이템 종류: 장신구 – 팔찌
●제작자: 레오 루멘
●설명: 최상급 신성석의 조각을 사용하여 제작된 팔찌. 리멘 교단의 대주교, 레오 루멘이 직접 축성하여 탁월한 효능을 자랑한다. 사용자의 자연 회복력을 대폭 상승시켜 주며, 신성력을 보유한 플레이어에게는 신성력 능력치 레벨을 1 높여 준다.

시스템으로 확인되는 효과는 두루뭉술한 편이었다.

하지만 나는 대강 이 팔찌의 효능을 짐작할 수 있었다.

자잘한 상처쯤은 반나절 만에 흔적조차 없어질 것이며, 만성적인 질환에도 차도가 있을 것이다.

심지어.

"교황님, 정말로 이 팔찌가 그……."

"맞습니다. 탈모에도 효과가 있는 수준으로 잘 나와 줬네요."

오랜 시간 인류를 괴롭혀 온 불치병, 탈모에조차도 분명한 효능을 지니고 있으리라.

그것은 이미 에덴에서의 수많은 사례를 통해 검증된 효능이기도 했다.

손톱보다 작은 양의 신성석이 박혀 있었음에도 불구하고, 역시 최상급 신성석은 최상급 신성석이었다.

"김 교황님, 제가 한번 착용해 봐도 되겠습니까?"

흥미롭게 팔찌를 지켜보고 있던 최 대표가 말했다.

나는 즉시 고개를 끄덕였다.

"얼마든지요."

"그럼."

최 대표는 큼지막한 손으로 팔찌를 오른쪽 손목에 착용했다.

그리고 잠시 후.

우우우웅—.

팔찌에서 슬며시 흘러나온 신성력이 빠르게 최 대표의 몸속으로 파고든다.

원래는 저렇게까지 극적으로 반응하진 않는 놈인데, 최 대표의 방대한 마력량에 반응하는 모양이었다.

"허."

최 대표는 작게 감탄사를 내뱉었다. 그러더니 대뜸 마력을 끌어올려서 본인의 왼손에다가 작은 상처를 새겼다.

당연한 말이겠지만, 상처는 눈 깜짝할 사이에 사라졌다.

"이거, 엉터리 연금술사들이 만드는 포션 따위와는 차원이 다릅니다. 굉장하군요."

"최 대표님의 회복력이 원체 어마어마한 편이라서 더욱 그렇습니다. 사용자의 회복력을 극대화시켜 준다고 보시면 됩니다."

"일반인들에게도 효과가 있습니까?"

"예. 하지만 최 대표님만큼의 효과를 기대할 수는 없을 겁니다."

"그렇다고 하더라도 굉장한 아이템입니다. 아니지, 성물이라고 부른다고 하셨지요? 유명한 마이스터들도 이런 건 못 만들어 낼 겁니다."

"효과가 영구적이지는 않습니다. 신성석에 담겨 있는 신성력이 소진되면 평범한 팔찌가 되어 버릴 거거든요. 게다가 치유 능력이 발휘되면 발휘될수록 빠르게 소진됩니다. 목숨이 위험할 정도의 중상에는 악화를 잠시 지연시켜 줄 정도밖에 안 되구요."

"그것만으로도 이미 획기적입니다."

최 대표는 깨끗해진 본인의 왼손을 보면서 만족스럽게 고개를 끄덕였다.

"생각이 바뀌었습니다."

"예?"

"아무래도 이 물건의 유통을 도와드리는 건 힘들 것 같습니다."

갑작스러운 선언에 당혹감을 표하려던 찰나, 최 대표가 덥석 내 손을 잡으면서 눈을 빛냈다.

"판매처를 따로 두신 게 아니라면 만들어진 전량, 저희가 구매하겠습니다."

"전부 다요?"

"플레이어들의 생존률을 높일 수 있는 장비입니다. 그것만으로 가치는 충분합니다."

치유 계열 플레이어들이 부족하다는 건 익히 들어 알고 있었다.

신성 계열 플레이어들의 등장으로 치유 능력자들의 품귀 현상은 해소될 거라 생각하지만, 최 대표가 보기에는 아니었던 모양이다.

"신성 계열 플레이어들이 등장한 지 아직 1주일이 채 안되었습니다. 모두가 김 교황님 수준의 치유 능력을 보유한 건 아니잖습니까?"

"그렇긴 하죠."

"따라서 신성 계열 플레이어들의 수준이 올라오기 전까지는 치유 능력은 여전히 귀할 겁니다."

"협력 관계니까 어느 정도는 저희가 그냥 드릴 수 있는데."

내 말에 최 대표는 어림도 없다는 듯이 강하게 고개를 가로저었다.

"가까운 관계일수록 금전 관계는 확실히 해야 하는 법입니다. 게다가 이렇게나 귀한 것을 무상으로 받을 순 없습니다."

최상급 신성석이야 마정석 광산에서 채굴한 거고, 팔찌 역시 마이스터 길드에서 저렴한 재료를 통해 만든 것이다.

덕분에 생산 원가는 엄청 저렴한 편이라서, 그리 비싸게 팔 생각은 없……

"하나당 1억. 어떻습니까?"

……다가 생겨 버렸다.

방금 잘못 들었나?

"팔찌 하나당 1억. 전량 매수하도록 하겠습니다. 대신 추후 생산되는 팔찌 역시 저희 쪽에 납품해 주셨으면 합니다."

"전량은 500개입니다만."

"500억이군요. 좋습니다. 계약서를 쓰는 즉시, 리멘 교단의 계좌로 입금해 드리겠습니다."

500억.

태어나면서부터 단 한 번도 경험해 보지 못했던 금액.

대형 길드의 대표에게는 큰 문제가 없는 금액인 듯했지만, 나에게는 살짝 아득한 수준의 금액이었다.

"아."

눈이 탁 트인다.

왜 여태까지 일반인들에게만 물건을 팔 생각을 했었던

걸까?

애초에 그 전략부터가 틀려먹었다.

노다지가 이리도 가까운 곳에 있었거늘, 왜 굳이 다른 곳에서 찾으려 했던가.

"최 대표님."

"예, 김 교황님."

"리멘 교단과 함께하게 된 것을 다시 한번 축하드립니다. 자, 그럼 어디 한번 본격적으로 계산기를…… 아니, 친목을 다지도록 해 볼까요?"

신앙만으로는 교단을 운영할 수 없는 법.

아무래도 우리 교단에 귀하신 분이 오신 모양이다.

❧

도깨비 길드와의 납품 계약은 민수 씨의 도움 덕분에 성공적으로 이루어졌다.

내가 플레이어들의 구매력을 너무 과소평가했던 듯싶다.

민수 씨의 설명에 따르면, 모든 길드들에게 있어서 소속 플레이어들의 생존률은 아주 오랜 고민이었다고 한다.

잠재력이 높은 플레이어들을 데려와 봤자 현장에서 죽으면 말짱 도루묵이었으니까.

그렇기 때문에 그동안 치유 능력이 조금이라도 있는 플레이어들은 각국에서 모셔 가려고 난리도 아니었단다.

치유 능력을 보유하고 있을 거라고 예상되는 신성 계열 플레이어들의 등장에 전 세계가 난리가 난 것도 그 때문이기도 하고.

"당분간 교단을 운영하기에 충분한 자금이 확보되었다면, 최상급 신성석을 사용하는 것을 잠시 보류하는 것이 어떻겠습니까?"

현재, 축성소를 관리하는 것은 레오의 몫이다.

레오는 낮에는 성서 번역을, 밤에는 축성 작업을 하는, 그야말로 피를 토하는 작업량을 이어 나가는 중이었다.

따지고 보면 이번 계약의 일등 공신이라고 할 수 있겠다.

나는 그런 레오를 바라보면서 멋쩍게 미소를 지었다.

"힘들어서 그래? 와이파이도 설치해 줬고…… 그리고 네가 사고 싶다는 게임기들이랑 파인애플 워치, 파인애플 패드, 다 주문해 줬잖아?"

레오의 공이 컸으니 당연히 최대한 챙겨 줬다.

레오가 스마트폰부터 시작해서 지구의 최신 문물에 관심이 많았기 때문에, 관련한 상품을 잔뜩 주문해 줬다.

이걸로 만족하지 못하는 걸까? 그러면 좀 곤란한데.

"그런 것이 아니라, 성하. 이 최상급 신성석들은 에덴에서도 쉽게 구할 수 없는 품질입니다."

"나도 알지."

우리 교황님 좀
말려 주세요

"지금 당장 성기사나 전투 사제들의 무구를 제작할 수는 없지만, 훗날을 위해서 비축하는 것이 옳은 것으로 아룁니다."

"저도 레오의 말에 동감해요, 성하. 지구에도 위협들이 산재한 이상, 무구를 제작하기 위한 재료들은 축적해 둬야 할 것 같아요."

"흠."

나는 둘의 말에 침음을 내뱉었다.

그리고 슬쩍 레오의 눈치를 살피면서 말했다.

"혹시 레오 네가 일하기 싫은 건 아니고?"

움찔.

어? 방금 움찔거렸다.

"……그렇지 않습니다. 저는 그저…….

"알아, 알아. 그냥 장난 한번 쳐 본 거야. 누가 보면 내가 악덕 사장인 줄 알겠다."

"하하, 우리 성하가 에덴에서부터 그런 편이긴 했지. 악덕 교황이 따로 없었다니까?"

루나의 말은 가볍게 무시해 주도록 하자.

나는 집무실의 의자에 몸을 묻으면서 한숨을 내쉬었다. 그리고 손으로 잠시 얼굴을 쓸어내렸다.

"오늘 최 대표한테 넘긴 신성석 팔찌들은 최상급 신성석의 조각을 사용했기 때문에 그 정도의 효과가 나온 거야."

"저희도 잘 알죠. 하지만 성하. 에덴에서 평민들에게 유통

했던 팔찌는 대부분 하급 신성석으로 제작한 것도 알고 계시죠?"

"그랬겠지. 그래야 단가가 맞았을 테니까."

"그럼 이렇게 하면 되겠네요. 도깨비 길드에 추가로 넘길 물량을 제외하고는 하급 마정석을 변환시켜서 사용합시다. 아까 보니까 지금도 융통된 거 아니에요?"

루나가 이끌던 팔마 기사단은 교단 내부에서도 가장 재정 상태가 양호하기로 유명했던 곳이다.

자체적으로 조달하는 금액도 상당한 덕에, 자립도도 높았기도 했고 말이다.

그건 아마 어렸을 때부터 악착같은 생활력을 자랑했던 루나 덕분이었으리라.

매사에 장난기 가득한 루나였지만 돈에 관련된 문제만큼은 철두철미했으니 말이다.

"돈을 굴리는 거야 사람 사는 곳이면 다 똑같죠. 스마트폰으로 보니까, 에덴보다 지구가 훨씬 더 본격적이던데요?"

"그거야 그렇겠지. 돈의 가치가 에덴보다 훨씬 귀한 곳이니까."

우리의 자본주의 성기사, 루나가 지구로 온 것은 리멘의 배려가 아니었을까?

나는 잠시 고민한 다음, 천천히 고개를 끄덕였다.

"그럼 그쪽으로 한번 생각해 보자고. 어차피 지금은 루나

네가 직접 지도할 성기사들은 없으니까, 당분간은 네가 운영에 신경을 좀 써 줘라."

"지금이야 제가 임시로 할 수는 있지만…… 아무래도 전문가를 쓰는 게 좋지 않을까요?"

"그거야 당연하지."

에덴에서 교단을 운영했던 것과는 난이도부터가 다르다. 지구의 사회구조는 에덴에 비해서 훨씬 더 복잡했으니까.

그렇기에 루나는 어디까지나 임시직이다.

덩치가 커지기 전에 교단의 재정과 운영을 관리해 줄 인력을 수급하는 건 필수였다.

"안 그래도 최 대표한테 사람을 구해 달라고 부탁드려 뒀어. 걱정하지 마."

"다행이네요."

백명교 놈들은 이미 우리보다 더 본격적으로 교세를 확장 중이다.

전각련과 손을 잡았으니 아마 기성 종교들보다 훨씬 위협적인 경쟁 상대가 될 것이다.

그래도 아직까지는 괜찮다.

우리에게는 아직 백명교 놈들이 얻지 못한 강점이 있었으니까.

"민수 형제님."

"예, 교황님."

"리멘 교단 미튜브 채널 성장세는 어떻습니까?"

"놀라운 수준입니다. 특히, 지난번에 루나 님께서 하이브 길드의 방송에 출연한 이후로 급격하게 트래픽이 상승하고 있습니다. 이메일로 루나 님에 관한 영상이 언제 올라오는지 문의하는 사람들이 많아지고 있습니다."

내가 봐도 확실히 인상적인 데뷔였다.

등장하자마자 하이브 길드의 정예들을 상대로 압도하는 모습을 보여 줬으니 말이다.

거기에 연예인의 뺨을 후려치는 비주얼까지 보유했으니, 관심이 집중될 수밖에 없다.

지난번 몬스터 웨이브 때 내가 보여 줬던 모습도 그렇고, 이번에 루나가 보여 준 모습도 그렇고.

화제성만큼은 우리가 백명교보다 위다. 아니, 압도한다고 말해도 과언이 아니다.

"대중들에게 리멘 교단의 이름이 확실하게 각인된 건 사실입니다."

"그 관심을 신규 플레이어 유입으로 바꾸기만 하면 되겠네요."

"저 역시 그렇게 생각합니다. 하지만 신규 플레이어 유입은 단순히 인지도만으로는 힘들 수도 있습니다."

"아아, 그건 걱정하지 마세요."

백명교 놈들조차 따라올 수 없는 혜택은 이미 마련되어 있었다.

근래에 급한 일들이 연달아 터지는 바람에 제대로 홍보하지 못했다만, 지난번에 승우를 데려오면서 신규 플레이어들의 경험치 획득량을 30프로나 올려 주는 〈계몽〉 특성을 확보했다.

게다가 새로운 선지자인 승우가 교단에 합류한 덕에 1달 동안 90프로, 즉 2배에 가까운 경험치가 추가된다.

경험치를 축적함으로써 성장을 도모해야 하는 플레이어들에겐 이만한 혜택도 없다.

내가 에덴에서 경험했듯, 초반 구간의 추가 경험치는 굉장히 유의미한 차이를 가져다줄 것이다.

그렇기 때문에 우리는 그 혜택을 최대한 멋들어지게 홍보만 하면 될 뿐이다.

그리고 때마침 좋은 아이디어도 떠올랐다.

"내일 리멘 교단 계정으로 라이브 방송을 진행해 봅시다. 레오와 루나를 대중에게 제대로 소개할 겸, 신규 플레이어들도 유입시킬 겸 해서요."

원래 물이 들어올 때 노를 저어야 하는 법이거든.

그 후로 우리는 라이브 방송에 대한 계획을 수월하게 세워 나갔고, 내일 오후 3시에 라이브 방송을 진행하는 것으로 결정을 내렸다.

거기까진 좋았다.

딱, 거기까진.

※

빌드 업은 완벽했다. 민수 씨의 미튜브 채널과 우리 교단의 공식 채널을 통해 라이브 방송을 예고했고, 기다렸다는 듯이 관심이 집중되었다.

기자들의 취재 요청은 물론이며, 공중파 방송국에서조차 송출하고 싶다는 의사를 타진해 왔으니 효과는 확실했다고 할 수 있겠다.

그렇게 날은 밝았고, 다음 날 오후 3시.

서울특별시 용산구에 위치한 이능관리부 제2청사.

구름 한 점 없이 맑음.

이능관리부 측과 연계해서 루나의 전투력 측정부터 시작하겠다던 우리들의 계획은.

콰아아아아아아앙─!

하늘 높이 피어오른 거대한 불기둥과 함께 파멸적으로 산화해 버렸다.

이능관리부의 건물에서는 푸른 불꽃이 피어오르고 있었다.

"마법이군요. 공격당한 거 아닐까요?"

루나의 침착한 목소리에 난 고개를 끄덕이면서 대답했다.

"캠프파이어를 저렇게 격렬하게 할 리는 없잖아."

"제가 말씀드렸죠? 성하만 따라다니면 심심할 일 없다고. 아주 그냥 사고뭉치라니까."

"난 진짜 억울해."

누가 봐도 테러였다.

높디높은 빌딩의 중간층에서 치솟아 오른 불길은 빠른 속도로 상층부를 잡아먹기 시작했다.

루나의 말대로, 자연발화가 아니라 마력으로부터 탄생한 불꽃.

폭발적으로 주위를 휩쓰는 마력은 물론이고, 저토록 푸른 불꽃은 마법이 아니고선 만들어 낼 수 없다.

그리고 문제는 그뿐만이 아니었다.

-???

-방금 전에 라이브 방송 켜서 들어왔는데 이거 뭐임? 연출이냐?

-???????

-저기 용산 이능관리부 2청사 아님?

-본인 용산구 사는데 방금 문자 떴다;; 정체불명의 테러 단체에 공격을 받고 있으니, 주변 지역에 위치한 시민들께서는 안내에 따라 대피소로……

-진짜임?

－와;;; 진짠데? 님들 뉴스 틀어 보셈. 공중파 방송사들 속보로 보도하고 있음.

하필이면 라이브 방송이 켜진 지 5분 만에 벌어진 일이다.

미리 방송을 켜 둔 다음, 사람들이 모이면 오프닝을 할 예정이었다.

"오프닝은 개뿔."

장사도 제대로 시작하기 전에 가게가 불타 버린 셈.

졸지에 우리 교단의 라이브 방송은 '테러 생중계'로 전환되어 버린 것이다.

그리고 이런 돌발 상황은 우리들의 노련한 미튜버, 민수 씨에게도 큰 충격을 가져다준 듯했다.

"교황님. 이대로 라이브 방송은……."

"힘들겠죠. 저도 압니다."

백번 양보해서 의문의 빌런 집단이 서울 한복판의 이능관리부 건물을 공격할 수 있다고 치자.

그런데 왜 하필이면 우리가 라이브 방송을 결정했을 때 이런 일이 벌어지냐고.

차라리 우리가 이곳에서 방송을 할 것이라는 단서를 남겨 뒀으면 그나마 수긍하기 쉬웠을지도 모른다.

그러나 우리는 분명히 단 하나의 단서조차 남기지 않았다.

한마디로 우연이 겹친 결과란 뜻.

우리 교황님 좀
말려 주세요

설마 이것도 빌어먹을 인과율의 농간인 걸까?

"이능관리부의 건물이 공격당한 적이 있습니까?"

혹시나 해서 민수 씨에게 물어봤다.

습격이 비교적 자주 일어나는 일일 수도 있잖아.

하지만 민수 씨는 단호하게 고개를 가로저었다.

"단 한 번도 없었습니다."

"……혹시나 해서 물어봤어요."

그래, 그럴 리가 없지.

띠리리리리링–!

정신이 없던 차에 전화가 왔고, 나는 곧바로 전화를 받았다.

당연하게도 이능관리부의 김 팀장이었다.

–시우 님! 현재, 정체불명의 빌런들에게 2청사가 공격받고 있습니다! 부탁하셨던 촬영 협조는 힘들 것 같습니다.

"김 팀장님."

–고위 등급의 마법 계열 플레이어가 다수 테러에 가담했습니다. 혹시 시민들의 대피를 도와주실 수 있겠습니까?

"김 팀장님은 어딥니까."

–저는 신경 안 쓰셔도, 커허어어억.

–뭐야? 죽기 전에 아내에게 안부 전화라도 하고 있는 거야? 아저씨 로맨티스트네? 이러면 곤란하다구.

띠리링.

알 수 없는 여성의 목소리와 함께 전화가 끊겼다.

나는 눈살을 찌푸리면서 불타고 있는 이능관리부의 청사를 바라보았다.

아무래도 김 팀장이 저 안에 고립되어 있는 상황인 듯하다.

"……이 정도의 푸른 불꽃을 사용하는 빌런이라면, 청화의 이세희입니다. 3년 전에 S급 판정을 받은 괴물이죠. 해외로 빠져나갔다고 들었는데, 그게 아니었던 모양입니다."

민수 씨가 주먹을 꽉 움켜쥐면서 중얼거렸다.

"6개월 전, 강원도 지역의 게이트 현장에서 중견 길드 하나를 혼자서 학살한 이후로 흔적을 찾을 수 없던 빌런입니다. 그 밖에도 그녀의 악행은……."

"설명 더 안 해 주셔도 돼요. 한마디로 어마어마한 쌍년이라는 거잖아요, 그쵸? 성하, 가만히 지켜만 보실 거예요?"

어느새 갑옷을 소환한 루나가 이를 부드득 갈았고, 레오 역시 그 옆에서 굳은 얼굴로 나를 바라보고 있었다.

"그럴 리가."

"그럴 줄 알았지. 그러면 들어가기 전에 하나만 물어볼게요."

루나는 나를 바라보면서 나지막하게 물었다.

"죽여도 돼요?"

"반항하면."

"음, 애매하네. 일단 대가리부터 박살 내고 생각하면 된단 뜻이죠? 좋아요. 레오야, 우리가 먼저 길을 열어 드려야 하지 않겠니?"

"좋습니다, 레벤톤 경. 선봉에 서도록 하겠습니다."

"그러고 보니까 우리 동생이랑 같이 선봉에 서는 것도 되게 오랜만이네. 역시, 지구로 넘어오길 잘했어."

둘은 가볍게 대화를 주고받은 뒤, 곧바로 건물을 향해 달려갔다.

그들의 뒷모습을 멍하니 지켜보던 민수 씨가 인상을 찡그리면서 말했다.

"하필이면 라이브 방송 날 테러라니…… 운이 없어도 이렇게 없을 수가……."

그 말에 나는 어깨를 으쓱이면서 대답했다.

"저희가 운이 없는 걸까요, 저 테러범들이 운이 없는 걸까요?"

"예?"

"금방 끝내고 오겠습니다. 라이브 방송은 다녀와서 마저 하도록 하죠."

❖

"재미없어."

이세희는 눈앞에 쓰러진 이능관리부의 직원들을 바라보면서 입술을 삐쭉 내밀었다.

시시해도 너무 시시했다.

그들은 그녀의 지루함을 단 하나도 해소해 주지 못했다.

"2청사에는 각성자보다는 일반인이 더 많다. 게다가 정부 소속의 각성자들 중에 너를 감당할 수 있는 인원은 극히 적다. 당연한 거지."

"흐으응. 그래도 심심하잖아."

"우리의 목표는 최상층 구금실에 수감되어 있는 그릇을 회수하여 빠져나가는 거다. 일에 지장이 생기면 그분께서도 가만히 있지 않아."

"하지만 심심한 걸 어떻게 해. 난 심심하면 동료를 죽여서라도 재밌어지고 싶은걸?"

"……미친년."

"미쳐 있는 건 나쁜 게 아니야. 약한 게 나쁜 거지."

그녀는 복면을 쓰고 있던 자신의 리더를 한 번 바라본 다음, 다시 시선을 돌렸다.

그리고 그녀의 발밑에 쓰러져 있던 한 남자를 향해서 말했다.

"그치 아저씨. 아저씨가 나쁜 거잖아. 나쁘니까 이렇게 벌 받고 있는 거야. 맞다, 아저씨 정부 기관 소속이면 강채아가 어디에 있는지 알고 있어? 1달 전부터 행방이 묘연하다던데⋯⋯."

이세희는 그렇게 말하며 남자의 목에 걸려 있던 명찰을 뜯었다. 그리고 그 명찰을 가만히 들여다보았다.

"김동식? 아저씨 이름인가 봐? 특수조사국이면 2청사가 아니라 본청에 있어야 하는 거 아닌가?"

"2청사에 일이 좀 있거든."

"어쨌든 좋아. 특수조사국이면 이능관리부 실세잖아? 그럼 강채아, 그년 어딨는지 알겠네."

강채아.

정부에 남아 있는 몇 안 되는 S급 헌터 중 하나이자, 그녀의 오랜 숙적.

이세희는 병적으로 김동식에게 강채아의 행방을 물었으나, 돌아온 대답은 똑같았다.

"모른다. 나 같은 일개 공무원이 귀하신 분의 위치를 알 턱이 있나."

"흐으으응. 그럼 곤란한데. 아저씨 대답 안 하면 죽일 거야. 내가 아저씨를 왜 살려 뒀는지 알아? 내 앞에서 고개 뻣뻣하게 들 수 있는 사람은 몇 없거든."

화르르륵─!

그녀는 손에서 푸른 화염을 피워 올렸다.

마력을 가볍게 움직이는 것만으로도 불꽃을 피워 올릴 수 있는 경지.

비록 촛불만큼이나 작은 불이었으나, 이 불에 닿는 모든 것은 재로 변해 버린다.

그리고 그 파괴적인 화염이야말로 이세희에게 엄청난 악명을 선사해 준 힘이기도 했다.

"있잖아, 불에 타는 고통은 생물체가 느낄 수 있는 고통 중 가장 통증이 심하다더라. 그래서 내가 계속 실험해 봤는데, 대충 맞는 말인 것 같아. 하나같이 성대가 녹기 전까지 비명을 지르더라."

그녀의 눈빛이 묘한 흥분으로 번들거렸다.

"강채아가 어디에 있는지 순순히 말하면 고통 없이 깔끔하게 죽여 줄게."

"미안하지만, 우리 특수조사국은 귀환자와 관련된 업무만 해. 그리고 공무원들은 자기 업무가 아니면 아무것도 모르지."

"재밌네."

파스스슥―!

"크으으으윽."

이세희의 불꽃이 김동식의 오른팔에 닿은 순간, 그의 입술 사이로 작은 비명이 튀어나왔다.

"뭐야."

그건 이세희가 원하던 결과가 아니었다.

적어도 팔 하나를 재로 만들어 버릴 생각으로 가져다 댔는데, 그녀의 불꽃은 피부에 화상을 새기는 것에 그쳤다.

눈앞의 김동식은 항마력을 지녔다기에는 A급 헌터조차 못 미치는, 일종의 버러지 같은 존재였다.

하지만 어째서인지 알 수 없는 미묘한 기운이 그녀의 불꽃을 가로막았다.

마력이 아닌 무언가가.

이세희는 혀로 윗입술을 핥으면서 미소를 지었다. 그녀의 표정은 새로운 장난감을 선물받은 어린아이의 그것과 닮아 있었다.

"그거 무슨 능력이야? 버러지 주제에 내 불꽃은 어떻게 막은 거야?"

"이세희, 시간이 없다."

보다 못한 동료가 그녀를 재촉했다.

"일이 먼저다. 개인적인 취미 생활은 되도록 나중에 했으면 하는데."

"나, 이 아저씨 데려가서 좀 들여다보고 싶어. 오래간만에 연구 의욕이 불타올라! 어차피 이능관리부 청사 테러한 마당에 공무원 납치쯤은 괜찮지 않겠어?"

"……그렇게 하도록 하지."

리더는 불필요한 충돌을 줄이기 위해 순순히 그녀의 요청을 받아들였다.

이세희는 아군에게조차 치명적인 시한폭탄이다.

만약 그들이 믿고 따르는 '그분'의 영향력이 아니었다면, 통제하는 것조차 불가능했으리라.

그는 다른 부하들에게 김동식을 챙기라고 손으로 지시했고, 그들은 리더의 명령에 따라 김동식을 기절시키고 들쳐 멨다.

"변수가 발생했다."

리더의 말에 이세희가 눈을 둥그렇게 뜨면서 되물었다.

"변수? 무슨 변수. 설마 강채아?"

"김시우. 김시우가 2청사 주위에 있다고 한다. 그가 이곳에 도착하기 전에 일을 끝내야만 해."

"아! 몬스터 웨이브 혼자 막아 냈다는 그 이레귤러? 오히려 잘된 거 아니야? 이번 기회에 그 새끼를……."

그때였다.

콰지지지직- 쿠우우우웅!

무언가가 찌그러지는 소리가 울려 퍼졌고, 잠시 후 김동식을 들고 있던 덩치가 바닥에 쓰러졌다.

복면을 쓰고 있던 덩치의 두개골은 형체를 알아볼 수 없을 정도로 뭉개져 있었다.

그리고 잠시 후, 그들의 귓가에 장난기가 담긴 목소리가 들려왔다.

"이런. 반항하면 죽이라고 하셨는데…… 그냥 너희가 반항한 걸로 하자. 알겠지? 우리 성하가 보기보다 잔소리가 엄

우리 교황님 좀
말려 주세요

청 많으신 편이라서."

"레벤톤 경, 먼저 투항을 권유하는 것이 교리에 옳습니다."

"그럼 투항을 권유하기 전에 저쪽에서 공격했다고 치자. 레오 너도 아까 항복하겠다고 했는데 반으로 접어 버렸잖아?"

"항복 선언을 못 들었을 뿐입니다."

그곳에는 사제복을 입은 남자와 순백색의 갑옷을 입은 여자가 서 있었다.

이세희는 재밌다는 표정으로 그 둘을 바라보았다.

"뭐야, 밑의 층에 우리 애들 쫙 깔려 있었을 텐데, 설마 그거 뚫고 올라온 거야?"

"이세희, 상황이 좋지 않다. 저 둘은 리멘 교단 소속의 전투원이다. 특히, 저 여자는……."

리더가 한층 심각해진 목소리로 그녀에게 말했지만, 이세희는 손을 저으면서 입꼬리를 올렸다.

"한창 재밌어지려는데 무슨 소리야. 김시우라는 놈 똘마니라는 소리잖아? 사이비 교주 새끼 부하한테 내가 질 것 같아? 이참에 그분에게 받은 힘도 시험해 볼 수 있겠네."

화르르륵-!

그녀의 몸이 순식간에 푸른 불꽃으로 뒤덮였다. 전신이 불타오르는, 그야말로 불의 화신 같은 모습이었다.

그리고 그게 끝이 아니었다.

그녀의 가슴팍에서 번져 나가기 시작한 검은색이 그녀의 푸른 불꽃을 잠식했고, 곧 그녀의 몸에선 검은색의 화염이 넘실거리기 시작했다.

'아아아아!'

이세희는 온몸에서 느껴져 오는 충만감에 흥분을 감추지 못했다.

압도적인 힘이 가져다주는 쾌감은 오르가즘과도 비교할 수 없었다.

이 불꽃은 강철조차 녹여 버리는 초고열의 불꽃이었다. 지난번 인적 드문 시골 마을에서 테스트를 해 봤는데, 주택 하나를 흔적도 없이 증발시켜 버렸다.

물론 그 안에서 자고 있던 네 가족들도 함께.

황홀할 정도의 파괴력을 지닌 이 검은 불꽃은 '그분'께서 그녀에게 내려 준 축복이었다.

그녀는 반쯤 풀린 눈으로 상대를 바라보았다. 그리고 한층 끈적해진 목소리로 말했다.

"나는 불에 타 죽어 가는 사람들이 지르는 비명을 좋아해. 너희의 비명으로 날 만족시켜 줬으면 좋겠어."

이세희가 손가락을 가볍게 튕겼다.

그러자 낯선 적들이 서 있던 대지에서 검은 불꽃의 뱀들이 모습을 드러냈다.

그 뱀들은 눈 깜짝할 사이에 남자와 여자를 휘감았다.

이세희는 순식간에 똬리를 튼 검은 뱀을 바라보면서 입꼬리를 올렸다.

"비명조차 못 지르는 거야? 실망이야. 기세 좋게 나타나서 기대 많이 했……."

그때였다.

똬리를 튼 검은 뱀이 안쪽에서 터져 나갔다. 그리고 곧 그 안에서 하얀색의 막을 둘러싼 무언가가 그녀를 향해 쇄도했다.

1초도 안 되는 시간 동안 벌어진 일.

이세희는 재빠르게 불꽃의 벽을 열 겹으로 세워 올렸다.

콰아아아아아앙!

그러나 벽은 그 어떠한 역할도 수행하지 못했고, 그녀의 몸은 곧 그 하얀색 유성과 강하게 충돌했다.

"꺄악!"

엄청난 반발력에 그녀의 몸이 뒤로 쏠렸으나 정작 그녀의 몸은 뒤로 쏘아져 나가지 못했다.

"나야말로 실망이다, 이 쌍년아."

순백의 성기사가 그녀의 멱살을 잡아 들어 올렸다. 이세희의 몸에서 넘실거리는 검은 화염은 성기사에게 작은 피해조차 입히지 못했다.

"마법사가 기사를 상대할 때는 항상 일정 거리를 유지해야 한다는 것쯤은 기본 상식일 텐데, 너는 그 기본조차 안 되어 있구나."

힘에 취했다.

상대가 이리 손쉽게 흑염을 뚫고 들어올 줄을 몰랐다.

이세희는 빠르게 마력을 끌어올려서 성기사의 손에서 벗어나려고 했다.

하지만 그녀의 시도는 그녀의 몸속에 파고든 알 수 없는 기운에 의해 무위로 돌아갔다.

"마기를 받아들이지 않았다면 한 번쯤은 기회가 있었을 텐데 말이야, 너한테 그 힘을 준 놈이 신성력을 조심하라는 말은 안 했든?"

"신성……력?"

"그래도 네년이랑 나랑 겹치는 게 하나 있기는 하네."

화아아아아악!

새하얀 불꽃이 이세희의 발끝에서 솟구쳤다.

그리고 그 순간.

"꺄아아아아악!"

끔찍한 고통이 그녀의 전신을 엄습해 왔다.

영혼까지 불타는 듯한 고통 속, 능글거리는 목소리가 그녀의 귓속을 파고들었다.

"나도 비명 좋아해. 특히, 너 같은 년들의 비명은 더더욱."

'최악이다.'

남자는 입술을 지그시 깨문 채로 계단을 내달렸다.

이미 작전은 실패였다.

그가 이끌고 온 전력은 모두 32층에서 쓰러졌다. 그중에는 숨겨 둔 전력 중 하나였던 이세희가 포함되어 있었다.

이세희는 그가 동원할 수 있는 최대의 전력이었다.

그녀는 원래부터 S급 헌터로 평가받을 정도로 강력한 마법사였으나, 그분으로부터 세례를 받은 이후로는 그 이상의 존재로 거듭났다.

혼자서 지방의 작은 도시 하나쯤은 불태울 수 있을 정도로 말이다.

그러나 그녀는 놀라우리만큼 허무하게 제압당했다.

그것도 이름 모를 여자 하나에게.

게다가 그뿐만이 아니었다.

'멈추면 죽는다.'

순백색의 갑옷을 입은 그 여자를 제외하고서라도, 그녀와 함께 왔던 사제복의 남자도 끔찍한 괴물이었다.

남자는 그의 수하들을 종이처럼 가볍게 반으로 접어 버리면서 그를 쫓아오고 있었다.

그의 부하들이 몸을 던져서 시간을 최대한 끌어 주고 있었지만, 그건 단순한 지연책에 불과했다.

'그릇을 회수해야만 해.'

이렇게 된 이상 초기의 목적이라도 달성해야만 했다.

남자는 품속에 숨겨 둔 포탈 스크롤을 꽉 움켜쥔 채로 계속해서 계단을 올랐다.

그렇게 얼마쯤을 내달렸을까?

38층 - 특수구금 구역/관계자 외 출입금지

그는 목표로 했던 층에 도달할 수 있었다.

특수구금 구역.

각성자 전용 교도소로 이송되기 전, 이능관리부에 의해 조사받는 각성자들이 잠시 구금되는 장소.

두꺼운 특수 문으로 가로막힌 것을 확인한 남자는 곧바로 본인의 검으로 철문을 베었다.

쿠우우우웅!

구금자들의 탈출을 막기 위해 설치되어 있던 문이 깨끗하게 양단되었고, 남자는 서둘러 그 안으로 들어섰다.

그러자 곧 문 안쪽에서 대기하고 있던 자들이 그를 향해 고개를 숙이면서 말했다.

"오셨습니까, 지부장님!"

"병신 같은 새끼들! 타깃을 탈취했으면 바로 빠져나와야 하는 거 아니야!"

"죄송합니다! 긴급 폐쇄 시스템이 발동하는 바람에."

"타깃은?"

"이 녀석입니다. 풀어 주자마자 저희를 죽이려고 들기에 부득이하게 기절시켜 두었습니다. 그 과정에서 저희 쪽 두 명이 죽었습니다."

그 말에 남자는 눈살을 찌푸리면서 부하의 손에 들려 있던 남학생을 바라보았다.

기껏해야 10대 중반으로 보이는 소년의 양손에는 누군가의 피가 묻어 있었다.

남자는 소년이 '그릇'이란 걸 금세 알아차렸다.

소년으로부터 거대한 마성(魔性)이 느껴지고 있었기 때문이다.

"지부장님. 혹시 밑에 무슨 일이 생긴 겁니까? 이세희, 그 미친년도 같이 왔잖습니까."

"설명할 시간 없다. 너희는 지금 즉시 옥상에 설치해 둔 마법진으로 향해라. 나는 포탈 스크롤을 통해서 타깃과 함께 빠져나가도록 하겠다."

"예! 알겠습니다!"

구금 구역에 있던 부하들의 숫자는 열다섯.

그들이라면 밑에서 쫓아오고 있는 괴물로부터 어느 정도 시간을 벌어 줄 것이다.

명령을 들은 그의 부하들은 일제히 계단으로 향했고, 남자는 그들의 뒷모습을 바라보면서 눈살을 찌푸렸다.

'3분. 3분만 벌어 주면 된다.'

옥상에 설치되어 있는 마법진은 애초에 순간이동 마법진이 아니었다.

일종의 자폭 마법진.

그들이 옥상에 도착한 순간, 그들의 몸을 매개체로 거대한 폭발 마법이 시전될 것이다.

본인들은 모르고 있지만, 이세희를 제외하고선 애초에 소모품으로 끌고 온 병력이었다. 포탈 스크롤이 사용되는 3분의 시간만 벌어 준다면, 충분한 쓸모를 다한 것이리라.

부우우욱—!

남자는 곧바로 포탈 스크롤을 찢었다. 그러자 곧 탈출을 위한 마법진이 구성되기 시작했다.

'돌아가면 즉시 다른 지부장들을 끌어모아, 리멘 교단부터 무너뜨려야 한다.'

김시우의 수하조차 감당하기 힘든 수준이었다.

이대로 내버려 두면 결국 그들의 계획에 있어서 가장 큰 위협 요소로 자라날 가능성이 농후했다.

콰아아아앙—!

계단 쪽에서 굉음이 울려 퍼지고 있는 걸 봐서는 그 괴물이 수하들을 쫓고 있는 듯했다.

우리 교황님 좀
말려 주세요

'좋아, 이대로 도망을⋯⋯.'

"부하들을 미끼로 탈출을 도모한다라⋯⋯ 아무리 악당이라고 해도 작전이 너무 진부한 거 아니냐?"

그저 눈을 한 번 깜빡였을 뿐이다. 고작 그랬을 뿐인데, 검은색 사제복을 입은 호리호리한 남자가 그의 눈앞에 나타났다.

그가 알고 있는 얼굴이었다.

"김⋯⋯시우."

대한민국에 갑작스럽게 등장한 이레귤러.

몬스터 웨이브를 단신으로 막아 낸 귀환자.

김시우는 묘한 표정으로 남자와 소년을 번갈아 가면서 쳐다보았다. 그러더니 흥미롭다는 듯이 말했다.

"이제 알겠네. 그 새끼, 마왕의 화신체구나? 네놈들이 뭐 하려고 왔는지는 대충 알겠다. 그런데⋯⋯ 너 조심해야 하는 거 아니야?"

"그게 도대체 무슨 소⋯⋯ 끄아아아아악!"

콰드드드드득-!

방금 전까지만 해도 쓰러져 있던 소년이 어느새 남자의 목덜미를 물어뜯었다.

희미해져 가는 정신 속, 김시우의 목소리가 조용히 울려 퍼졌다.

"마왕의 화신체들은 기본적으로 동족 포식을 통해서 힘을 채운다고. 그 정도는 기본 상식 아닌가? 이래서 아는 게 힘이라니까."

소년이 남자를 먹어 치우는 데까지 소요된 시간은 불과 3초.

게걸스럽게 인간을 먹어 치운 소년은 요요한 붉은 눈으로 김시우를 쳐다보았다.

김시우 역시 소년의 눈을 마주하면서 입꼬리를 올렸다.

"이제 보니 우리가 운이 없던 게 아니구나. 오히려 운이 좋은 쪽인가."

잠시 후.

끼야아아아아아아아아악!

짐승이 울부짖는 소리가 건물 전체를 뒤흔들었다.

❧

마왕의 화신체.

마왕의 편린이 스며든 존재를 지칭하는 단어다. 특이 사항으로는 동족을 먹는 것을 즐기며, 끔찍한 수준의 마성을 지니고 있다는 것 정도.

여기서 말하는 마성은 마기와는 사뭇 다른 개념이다.

마기는 단순히 에너지에 그치지만, 마성은 말 그대로 악마로서의 성질을 의미한다.

마왕의 편린을 보유한 존재답게, 필멸자의 몸임에도 불구하고 그 누구보다 순수한 악마에 가깝다.

마치 저 녀석처럼.

"아직 제대로 각성은 못 한 것 같고."

나는 오른손으로 잡아 뜯었던 녀석의 오른팔을 바닥에 던지면서 헛웃음을 쳤다.

방금 전에 뜯어냈음에도 불구하고 그 짐승 같은 놈의 오른팔은 재생되어 있었다.

그야말로 경악에 가까운 재생력이었다.

아마 방금 전에 동족을 포식한 덕분에 생겨난 재생력일 것이다.

에덴에서도 몇 번 상대해 본 적 있는 존재들이다.

녀석이 입은 죄수복 비스무리한 옷을 보았을 때, 아마도 다른 놈들은 구금된 이 녀석을 데려가기 위해 테러를 감행한 것으로 보였다.

이렇게나 위험한 녀석이 어째서 이능관리부 건물에 구금되어 있었는지는 모르겠다만, 차라리 다행스럽기도 했다.

만약 우리가 이 자리에 없었다면 녀석들은 이 화신체를 데리고 탈출에 성공했을 것이다.

그랬다면 표현하기 힘든 참담한 일이 벌어졌겠지.

최악의 경우에는 화신체를 통해 마왕이 모습을 드러냈을지도 모르는 일이다.

화신체는 마왕이 현신할 수 있는 신체기도 했으니까.

"그나마 다행이네."

물론 마왕의 화신체라고 해서 모든 화신체에 마왕이 현신할 수 있는 건 아니었다.

마왕의 화신체에 마왕이 강림하기 위해서는 화신체의 마성이 극에 다다라야만 한다.

즉, 화신체가 수많은 영혼을 타락시켜야만 현신할 수 있다는 소리다.

다행스럽게도 눈앞의 이 소년은 아직까지 그 정도로 마성이 짙어지진 않았다.

다만.

패시브 스킬 〈멸악의 의지〉가 상대방을 악인으로 규정합니다!
플레이어 〈박수호〉의 악행을 나열합니다.
〈폭행〉, 〈살인〉, 〈집단 따돌림〉, 〈식인〉 등 17건

마왕의 화신체답게, 싹수부터 노랗다는 것 정도는 파악할 수 있었다.

15살쯤 되어 보이는 녀석이 기록한 악행들치고는 하나같이 살벌했기 때문이다.

거기에 〈집단 따돌림〉이라는 카테고리가 생성되어 있는 걸 보면, 대충 어떤 놈인지도 파악할 수 있었다.

크르르르르륵-!

"통제가 안 되나 보네. 너, 식인은 처음인 모양이다?"

눈앞의 그 짐승은 검은색의 마기를 뿜어내면서 이빨을 드러내고 있을 뿐, 쉽사리 나에게 달려들지 못했다.

내 눈에는 보인다.

녀석의 몸에서 마기들이 폭주하고 있었다. 〈식인〉이라는 행위를 통해 마기를 흡수하긴 했지만, 통제가 쉽지 않은 모양이다.

짐승에 가까운 상태도 그것을 증명해 준다.

〈식인〉에 익숙했다면, 〈식인〉 직후에도 이성을 유지할 수 있기 때문이다.

그러나 녀석에게는 오로지 흉악한 본능만이 남아 있었다.

"할머니가 예전에 해 주신 말씀이 있어. 물지도 못할 거면, 이빨도 드러내지 마라. 그리고 미친개는 몽둥이가 답이다. 뭐, 이런 거."

크르르르륵!

녀석은 입가에 피를 잔뜩 묻힌 채로 나를 경계했다. 녀석에게 오히려 짐승 같은 본능만이 남아 있기 때문에 더더욱 경계가 심했다.

신성력은 마기의 극상성.

그리고 내 신성력은 그중에서도 파마의 힘을 유독 강하게 타고난 기운이었으니, 본능적으로 두려워하는 것은 당연한 일이다.

"겁이 나면 도망쳐야지. 이 짐승 새끼야."

길게 잴 필요도 없었다.

나는 곧바로 녀석에게 달려들어 녀석의 가슴팍에 주먹을 꽂아 넣었다.

내 몸이 녀석의 몸에 접촉한 순간, 통제에서 벗어난 사악한 마기들이 사방에서 나를 덮쳐 왔다.

마기는 나를 단번에 집어삼키기라도 할 듯, 아가리를 쩍 벌린 채로 나를 뒤덮었다.

그 속에서 마왕의 화신체는 본능적으로 몸을 움직였다.

파아아아앗-!

내 주먹에 뒤로 밀려 나간 녀석이 빠르게 몸을 뒤집었다. 그리고 허공에 마기 덩어리를 생성시키더니, 그 덩어리를 받침대 삼아 나를 향해 쇄도했다.

녀석의 손에서 돋아난 검은색 손톱이 묵빛으로 빛났다.

끼기기기긱!

손톱이 내 몸에 둘려 있던 신성 보호를 거칠게 긁었다. 쇠를 긁는 듯한 찢어지는 소리가 귀를 잠시 괴롭힌다.

그러나 녀석의 손톱은 그 두꺼운 보호를 뚫어 내지 못했다.

마력으로 이루어진 보호막이었다면 갈기갈기 찢고도 남았을 테지만, 신성 보호에는 흠집조차 남기지 못했다.

나는 그 틈을 놓치지 않았다. 손톱을 휘두르고 잠시 몸이 열려 있던 녀석의 목을 오른손으로 강하게 움켜쥐었다.

"케에에에엑."

화신체는 어떻게든 벗어나려고 발버둥을 친다.

평범한 인간이었다면 목뼈가 부러지고도 남을 수준의 악력이었지만, 녀석은 개의치 않고 몸을 비튼다. 그래도 몸을 움직일 수 없자, 곧 고개를 돌려 나를 노려보았다. 나를 바라보는 녀석의 붉은 눈동자는 악의로 가득 차 있었다.

상대방의 강력한 저주가 무효화됩니다!

붉은색 눈동자 너머에 자리 잡은 건 오로지 나를 향한 맹목적인 증오뿐이었다.

까드드득- 까드드득-!

어느새 녀석의 몸에서 흘러 나간 마기가 사방을 마구잡이로 침식하기 시작했다.

바닥부터 시작해서 벽, 구금실의 철창까지 녀석의 마기에 침식되어 검은색으로 흐물거리더니, 그 침식으로부터 수십 개의 촉수가 뻗어져 나왔다.

촉수가 노린 것은 내가 아니라 마왕의 화신체였다.

마기에 침식된 바닥은 내 손에 붙잡힌 화신체를 어떻게든 회수하려는 듯, 화신체의 몸을 휘감고 강하게 끌어당겼다.

하지만 나는 녀석들이 화신체를 회수해 가는 것을 지켜볼 생각이 없었다.

　"깔끔하게 여기서 끝내자."

　내 발밑에서 발동한 성화는 침식을 잡아먹으며 빠르게 뻗어 나갔다.

　눈을 몇 번이나 깜박였을까, 어느새 성화는 층 전체를 가득 메웠다.

　마기를 태워 없애는 성스러운 불길 속, 나는 오른손에 쥐고 있던 소년의 몸 위에 또 다른 성화를 피워 올리며 말했다.

　"악한 자는 자기의 악으로 말미암아 멸하리라."

　성화의 불길이 거세게 불타올랐다.

⚜

　38층을 집어삼켰던 성화의 불길은 마기의 침식이 모두 제거되자 알아서 사그라들었다.

　한낮에 이능관리부의 제2청사에 가해진 초유의 테러 사태는 그렇게 마무리되었고, 나는 마왕의 화신체를 불태웠던 그곳에 가만히 앉아서 일행을 기다렸다.

내 앞에는 한때 마왕의 화신체였던 회색 재가 소복하게 쌓여 있었다.

"성하, 옥상으로 향하던 자들을 제압하였습니다. 또한 옥상에서 흑마법진을 발견하여, 흑마법진 역시 철저하게 무력화시켜 두었습니다."

"어떤 흑마법진이었는데?"

"인간의 피와 살을 이용하여 거대한 폭발을 일으키는 성질을 지니고 있었습니다. 마법진의 수준과 규모로 보았을 때, 건물이 통째로 무너졌을지도 모릅니다."

"잘했네. 네가 많은 사람들을 구했다, 레오."

레오는 내 칭찬에 겸손하게 고개를 숙였다. 그리고 내 앞에 쌓여 있던 재를 조용히 바라보았다.

"저는 성하의 명을 따랐을 뿐입니다. 하온데 성하, 이 재는 무엇입니까?"

"마왕의 화신체. 놈들이 노렸던 게 이거였던 모양이야."

마왕의 화신체라는 말에 레오의 표정이 크게 일그러졌다.

"아까부터 느껴졌던 마성의 정체가 이것이었나 보군요. 성하, 마왕의 화신체가 나타났다는 것은……."

"마왕들이 꽤 많은 추종자를 모았다는 뜻이겠지. 이 녀석은 분노의 마왕 쪽이었어."

마왕의 화신체는 교단의 선지자들과 비슷한 개념이다.

선지자가 하나가 아니듯, 마왕의 화신체들도 여럿이다. 그중에서 마성이 극에 다다른 존재들만이 비로소 마왕의 그릇이 되어 줄 수 있는 것이다.

게다가 각 교단들이 각각 선지자를 보유하고 있듯, 마왕들역시 마찬가지다.

마왕이 일곱이니만큼, 각 진영에 걸맞는 화신체들이 존재한다.

방금 전에 내가 소멸시켰던 이 녀석은 분노의 화신체 중하나였다.

"자세한 건 직접 확인해 보면 될 문제긴 하지. 레오야, 솔직히 답해라. 얼마나 살려 뒀냐?"

"7할은 살려 뒀습니다. 나머지 3할은 몸이 원체 약한 탓에 절명해 버리더군요."

"반으로 접었어?"

"악마에게 영혼을 팔아넘긴 자들입니다. 그들에게 합당한 대가를 요구했을 뿐입니다."

"……그래, 7할이나 살려 둔 게 어디야? 그나저나 루나는 지금……."

"성하아아아아!"

"호랑이도 제 말 하면 온다더니."

때마침 루나가 등장했다.

루나의 오른손에는 누군가의 머리채가 잡혀 있었는데, 자세히 보니 루나가 한 여자를 질질 끌고 오고 있었다.

우리 교황님 좀
말려 주세요

그녀의 힘이라면 가볍게 들 수도 있었겠지만, 루나는 유독 흑마법사들을 증오하는 편이다.

루나가 어렸을 적, 흑마법사에게 부모님을 잃었던 기억 때문일 것이다.

그녀 딴에는 저렇게 쓰레기 취급을 해 주는 것만으로도 꽤 봐준 걸 거다.

원래는 쓰레기보다 못한 취급을 해 버리거든.

"필요한 정보를 뽑아내는 건 저보다 레오가 잘하니까, 일부러 살려는 뒀어요."

"너 다친 곳은 없어?"

"당연하죠! 저 걱정해 주시는 거예요? 부끄러워라."

"그런 말은 보통 얼굴을 붉히면서 해야 신빙성이 있단다."

"후후, 솔직하지 못하시긴. 인터넷에서 봤는데, 성하 같은 분을 츤데레라고……."

"그런 것 좀 제발 보지 마."

리멘 교단, 이렇게 가도 괜찮은가?

도대체 인터넷에서 자꾸 뭘 보고 다니는 거야. 배움이 빠른 편이라지만, 이건 빨라도 너무 빠른걸.

나는 한숨을 푹 내쉬었다. 그리고 루나의 옆에 뻘쭘하게 서 있던 김동식 팀장을 바라보았다.

"팀장님, 다치신 곳은 없으십니까?"

"아, 예. 아까 이세희가 저를 공격하긴 했는데, 어찌 된 영문인지 멀쩡합니다."

"다행이네요. 리멘께서는 우리 김 팀장님을 참 예뻐하십니다."

"……아! 아까 그게 설마?"

"제가 예전에 축복을 하나 걸어 드렸거든요."

"정말, 정말 감사합니다!"

"김 팀장님 부인분께 식사를 대접해 드리겠다고 약속했는데, 정작 김 팀장님이 빠져서야 되겠습니까? 부인분께 미움받기 싫습니다."

나는 그렇게 말하며 싱긋 미소를 지었다.

보호의 축복은 2주 전에 걸어 두었다. 우리 교단의 일을 많이 도와주고 있는 김 팀장에게 뭐라도 보답하고 싶었기 때문이다.

2주라는 시간이 지났음에도 흑마법사의 공격을 몇 번이나 방어해 줬을 정도면, 아마 김 팀장 마음속에도 리멘을 향한 믿음이 어렴풋이 자리 잡고 있는 모양이다.

축복이란 게 원래 그렇다.

리멘을 모시는 사람이 내려 준 축복은, 당연히 리멘을 향한 믿음을 지닌 자들에게 더욱 뛰어난 효과를 발휘하는 법이니까.

어찌 되었든 그의 신앙심은 나중에 차차 확인하도록 하고, 그것보다 중요한 걸 물어봐야겠다.

"전투 과정에서 이능관리부가 구금하고 있던 인원 하나를 제거할 수밖에 없었습니다."

김 팀장은 내 말에 미간을 작게 찌푸리며 말했다.

"박수호, 그 녀석이겠군요. 38층에 구금되어 있던 인원은 박수호뿐이었을 테니까요."

"알고 계셨군요."

"당연합니다. 박수호, 나이는 16세. 플레이어 각성 시기는 작년 3월. 각성자 아카데미의 동급생 둘을 폭행 후 살인. 그 밖에도 여러 범죄 혐의에 연루되어 있었죠. 혐의가 밝혀져서 이곳에 구금된 건 2일 전입니다."

한마디로 원래부터 개새끼였단 소리다.

이쯤 되니 의문이 하나 생긴다.

"그 정도면 당장 소년교도소에 처박아야 하는 거 아닙니까?"

내 질문에 김 팀장은 부끄럽다는 듯 고개를 숙였다.

"드릴 말씀이 없습니다."

"……알 것 같네요."

그의 태도만 보더라도 어떻게 된 일인지는 쉽게 예상할 수 있었다.

함부로 건드리기 힘든 놈이었다는 뜻이다.

"유력인의 자제, 대충 그런 놈이었군요. 제가 아는 유선호 장관 성격이라면 그런 건 안 가렸을 것 같습니다만."

"안타깝게도 이능관리부조차 계파가 나뉘어 있습니다. 정말, 정말 죄송합니다."

"예전에도 말씀드렸는데, 그런 건 김 팀장님이 사과할 일이 아니라니까요? 다른 놈 문제지. 그럼 그 박수호라는 새끼가 유력인의 자제라면 좀 곤란한 상황 아닙니까?"

그러자 김 팀장은 기다렸다는 듯이 대답했다.

"테러의 희생자 중 하나다, 이것이 저희 이능관리부의 입장입니다."

"거기에 그놈이 벌였던 범죄 행위들도 싸그리 공표하시죠. 죽어도 싼 놈이 죽은 걸로 되게. 어차피 이젠 죽은 놈 아닙니까."

내 스타일대로라면 살아도 산 게 아닌 상태로 만드는 게 맞지만, 이미 마성에 오염된 녀석은 존재 자체만으로도 수많은 악을 불러들인다.

따라서 부관참시야말로 합당한 대안이 아닐까?

내 말의 뜻을 이해한 김 팀장이 다시 한번 고개를 끄덕였다.

"시우 님께서 원하신다면 그리하도록 하겠습니다."

"아, 그리고 지난번처럼 이세희에 대한 심문도 저희 교단에서 먼저 진행해 볼까 하는데, 괜찮겠습니까?"

"그것은 제 권한 밖입니다. 유선호 장관님께 직접 결재를 받아야 할 사안일 것 같습니다. 이세희는 최악의 범죄자로서, 국제 수배 된 인물입니다."

그렇다면 어쩔 수 없지.

"안 그래도 유선호 장관님께 드릴 말씀이 있었는데, 안내해 주실 수 있겠습니까?"

"……테러범들과 관련되어 있는 이야기로군요."

"그렇습니다."

나는 한숨을 푹 내쉰 다음, 고개를 가로저으면서 말을 맺었다.

"아무래도 교단 차원에서 해결할 수 있는 문제가 아니라서요."

유명세

이능관리부의 2청사가 테러당한 상황이니만큼, 대한민국 정부의 경계 태세는 최고조에 달해 있었다.

플레이어들뿐만 아니라 주변에 있던 육군 사단들의 병력까지 동원되어 있었기 때문이다.

오면서 들은 바에 따르면 세종으로 이전된 청와대와 다른 주요 정부 청사에도 동일한 수준의 경계령이 내려졌다고 한다.

그만큼이나 현 상황은 심각했다.

이곳 이능관리부 본청의 지하 벙커에 들어오면서 검문 검색을 다섯 번이나 받았을 정도이니, 더 이상의 설명은 필요 없을 것 같다.

"상황이 상황이니만큼, 길게 시간을 내드릴 수 없는 점 미리 양해 부탁드립니다. 김동식 팀장으로부터 시우 님이 이번 테러의 배후를 짐작하고 계시다는 이야기를 들었습니다. 사실입니까?"

유선호 장관의 기세는 평소처럼 온화하지는 않았다.

아니, 정확하게 말하면 굉장히 화가 나 있는 듯했다. 표정은 여전히 부드럽지만, 그의 눈빛에서는 감출 수 없는 분노가 느껴져 왔다.

이번 테러로 인해서 이능관리부를 포함한 정부의 신뢰도에 치명적인 타격이 가해졌으니, 어찌 보면 당연한 일일지도 모른다.

"예, 짐작하고는 있습니다."

"혹시 짐작하고 계신 바를 저희에게 말씀해 주실 수 있겠습니까?"

"안 될 것 없죠. 이 이야기를 어디서부터 시작해야 할까 고민하고 있었습니다."

나는 내 앞에 놓여 있던 커피로 입을 축였다.

그리고 천천히 이야기를 시작했고, 유선호 장관은 내 이야기를 굳은 얼굴로 가만히 경청했다.

이야기의 핵심은 당연히 마왕의 화신체였다.

그 저주받은 존재가 어디서부터 기인했으며, 그것을 추종하는 세력까지.

애초에 이번 테러는 마왕의 화신체를 확보하기 위해 감행된 테러였기에, 당연히 마왕의 화신체에 대한 이야기가 주를 이룰 수밖에 없었다.

그렇게 15분 정도 이어진 내 이야기가 끝났고, 조용히 있던 유선호 장관이 침음을 흘렸다.

"악마……를 추종하는 세력들이 배후에 있다, 그렇게 짐작하고 계시는군요."

"악마라는 단어가 입에 익숙지 않으신 모양입니다. 믿기 힘드실 거란 점, 충분히 인지하고 있습니다."

유선호 장관은 내 말에 씁쓸하게 웃음을 짓는다.

"나이가 들면 새로운 걸 익히는 게 힘든 법이긴 하지요. 하지만 오해하지 말아 주셨으면 합니다. 시우 님의 이야기를 믿지 못해서가 아닙니다. 문득 이런 생각이 떠올라서 그랬습니다. 아, 이제는 괴물뿐만 아니라 악마들까지 지구를 넘보고 있구나, 하는 생각 말입니다."

악마라는 단어가 지닌 애매모호함 때문에 어색할 수도 있다고 생각했다.

그래서 나는 조용한 목소리로 설명을 덧붙였다.

"에덴에서도 그들을 주로 마족이라고 불렀습니다. 편의상 악마로 설명해 드렸을 뿐입니다."

"마족이라. 이쪽이 확실히 받아들이기 쉽기는 합니다. 예컨대 오크나 트롤 같은 이종족으로 생각하면 되겠군요."

"그렇습니다."

"친절한 설명에 감사드립니다."

유선호 장관이 내 이야기를 허황되었다고 생각하면 어떻게 하나 걱정하기도 했지만, 그 걱정은 기우에 불과했다.

그는 내 이야기를 진심으로 받아들이고 있었다.

이해하고자 노력했고, 단 한 치도 의심하지 않았다.

이런 내 시선을 눈치챘는지, 유선호 장관이 아까에 비해 한층 부드러워진 목소리로 말했다.

"시우 님께서 이곳까지 오셔서 거짓을 말할 이유는 없다고 생각합니다. 그리고 그럴 분이 아니라는 것도 알고 있지요. 제가 이래 보여도 이 정치판에서 눈칫밥 하나로 살아남은 사람입니다."

"저조차도 믿기 힘든 이야기라고 생각하니까요. 믿어 주지 않으셨어도 섭섭하진 않았을 겁니다."

"믿기 힘든 이야기는 아닙니다. 시우 님."

유선호 장관은 조용히 나를 바라보았다.

"5년 전 디멘션 오프닝 이후, 지구는 무엇이든 벌어질 수 있는 세계가 되었습니다. 그것을 받아들인 자들은 살아남았고, 받아들이지 못한 자들은 도태되었습니다. 적어도 대한민국은 전자에 속합니다. 우리는 무엇이든지 받아들일 준비가 되어 있습니다."

그것은 완고한 철학에 가까운 듯한 말이었다.

동시에 대격변의 시기에, 이능관리부라는 조직을 이끌어 나가는 수장으로서의 품격이기도 했다.

거기까지 말한 유선호 장관은 물을 한 모금 넘겼다.

그리고 나와 시선을 맞추며 말을 이어 갔다.

"저희는 지금까지 이번 테러를 빌런들의 협박으로 받아들이고 있었습니다만, 시우 님의 이야기를 들어 보니 그게 아니었군요. 혹시 지난번 연백 길드 사건과 관련되어 있을 가능성이 있습니까?"

지난번에 내가 연백 길드의 건물로 쳐들어갔던 일을 말하는 것 같다.

당연히 관련되어 있을 수밖에 없다.

"자세한 건 이번에 생포한 이세희를 통해서 알아볼 생각입니다. 그래서 말인데, 저희 쪽에서 먼저 심문을 진행하고 싶습니다."

김 팀장이 난색을 표했던 문제였기 때문에 쉽게 허락해 주는 않을 거라 생각했다.

하지만 실상은 전혀 그렇지 않았다.

"그렇게 하시지요. 다만, 숨은 붙여 두셨으면 합니다. 이세희가 식물인간이 되어 버린다고 한들, 저희는 그녀를 반드시 재판정에 세워야만 합니다."

"저희 교단은 누군가를 식물인간으로 만든 적이 없습니다."

"음, 그런가요?"

"……공식적으로, 공식적으론 말입니다."

어찌 되었든 한 가지는 받아 내었다.

나는 작게 한숨을 내쉰 다음, 곧바로 다음 안건으로 넘어갔다.

"한 가지 부탁이 더 있습니다."

"편하게 말씀하세요."

"앞으로 다른 마왕의 화신체에 관련되어 있는 듯한 정보를 입수하면 저희 쪽에도 공유해 주셨으면 합니다. 국내뿐만 아니라 외국까지 포함해서 말입니다."

에덴이었다면 교단에 소속된 이단심문관들을 대륙 곳곳에 파견했겠지만, 지구에서는 그게 힘들었다.

당장 교단을 운영해 나갈 인력도 부족한 마당에, 이단심문관을 운용하기에는 빠듯했기 때문이다.

그래서 떠올린 생각이 바로 정부 소속의 정보기관과 협조하는 것.

지구의 국가들은 에덴의 국가들과 비교했을 때, 그야말로 압도적인 수준의 정보력을 보유하고 있었다.

그 정보력을 빌릴 수만 있다면, 마왕의 화신체를 추적하는 데 큰 도움이 되어 줄 것이다.

"대한민국 정부는 그럴 리가 없지만, 외국 정부는 시우 님에게 정보에 대한 값을 요구할 수 있습니다. 괜찮으시겠습니까?"

그 말에 나는 피식 웃음을 지었다.

그리고 책상 위에 손을 올리면서 말했다.

"정보에 대한 값이라…… 그럴 수 있긴 하겠네요. 그러면 말을 바꾸죠."

유선호 장관의 말대로 착각은 할 수 있겠다.

그렇기 때문에 정확하게 의사를 전달할 필요는 있을 것 같다.

"마왕의 화신체들에 대한 정보를 미리 제공해 준다면, 이쪽에서 도와줄 의향은 있다. 선택은 당신들의 몫이니 현명한 선택을 하길 바란다, 이렇게 전해 주시면 됩니다."

도움이 필요하게 될 쪽은 우리가 아니라 그들이다.

나는 그저 불필요한 희생을 막기 위해서 먼저 제의를 건넸을 뿐, 선택은 그들의 몫이다.

나를 지그시 바라보던 유선호 장관은 천천히 고개를 끄덕였다.

"잠시 제가 착각하고 있었군요. 확실하게 전달하도록 하겠습니다."

기분 탓이었을까?

아주 잠시였지만, 유선호 장관의 입가에 미소가 떠올랐던 것 같다. 그 미소는 무슨 의미였을까.

이능관리부 본청에서의 일이 끝난 후, 나는 곧바로 신전으로 복귀했다.

유선호 장관은 헤어지기 직전에 나에게 이런 말을 했다.

—다시 한번 큰 빚을 졌습니다. 정부에서는 리멘 교단의 도움을 평생 잊지 않을 것입니다. 다만, 공식적인 경로로 도움을 드리는 것은 도리어 폐가 될 수 있다고 생각합니다. 그렇기 때문에 앞으로 다양한 방면으로 도움을 드리고자 합니다.

그때까지만 해도 그게 무슨 뜻인지 잘 몰랐지만, 신전에 돌아와서 보니 그 '다양한 방면의 도움'이란 게 무슨 뜻인지 금방 깨달을 수 있었다.

[긴급 입수! 이능관리부 2청사 테러 현장 CCTV 영상.]

각종 언론에서 대대적으로 보도하기 시작한 의문의 영상.

말이 테러 현장의 CCTV지, 정작 나나 루나가 벌였던 전투 현장은 포함되어 있지 않았다.

전투가 벌어졌던 32층과 38층의 CCTV는 당연히 손상되었기 때문이다.

하지만 한 구역만큼은 멀쩡했다.

그것은 바로 32층부터 38층으로 향하는 계단.

그 CCTV 영상은 계단에서 벌어진 일들을 고스란히 담고 있었다.

계단에서 벌어진 일이란 단순했다.

누군가가 위쪽을 향해 도망치고 있었고, 누군가가 그들을 쫓아간다.

보통의 경우였다면 전자가 피해자, 후자가 가해자겠지만 이번 경우는 좀 달랐다.

"역시, 교황청의 광견."

"……레벤톤 경이 하실 말씀은 아닙니다."

"와, 이거 진짜 무서운데? 이 정도면 사제가 아니라 사신 아니야?"

영상의 주인공은 다름 아닌 레오였다.

테러범들이 계단을 통해서 필사의 탈출을 감행했지만, 레오는 카메라도 쉽게 잡지 못하는 속도로 따라붙어서 그들을 접어 버렸다.

말 그대로 접었다.

레오의 손에 붙잡힌 테러범들은 양옆으로 접히거나, 위아래로 접히거나, 둘 중 하나의 결말을 맞이했다.

레오의 주특기라고 할 수 있는 인간 접기의 정수가 그 영상 안에 담겨 있었다.

마지막 테러범까지 꼼꼼하게 접어 버리고 난 다음, CCTV를 올려다보는 레오의 모습은 그 3분짜리 영상의 백미라고 해도 과언이 아니었다.

CCTV의 화질이 놀랍도록 좋았던 덕에 레오의 인간 접기 쇼가 생생하게 담긴 것도 주목할 만한 포인트였다.

"누가 이런 영상을 배포한 걸까요?"

"어디겠냐?"

"당연히 CCTV 주인이겠죠."

이건 이능관리부가 아예 마음먹고 뿌린 거다.

유명 언론, 미튜브 등등, 영상이 올라갈 수 있는 곳에는 싹 뿌려 버렸다.

거기에는 테러를 통해 급속도로 악화되고 있는 여론을 잠시 무마하기 위한 목적도 있었겠지만, 우리에겐 큰 호재였다.

곳곳에서 올라오는 반응만 봐도 그랬다.

[제목: 응~ 어디 한번 테러해 봐~]

내용: '레오가 반으로 접힌 테러범들을 대충 던지는 짤'

……싸그리 다 반으로 접어 버리면 그만이야~

―누가 감히 폴더좌 짤 쓰라고 했냐? 너 그러다가 진짜 반으로 접혀.

―서울의 한복판에서 테러당했는데 제정신이냐? 지금 상

황이 웃김? 하마터면 수천 명이 죽을 뻔했는데?

 -짤에 나오시는 분이 그 수천 명 구하신 분 중 하나임. 좀
빨아 드리면 안 되냐?

 -나 오늘 라이브 방송 보고 리멘 교단 들어가기로 마음먹
음. 리멘 교단이야말로 우리의 희망이다

 -받아는 준대?

 -ㅇㅇㅇㅇ입교 신청서 넣으면 신도 바로 된다던데?

 -님들. 리멘 교단 갤러리에 오시면 신도가 되는 법 공지
에 적혀 있음. 그거 보셈

　위 게시글 말고도 거의 모든 곳에서 리멘 교단에 대한 이
야기만 흘러나오고 있다.

　저 댓글 중에 나오는 '라이브 방송'은 내가 이능관리부 본
청으로 떠난 뒤, 현장에 남아 있던 레오와 루나가 진행했던
라이브 방송을 의미했다.

　민수 씨가 있어서 어련히 잘하겠거니 했는데, 기대했던 것
보다 훨씬 강렬한 인상을 남긴 듯했다.

　비록 루나가 이세희의 대가리를 잡고 질질 끌고 다녔던 탓
에 20분 만에 '폭력성'으로 인한 송출 정지를 당했지만, 강렬
한 인상을 남겼다.

　거기에 CCTV 영상을 통해 레오가 무엇이든 접어 버리는
'폴더좌'라는 별칭까지 얻게 되었으니, 교단을 향한 대중들의

관심은 다시 한번 불에 기름을 부은 꼴이 되었다.

"정말 운이 좋았다."

나는 한숨을 푹 내쉬면서 고개를 끄덕였다.

이능관리부의 공식 발표에 따르면 이번 테러로 인해 희생당한 사망자는 총 12명, 부상자는 52명이라고 한다.

대낮에 벌어진 테러치고는 피해가 적었다.

정말 여러모로 운이 좋았다고밖에 말할 수 없던 상황이다. 만약 우리가 그 장소에 없었다면 이능관리부의 2청사는 통째로 무너졌을 것이다.

셀 수 없이 많은 사상자는 물론이고, 일시적으로 사회가 마비될 정도의 혼란이 찾아왔을 거다. 그리고 그 혼란은 우리가 절대 바라지 않았던 전개였겠지.

이쯤 되니 정말로 리멘이 우리를 인도해 준 게 아닐까, 하는 생각이 들었다.

그래서 신전에 돌아와 리멘을 불러 보았지만, 리멘에게서 대답은 없었다.

에덴의 일이 바쁜 모양이니 다음에 물어보면 되겠지.

아무튼.

이번에도 전개는 전혀 예상하지 못했던 방향으로 흘러갔지만, 결말은 우리가 원했던 결말이었다.

"백명교란 이교도 놈들도 그렇고, 마왕의 화신체도 그렇고. 신경 쓸 게 자꾸 늘어나는 걸 보니, 어째 에덴에서보다 더 바쁠 것 같은데…… 안 그래요, 성하?"

루나가 소파에 누운 채로 말했고, 나는 힘겹게 고개를 끄덕였다.

"동감이다."

"그런데 성하. 이세희 심문 결과에 대해서는 따로 안 물어보세요? 오자마자 물어보실 줄 알았는데."

"어차피 남는 게 시간인데, 급할 건 없잖아? 너희가 어련히 잘해 뒀을까."

"술술 불더라구요. 레오가 심문 기술 따로 쓸 것도 없었어요. 뭐, 마녀들이 대부분 그렇지만."

루나는 기지개를 켜면서 자리에서 일어섰다.

그리고 내가 앉아 있던 책상 앞으로 다가왔다.

"이세희 그년, 흑마법만 사용할 줄 알았지, 막상 쓸 만한 정보는 몇 개 없었어요. 그년 옆에 있던 가면 쓴 남자가 지부장이라던데, 그놈 못 보셨어요?"

"보긴 했지."

보자마자 잡아먹혔을 뿐.

내 짧은 대답의 의미를 이해한 루나가 어깨를 으쓱이더니 말을 이어 갔다.

"그래도 이세희가 어디에서 흑마법을 익혔는지는 알아냈어요. 해외로 도주했다던 이야기가 맞더라구요."

"……어딘데?"

뭐, 대충 예상은 간다만.

루나는 내 질문에 왼쪽 눈을 가볍게 윙크하면서 대답했다.

"중국."

그래, 그럴 줄 알았다.

너희가 이런 데 빠질 리가 없지.

이세희에 말에 따르면, 그들이 소속된 집단의 이름은 〈정화자〉라고 했다.

마족을 섬기는 집단치고는 쓸데없이 경건한 이름이라고 할 수 있겠다.

그래서 내가 도대체 무엇을 정화하는 게 목적이냐고 물어봤더니, 돌아온 대답이 아주 일품이었다.

－아무런 능력이 없는 일반인들과 일반인이나 다름없는 플레이어들! 그들은 새로운 지구에서 필요 없는 존재잖아요? 그들에 비해 저희는 선택받았고, 우등해요. 더 나은 미래를 위해서라면 열성인자들을 제거하여 지구를 정화하고, 진화를 향해 나아가는…… 끄으으으윽.

그야말로 극단적인 선민사상이었다. 지옥에 있을 히틀러

가 들었으면 박수를 쳐 댔을지도 모르는, 생각만으로 구역질이 튀어나올 만한 사상.

더 충격적이었던 건 이세희는 심문 도중임에도 불구하고 그 말을 할 때 나를 보면서 눈을 빛냈다. 그것은 그녀가 정말로 그 사상에 심취해 있다는 것을 의미했다.

"예전에는 바이러스를 수출하더니, 이제는 하다못해 우생학까지 수출하는 건가? 참 대단한 나라야."

"음, 중국이라는 국가가 원래 수출을 많이 하나 봐요? 인터넷으로 보니까 대한민국의 이웃 국가던데, 성하 표정 보니까 사이가 나쁜 듯하네요."

"에덴에서 이웃 국가들끼리 좋은 사이를 유지하는 걸 본 적 있어?"

"아니요."

"여기도 마찬가지야. 게다가 갈등의 역사가 엄청 깊거든."

이세희의 심문 결과를 정리해 보자면 다음과 같다.

1. 그녀는 중국 상해에서 〈정화자〉라는 단체에 투신, 이름을 알 수 없는 초월적인 존재로부터 힘(마기)을 받았다.

2. 한국에도 이미 주요 도시 곳곳에 〈정화자〉의 지부가 개설되어 있다. 이번에 작전에 동원된 건 〈서울〉 지부.

3. 지부장들조차 서로의 제단(일종의 아지트)의 위치를 모를 정도로 폐쇄적이다.

이세희는 그 정보들과 덧붙여, 본인을 살려 주면 대한민국에 위치한 〈정화자〉의 지부를 찾는 것을 도와주겠다고 말했다.

본인이 지닌 마법이라면 보다 쉽게 추적할 수 있을 거라며 말이다.

그에 대한 우리 대답은.

"지랄하고 자빠졌네. 네까짓 게 할 수 있는 걸 우리가 못할 거라고 생각하냐? 넌 이제 쓸모없으니까 닥치고 있어."

"끄르르르륵."

콰아아아아앙!

루나의 매콤한 주먹으로 대체되었다.

루나의 주먹에 정통으로 얻어맞은 이세희는 벽으로 날아갔고, 곧 게거품을 물면서 바닥에 흘러내렸다.

"성하께서는 손대지 마세요. 광증 옮을라."

"너는 괜찮고?"

광증이 무슨 코로나라도 되냐? 그렇게 쉽게 전염되게?

내 어이없는 표정에도 불구하고 루나는 털털하게 웃으면서 말했다.

"에이, 저는 원래부터 미쳐 있어서 괜찮아요. 아무튼. 중국이라는 곳에 본거지가 있는 모양인데, 우리가 직접 가서 정리해야 하는 거 아니에요?"

"결론부터 말하자면 못 간다. 안 가는 게 아니라, 못 가는 거야."

그건 굳이 길게 생각할 것도 없었다.

현재의 지구에서 이레귤러들은 과거 핵무기 같은 전략무기급으로 분류되고 있다. 그런 상황에서 내가 막무가내로 중국에 발을 내디딘다?

그 순간 전쟁이 벌어진다. 그건 굳이 깊이 생각 안 해도 충분히 떠올릴 수 있는 미래다.

중국이 어떤 나라인가?

자존심 하면 세계 그 어느 나라에도 밀리지 않는 나라다. 그런 놈들에게 가서 '너희들 땅에 있는 악마숭배자들을 지워야 하니, 길을 내어 달라.'라고 하면 잘도 내어 주겠다.

"저쪽에서 먼저 요청을 하지 않는다면, 사실상 방법이 없다. 아직 규모도 제대로 파악하지 못한 놈들 잡자고 전쟁을 일으킬 순 없어."

가뜩이나 교단의 이미지가 좋게 형성되었는데, 거기서 굳이 전쟁을 주장해서 이미지를 깎아내릴 필요는 없었다.

우리 교단은 평화를 사랑하는 교단이니까.

"하, 그냥 싹 다 밀어 버리면 안 되나?"

"레벤톤 경, 저는 개인적으로 대화를 시도할 필요는 있다고 생각합니다."

"그러다가 대화가 잘 안되면?"

"진심으로 몸을 맞댄다면, 분명히 통할 겁니다. 저는 그렇게 믿고 있습니다."

……아무튼, 평화를 사랑하는 교단이다.

나는 의남매의 대화를 떨떠름하게 쳐다본 다음, 자리에서 일어섰다.

"정화자와 관련된 문제는 당분간 보류해 두도록 한다. 레오는 심문의 결과를 담은 보고서를 작성해서 정부 측과 공유하도록."

"그럼 쟤는 어떻게 할까요?"

루나는 게거품을 물고 쓰러져 있던 이세희를 턱짓으로 가리키면서 말했다.

나는 눈살을 살짝 찌푸린 다음, 쓰러져 있던 이세희에게 다가갔다.

그리고 눈을 감고 있는 그녀의 귓가에 조용히 속삭였다.

"기절하고 있는 척하면 우리가 그냥 내버려 둘 거라고 생각했어?"

내 나지막한 속삭임에도 이세희는 반응이 없었다.

하지만 딱히 상관은 없었다.

기절해 있든 말든, 그녀를 어떻게 할 것인지에 대해서는 아까 이미 결정해 뒀었기 때문이다.

"그냥 그 상태로 들어. 넌 지금부터 각성자가 아니라 일반인이 될 거야. 네 몸에 깃들어 있는 마기만 정화하는 방법도 있기는 했지만…… 그건 고민할 가치조차 없더라고."

우우우우웅─!

그녀의 머리에 올려 둔 손을 통해 내 신성력이 그녀의 신체 내부로 침투한다.

그제야 기절한 척하고 있던 이세희가 몸을 움찔거렸다. 입가가 씰룩거리는 걸 보면 무언가 할 말이 있는 듯했지만, 들어줄 생각은 애초부터 없었다.

잠시 후.

뚝─.

이세희의 몸 안에서 무언가 끊기는 소리가 울려 퍼졌다. 그리고 곧 그녀의 입에서 검붉은 피가 흘러나오기 시작했다.

그 피는 그녀가 여태껏 마법사로 살아오면서 사용했던 마력 기관이 파괴되었다는 증거였다.

플레이어 〈이세희〉의 시스템 권한이 소멸합니다.
〈멸악의 의지〉를 통해 내려진 합당한 심판이기에 인과율은 당신에게 이의를 제기하지 않습니다.

나는 눈앞에 떠오른 메시지 창을 닫았다.

그리고 몸을 간헐적으로 들썩거리고 있던 이세희를 향해 말했다.

"아무런 능력이 없는 일반인은 지구에서 필요 없다고 했었지? 어때, 네가 말하는 그 '열성인자'가 된 기분은?"

신전에 오기 전, 유선호 장관으로부터 들었다.

이세희는 이능관리부에 인계되는 대로 재판에 회부된 후, 이능특별법에 의거하여 사형이 집행될 예정이라고 했다.

그녀는 결국 일반인 판사에게 선고받아, 일반인들 앞에서, 일반인으로서 최후를 맞이할 것이다.

그리고 그런 최후야말로 이 여자에게 더할 나위 없이 어울리는 최후라고 확신한다.

"루나. 신전 바깥에 이능관리부 요원들 있으니까, 그 사람들한테 이 여자 인계해라."

"여부가 있겠습니까."

루나는 이세희를 이곳에 데려왔던 것처럼, 그녀를 마대처럼 질질 끌면서 밖으로 나갔다.

나는 멀어지는 루나의 모습을 바라보면서 크게 숨을 내쉬었다.

긴장이 풀려서일까, 피로가 급속하게 밀려드는 것만 같은 기분이었다.

❧

"다녀왔습니다…….."

이게 도대체 얼마 만에 스위트 홈인지 모르겠다.

나는 현관으로 들어서면서 힘없이 중얼거렸다. 역시 집이 최고다.

익숙한 집의 공기를 마시면 피로가 줄어드는 것만 같은 게, 피톤치드가 따로 필요 없다.

"큰오빠아아아!"

"우리 시연이!"

"내 이름 까먹은 줄 알았어 오빠!"

"그래도 전화는 자주 했잖아? 오빠가 세상을 구하고 오느라고 좀 바빴어."

"헤헤."

거기에 시연이의 애교까지 곁들어지면 더 이상 부러울 게 없었다.

이곳이야말로 낙원이 아닐까?

나는 나에게 안겨 든 시연이를 부둥부둥해 준 다음 바닥에 내려놓았다. 그리고 말린 지 얼마 안 된 듯한 시연이의 머리카락을 조심히 쓰다듬었다.

"오늘은 손님이 좀 많아. 괜찮아?"

"당연하지. 오빠 손님이면 내 손님이야!"

"얘들아, 집주인께서 들어오라고 하신다."

현관이 워낙 좁았기에 내가 먼저 신발을 벗고 거실로 들어왔고, 내 뒤를 이어 오늘의 손님 세 분께서 모습을 드러냈다.

"시연아, 언니 왔어."

"시연 님, 오랜만에 뵙습니다. 잘 지내셨습니까?"

앞선 두 손님은 당연하게도 루나와 레오였다. 원래 교리상 레오나 루나 둘 중 하나 신전에 남아 있는 게 맞지만, 오늘은 둘 다 고생했기 때문에 특별히 허락해 줬다.

내가 리멘의 대리인이니, 내 결정에 태클을 걸 사람은 없다.

평소라면 묵묵히 신전에 남았을 레오가 순순히 따라온 걸 봤을 때, 레오에게도 휴식이 필요했던 게 아니었을까?

신전의 경비는 이능관리부에서 파견한 특임대들에게 맡겨 두고 왔으니, 별일은 없을 것이다.

그리고 별일이 발생하면 바로 뛰어가면 되는 거지 뭐. 까짓것, 신전에서 우리 집까지 뛰어서 얼마나 걸린다고?

"승우도 들어와."

"아, 그래도…… 될까요?"

"당연하지. 너도 이제 우리 가족인데."

남은 손님 한 명은 승우였다.

승우네 아버지가 아직 퇴원을 못 하신 관계로 우리 집에 데려왔다. 신전에 아무도 없는데 혼자 둘 수도 없는 노릇.

그렇다고 아버지가 계시는 병원 가서 자라고 할 순 없잖아.

그런데 승우야.

"너 왜 거기서 얼굴 붉히고 있나?"

승우가 시연이를 본 채로 쭈뼛거리고 있었다. 얼굴도 빨개

진 것이, 영락없는 '풋풋한 첫사랑' 모드다.

"안, 안녕? 나는…… 진승우라고 해. 12살. 초등학교 5학년이야. 교황님으로부터 이야기 많이 들었어. 네가 시연이지?"

"승우 오빠 안녕. 내 이름은 김시연이야. 초등학교 3학년!"

오빠라는 칭호를 들어서일까?

승우의 눈꼬리가 올라갔다. 이제는 아예 대놓고 눈웃음을 치고 있다.

그 모습에 나는 나도 모르게 몸이 움직이려고 했지만, 어느새 내 옆으로 다가온 루나가 나를 제지하면서 조용히 말했다.

"내버려 둬요. 애들 귀엽구만."

"이…… 이 폭스 같은……."

"아, 글쎄. 내버려 두라니까."

루나 때문에 나는 둘이서 풋풋하게 인사를 나누는 과정을 끝까지 지켜보기만 할 수밖에 없었다.

그렇게 내가 이글거리는 눈빛으로 승우를 바라보고 있을 때쯤, 인욱이의 방문이 열리면서 곧 판다 한 마리가 모습을 드러냈다.

"아…… 형 왔어?"

"방금 일어났냐?"

"안 잤어. 방금 전까지 오늘 라이브 방송 녹화본 편집하고 있었는데?"

그래서 다크서클이 눈두덩이를 점령해 버렸구만.

"귀엽기도 해라. 인욱아, 누나가 피로 좀 풀어 줄게."

루나는 인욱이의 볼을 가볍게 쓰다듬었다. 그러자 루나의 손이 신성력으로 빛났고, 신성력은 순식간에 인욱이의 몸속으로 스며들었다.

"감, 감사해요. 누나."

"루나야."

"네?"

"너도 내 동생 건드리면 진짜 뒈진다. 나는 미리 경고했어."

내 진심 섞인 경고에 루나는 내 등을 가볍게 때리면서 소리 내어 웃었다.

"동생을 질투하시는 거예요? 부러우면 부럽다고 말씀하시지! 뺨 대세요. 제가 부드럽게 쓰다듬어 드릴게요."

그냥 말을 섞지 말자.

관종에게는 먹이를 주지 말아야 한다는 사실을 잠시 망각했다.

나는 경멸의 눈빛으로 루나를 쳐다본 다음, 손에 들고 있던 장바구니를 의자 위에 내려뒀다.

"모처럼 손님들도 많이 왔으니까 거실에서 상 펴 놓고 삼겹살 구워 먹자. 고기랑 쌈 채소 좀 사 왔어."

"가스버너는 신발장 옆 칸에 있어. 쌈 채소는 이리 줘. 미리 씻어 두자."

인욱이가 당연하다는 듯이 채소가 담긴 봉투를 가져가려

고 하자, 루나가 그것을 가로채면서 미소를 지었다.

"성하, 제가 할게요."

"그렇긴 한데, 싱크대 사용할 줄은 알아?"

"당연하죠. 지난번에 설거지도 제가 했는데요?"

하긴, 루나의 적응력은 상상 이상이다. 스마트폰도 거의 자유자재로 다루는데, 상추를 씻는 것쯤이야 못 할 리가 없다.

나는 고개를 끄덕였고, 루나는 콧노래를 부르면서 주방으로 향했다.

그 모습을 가만히 지켜보던 인욱이가 무언가 떠올랐다는 듯이 나를 바라보았다.

"맞다, 형. 할머니 내일모레 귀국하신다는데?"

"벌써 그렇게 되었나?"

"슬슬 돌아오실 때가 되긴 했지. 전세기 타고 오신다더라. 형한테 처음으로 손주 덕 본다고 고맙다고 전해 달라던데."

"나한테는 따로 연락 없었어."

"원래 그런 분이시잖아."

할머니가 돌아오신다……라.

지구로 돌아와서 유일하게 얼굴을 못 본 가족이라 보고 싶기는 했었다.

하지만 막상 할머니를 다시 만날 생각을 하니 살짝 무섭기는 했다.

워낙 특이한 분이셔서 말이지.

"내일모레 시간 비워 둬야겠네."

"그래야 하지 않을까?"

"너도 작업 같은 거 미리 해 둬."

"알았어."

형제들의 대화가 통상 그렇듯, 우리는 짧게 짧게 말을 주고받으면서 대화를 이어 갔다.

그렇게 내가 인욱이에게 오늘 테러 현장에서의 이야기를 풀어놓으려던 찰나.

"큰오빠."

어느새 내 앞에 다가온 시연이가 나를 기대 가득한 표정으로 바라보고 있다는 것을 눈치챘다.

시연이는 나와 눈이 마주치자마자 해맑게 웃으면서 말했다.

"나 부탁 하나만 해도 돼?"

"물론이지. 무슨 부탁이실까?"

그리고 뒤이어진 시연이의 부탁에, 나는 눈을 둥그렇게 뜨면서 되물었다.

"응? 갑자기?"

⚜

다음 날 아침.

"시연이 정말 이게 소원이야?"

"응! 큰오빠는 나 학교 데려다주는 거 싫어?"

"그건 아닌데…… 그냥 좀."

"에이, 성하. 시연이가 뭐 비싼 거 사 달라는 것도 아니고, 그렇다고 어려운 걸 해 달라는 것도 아니고. 동생을 배움의 터까지 데려다주는 게 그렇게 힘든 일이에요?"

"맞습니다, 성하. 그리 어려운 일도 아니지 않습니까."

"아니, 등교시켜 주는 건 나도 좋아. 좋은데 그냥……."

나는 말끝을 흐리면서 주위를 둘러보았다.

아까부터 느껴지는 뜨거운 시선들 때문이었다.

수많은 사람이 우리를 바라보면서 수군거리고 있었다. 초등학생부터 시작해서 교복을 입고 있는 중고등학생, 거기에 출근길로 보이는 어른들까지.

주위에 있던 모든 이의 시선이 우리에게 집중되고 있었던 것이다.

"우와아아! 저 사람들 그 사람들 아니야?"

"맞네, 맞아."

"저 키 큰 아저씨가 폴더좌지? 진짜 사람 잘 접게 생겼다."

"누나 진짜 예쁘지 않냐? 와, 오늘 학교 가서 자랑해야겠다. 사진 같이 찍어 달라고 하면 안 되나?"

누가 보면 유명한 아이돌 그룹이라도 온 줄 알겠다.

나는 사방에서 쏟아지는 그들의 관심에 어색하게 웃음을 지었다.

그리고 시연이를 보았는데, 나도 모르게 입 밖으로 웃음을 터트릴 수밖에 없었다.

"푸흡."

"큰오빠 왜? 나한테 뭐 묻었어?"

"그냥, 시연이 오늘따라 더 귀여워서."

시연이의 어깨는 미묘하게 올라가 있었다. 소위 말하는 으쓱거리는 상태.

게다가 표정도 밝은 것이, 기분이 엄청 좋은 모양이다.

어젯밤 삼겹살을 먹기 전에 시연이가 나한테 했던 부탁은 이랬다.

시연: 큰오빠랑 레오 오빠랑 루나 언니랑 다 같이 학교까지 데려다줘. 어제 학교에서 애들이 오빠들이랑 루나 언니 나오는 미튜브 보고 있어서, 내가 저 사람들 우리 가족들이라고 했거든? 근데 최성현이라는 남자애가 거짓말하지 말라는 하는 거야! 너희 큰오빠 실종된 거 다 아는데, 관심이 그렇게 좋냐더라구. 걔 막 욕도 하고 다니고, 다른 친구들도 때리고! 놀리고! 진짜 나쁜 애야.

나: 음, 그래서 오빠랑 같이 등교하고 싶은 거야?

시연: 응!

나: 알았어. 근데 작은오빠는 같이 안 가도 돼?

시연: 응!!

……이상, 어젯밤 회상 끝.

다시 현실로 돌아와서, 오늘 아침에 몇 가지 주문이 추가되었다.

그것은 바로.

"사제복을 빨았다고 할걸."

"축성받은 천이라서 빨 일도 없잖아요? 그리고 어차피 저 때문에 주목받는 건 못 피하셨을걸요. 지구에 이런 말이 있던데, 피할 수 없다면 즐겨라! 성하도 이 관심을 즐겨 보시는 게 어떨까요?"

나와 레오는 사제복을 입을 것.

그리고 루나는 그 '삐까뻔쩍한 갑옷!'을 입을 것.

이 두 가지였다.

내가 고민을 하기도 전에 루나와 레오는 전격으로 찬성해 버렸고, 그 결과 이 진풍경이 벌어진 것이다.

솔직히 말하자면 관심이 막 부담스러운 건 아니었다.

에덴에서도 우리가 나타나는 곳마다 사람들이 달려와서 눈물까지 흘리며 기뻐했으니까. 그에 비하면 이 정도의 관심은 귀여운 수준에 속한다.

그리고 나 역시 관심을 좋아하는 사람이었기 때문에 부끄럽거나 그런 건 아니었다.

그저.

"귀찮아서 그렇지. 귀찮아서……."

평화로운 아침만큼은 방해받고 싶지 않았을 뿐이다.

하지만 나는 잠시 후, 귀찮다는 말을 내뱉은 걸 후회할 수밖에 없었다.

"큰오빠. 미안해…… 내가 괜한 부탁을……."

시연이가 나를 바라보면서 코를 훌쩍이기 시작했던 것이다.

"시, 시연아. 너를 데려다주는 게 귀찮다는 게 아니라 오빠는 그냥……."

"시연아, 언니한테 와."

루나는 시연이를 살짝 안아 주면서 나를 바라보았다. 그리고 고소해 죽겠다는 표정으로 말했다.

"하나뿐인 여동생의 부탁을 이렇게나 무참히 짓밟다니. 이 냉혈한."

"저 역시 이번 건은 성하가 잘못했다고 생각합니다."

거기에 레오까지 거드는 걸 보니 아주 그냥 둘 다 날 잡았다.

나는 둘을 번갈아 가면서 노려보았지만, 곧 한숨을 푹 내쉬면서 체념했다.

그렇게 내가 시연이를 바라보면서 안절부절못하고 있을

때쯤이었다.

루나의 갑옷에 얼굴을 비비적거리고 있던 시연이가 갑자기 고개를 돌렸다.

"최성현이다."

나는 그 말을 듣자마자 시연이의 시선이 닿은 곳을 바라보았다.

그곳에는 시연이 또래의 남자아이가 책가방을 멘 채로 멍하니 우리를 바라보는 중이었다.

약간 얼이 빠진 표정.

시연이는 이 기회를 놓치지 않고 남자아이를 향해 달려갔다. 그러더니 그야말로 '우쭐한' 표정을 지으면서 말했다.

"말했지? 우리 가족들이라고?"

"진, 진짜였어? 애들이 너 큰오빠 실종되었다고 했는데. 그냥…… 그냥 코스프레하는 사람들 아니야? 네가 돈 주고 알바 썼지!"

"아니야! 진짜 우리 오빠야!"

"응, 절대 안 믿어!"

요새 애새끼들 참 무섭다.

남의 가족 신상까지 속속들이 알고 있을 줄은 몰랐다. 거기에 드라마나 영화를 많이 봐서 그런가, 상상력도 참 풍부하다.

돈 주고 알바를 고용했다는 추론까지 할 정도일 줄은 몰랐다. 이 건방진 놈.

나는 여유롭게 최성현이라는 남자아이에게 다가갔다. 그리고 무릎을 잠시 굽혀 녀석과 눈을 마주쳤다.

"네가 성현이라는 새끼…… 아니, 친구구나. 만나서 반갑다. 형은 김시우라고 해. 시연이 큰오빠야."

"안녕……하세요."

"그래, 성현아. 인사성이 밝아서 참 좋구나. 그런데 성현이, 내가 누군지 알고 있니?"

그러자 녀석은 개미가 기어 다니는 목소리로 대답했다.

"검은…… 교황."

"오, 잘 알고는 있네. 그럼 저 뒤에 있는 두 사람은 누군지 알아?"

"폴더좌랑 누나……요."

참고로 루나의 별명은 그냥 누나다. 루나에 두음법칙을 적용시키면 누나가 되기 때문에 지어진 별명이다.

나는 성현이의 친절한 대답에 만족스럽게 고개를 끄덕였다.

그리고 조용히 녀석의 귓가에 입을 가져다 댄 다음, 아주 작은 목소리로 속삭였다.

"시연이네 큰오빠가 실종되었다는 이야기는 누구한테 들었는지는 모르겠는데…… 한 번만 더 내 동생한테 말 그딴 식으로 하면 형 못 참는다? 너 레오가 사람 얼마나 이쁘게 잘 접는지 알지?"

끄덕끄덕.

필사적으로 고개를 끄덕이는 성현이.

눈치 하나만큼은 인정해 줄 만하다.

"레오 저 녀석이 어린아이는 더 잘 접어. 어린아이들은 작고 부드럽거든. 성현이 눈치 빠르니까 형 말 대충 이해했지?"

"예, 예!"

"그래, 알아들었으면 된 거지. 요새 어린애들이 참 똘똘해서 좋아. 학교 가면 친구들한테 형이 해 준 이야기 꼭 전하고, 아, 그리고 형 말을 부모님한테 이르면 어떻게 되는지도 알고 있을 거야. 그치?"

끄덕끄덕끄덕.

원래 법보다 무서운 게 주먹이다. 내가 고작 초등학교 3학년짜리한테 이렇게 치졸하게 구는 이유는 단순히 날 곤란하게 만들어서가 아니다.

이게 다 나쁜 길로 새지 않길 바라는 어른으로서의 따끔한 훈계다.

······아님 말고.

아무튼 나에게 따끔하게 훈육을 당한 성현이는 곧장 시연이를 바라보면서 몇 번이고 허리를 숙였다.

"괴롭혀서 미안해! 앞으로 안 그럴게! 용서해 줘! 하, 학교에서 보자!"

그 말을 끝으로 성현이는 뒤돌아서 전속력으로 뛰어가기 시작했다.

나는 빠르게 멀어지는 녀석의 뒷모습을 만족스럽게 쳐다보았다. 그리고 슬쩍 웃으면서 시연이에게 말했다.

"어때, 오빠 잘했지?"

그러자 시연이가 엄지손가락을 들어 올리면서 크게 웃음을 지었다.

"역시, 우리 큰오빠가 최고!"

"그럼 아까 오빠 말실수 용서해 주는 거야?"

"당연하지!"

그렇게 잠깐의 해프닝이 끝나고, 우리는 다시 시연이와 함께 등교를 시작했다.

나와 리멘 교단이 이제 정말 유명해졌다는 것이 실감 나는 등굣길이었다.

❧

시연이를 학교에 데려다주고 나서 다시 집으로 돌아오기 전까지, 우리는 가는 곳마다 인파를 몰고 다녔다.

누군가는 사인을 요청했고, 누군가는 사진을 찍어 달라고 했다.

연예인들의 삶이 이런 것이 아니었을까 한다.

우리 교황님 좀
말려 주세요

많은 사람이 우리를 알아봐 준다는 것은 결코 나쁜 일이 아니었다.

최대한 많은 사람에게 리멘의 이름을 전파할 수 있는 기회나 마찬가지였기 때문이다.

그렇게 고작 왕복 20분이면 될 등굣길은 2시간이 되어 버렸고, 마침내 우리가 집에 도착했을 때는 이미 나와 레오가 정신적 피로감에 찌든 상태였다.

"지구는 참 즐거운 곳이야. 순식간에 이렇게 유명해지다니! 에덴에서는 한참 걸렸는데 말이죠. 안 그래요, 성하?"

"······그래."

"저는 지구에서 태어났어야 했나 봐요. 완전 적성에 맞네."

물론 현재 대한민국에서 제일 뜨거운 '누나'라고 할 수 있는 루나에게는 통용되지 않는 말이었다.

루나의 얼굴에는 생기가 돌고 있었다.

스타들은 타고나는 법이라더니, 그 말이 딱 맞다.

난 사람들을 상대하는 것보단 차라리 마물의 대가리를 뽑는 게 쉬울 것 같은데 말이야.

"형. 도대체 밖에서 뭐 하고 온 거야?"

지난밤 소주를 두 잔 마시고 깊은 잠에 들었던 인욱이가 손에 스마트폰을 든 채로 거실로 나왔다.

그러더니 곧 나에게 자신의 스마트폰을 건네주었는데, 화면에는 익숙한 사진들이 첨부된 기사가 담겨 있었다.

〈(사진)어린 초등학생을 따뜻하게 안아 주는 리멘 교단의 '검은 교황' 김시우.〉
〈(사진)다가온 팬들과 기꺼이 사진을 찍어 주는 '누나', 루나 레벤톤.〉
〈(사진)사람들 앞에서 종이접기 퍼포먼스를 보여 주고 있는 '폴더' 레오 루멘.〉

가만 보자, 첫 번째 사진은 아까 내가 최성현의 귀에 대고 협박을 하고 있는 사진이고.

두 번째 사진은 남학생들의 스마트폰을 강제로 빼앗아서 사진을 찍고 있는 루나의 모습이고.

세 번째 사진은 누군가 '접기' 쇼를 보여 달라고 해서, 문방구에서 구매한 색종이로 종이를 접는 레오의 모습이고.

언제 찍은 건지는 모르겠다만, 사진의 구도를 봐서는 보통 실력이 아니다.

전문적인 파파라치들에 의해 찍힌 사진들이 되시겠다.

뭔가 의미가 심각하게 왜곡되어 있기는 했지만 말이다.

나는 그 사진들을 확인한 다음, 다시 스마트폰을 인욱이에게 돌려주었다.

"보는 바와 같이."

"시연이 데려다주고 온 거 아니었어? 그런데 그렇게 튀는

복장을 입고 간 거야?"

"오해하지 마. 시연이가 직접 주문한 거였다고. 나는 처음엔 반대했어."

"음, 그래? 시연이가 그랬다면 그런 거겠지."

이 자식, 분명 내가 자발적으로 입고 나갔다고 했으면 한소리 했을 거다.

앞으로 인욱이의 잔소리를 시연이를 통해서 해결하는 것도 괜찮을 듯싶다.

"어차피 그렇게 안 입고 나갔어도 관심받는 건 당연했을 것 같기는 해."

"왜?"

"형이 한번 생각해 봐. 190은 훌쩍 넘기는 거구의 백인 남성과, 누구라도 한 번쯤은 뒤돌아보게 만드는 백인 여성. 그리고 그 사이에 있는 다부진 체격의 동양인 남성. 이 조합이 그렇게 흔할 것 같아? 가뜩이나 어제 테러 사건 때문에 유명해졌는데, 사람들이 못 알아볼 리가 없지."

생각해 보니까 맞는 말이다.

우리가 요새 사람 많은 곳을 잘 안 가서 자각하지 못했을 뿐이지, 우리는 현재 대한민국에서 가장 유명해진 트리오라고 해도 과언이 아니었다.

연예인들에게나 붙는 파파라치들이 우리의 사진을 곧바로 올린 것만 보더라도 알 수 있었다.

"그런데 인욱아."

"어."

"아까 보니까 포털 사이트에서 내 이름 검색해서 나온 결과던데, 아침부터 형 이름은 거기에 왜 검색하고 있냐?"

한번 놀려 볼까 해서 던진 질문이었으나, 돌아온 인욱이의 대답이 의외였다.

"형이 돌아온 게 꿈이 아닌가 싶어서 가끔 검색하곤 해."

평소 같았으면 낯간지럽게 뭔 개소리냐고 했겠다만, 그렇게 말하는 인욱이의 표정이 더할 나위 없이 진지했다. 그래서 할 말을 잃어버렸다.

애는 가끔 이렇게 내 할 말을 빼앗아 버리고는 한다.

저런 말을 할 때는 저렇게 진지한 표정을 안 지어도 되는데 말이지. 가만 보면 인욱이 이놈도 별날 때가 많다.

그래도 살짝 오글거리는 멘트였던 건 자각했는지, 인욱이는 헛기침을 몇 번 내뱉었다.

그리고 아무렇지 않다는 듯 나에게 물었다.

"형, 오늘도 신전으로 출근하나?"

"응. 내일 할머니 모시러 가야 하니까 오늘 미리 끝내 둬야지."

근래에 너무 밖으로 싸돌아다니기만 해서 정작 중요한 걸 못 챙겼다.

"교단의 내실을 좀 다져야 하거든."

"내실?"

"그런 게 있어."

현재 사용되지 않은 〈신성 점수〉와 〈성유물 점수〉가 남아 있습니다.
원활한 진행을 위해 빨리 사용하는 것을 권장합니다.

그동안 틈틈이 쌓아 온 신성 점수와, 지난번 이계의 신격을 잡으면서 얻었던 성유물 점수.

나는 눈앞에 떠오른 메시지 창을 닫으면서 슬쩍 미소를 지었다. 그리고 인욱이를 바라보면서 말했다.

"치트키는 쓸 수 있을 때 써야지. 안 그래?"

내실 다지기

서울 그라운드 제로.

리멘의 권능으로 초목이 자라난 신전 부지 옆쪽에 위치한, 마력 오염으로 인한 통제구역.

"정화 작업이 벌써 이렇게나 진행되었을 줄은 몰랐습니다. 언제나 시우 님께서는 예상을 뛰어넘으시는군요."

"과찬이십니다. 리멘께서 은총을 내리신 덕분이지요. 최상급 마정석 광산을 신성석으로 바꿨지 않습니까? 이능관리부의 도움도 컸습니다."

"아닙니다. 응당 리멘 교단에게 주어졌어야 할 권리였습니다."

이능관리부의 김 팀장은 감탄사를 내뱉었고, 나는 그의 말을 받으면서 웃음을 지었다.

김 팀장의 말대로 기존의 마력 오염 지역 대부분이 제염된 상태였다.

즉, 정화 작업이 막바지에 이르렀단 뜻이다.

지난번에 민수 씨가 소개해 줬던 마이스터 길드 〈아나키〉에서 파견한 플레이어들의 공도 컸다.

그들은 우리가 기대했던 것보다 훨씬 빠른 속도로 신성석을 채굴해 주는 중이었다.

〈아나키〉의 길드 대표인 강호 씨의 이야기에 따르면 채광이 가능한 플레이어들 대부분이 열성적으로 채굴 작업에 자원했다고 한다.

신성석 광산에서 일하고 잔병이 나았다는 이야기가 퍼졌다던가?

틀린 말은 아니긴 하다. 신성석 광산에서 뿜어져 나오는 신성력은 인간의 자연 회복력을 극대화시켜 주니까.

"이 속도대로라면 올해 안으로 아크를 해체해도 좋을 것 같습니다."

아크라고 하면 서울 그라운드 제로의 주위를 둘러싼 거대한 장벽.

나는 김 팀장을 바라보면서 넌지시 물었다.

"하루빨리 해체하고 싶으신 마음인 것 같습니다?"

"아크는 서울의 심장부에 남겨진 흉터이기도 합니다. 아크를 해체하고, 정화가 완료된 그라운드 제로가 공개된다면 국민들에게 또 하나의 희망이 되어 줄 겁니다. 그리고 무엇보다······."

김 팀장은 헛기침을 몇 번 내뱉은 다음, 조용히 말을 이어 갔다.

"아크에 포함되어 있는 미스릴을 재활용할 수 있게 되겠지요."

"아아, 예산 문제로군요."

"장벽에는 천문학적인 금액이 들어가 있으니까요. 미스릴을 재활용해서 판매할 수만 있다면, 상당한 예산을 마련할 수 있습니다. 대한민국 정부는 아크를 세우기 위해 대량의 국채를 발행하였습니다."

한마디로 굉장히 여러 가지 이해관계가 얽혀 있다는 뜻이다.

말이 아크지, 까놓고 보면 꽤 흉물스러웠던 장벽에는 수많은 의미가 함축되어 있던 것이다.

나는 씁쓸한 미소를 짓는 김 팀장을 보며 고개를 천천히 끄덕였다.

"그나저나 저희가 전달한 이세희 정보에 관해선 확인하셨습니까?"

"유선호 장관님께서 직접 확인하시고, 청와대에도 보고가 들어간 상황입니다. 테러의 배후에 중국이 연관되어 있을 가능성이 있는 사안인지라, 상부에서는 굉장히 심각하게 받아들이고 있습니다. 안 그래도 2일 전, 중국 정부 측에서 비공식적으로 항의를 해 왔으니까요."

2일 전이면 테러 발생 이전인데, 중국과 무슨 이유로 충돌을 한 걸까?

김 팀장은 내 얼굴에 떠오른 의문을 눈치채고는 빠르게 해소시켜 주었다.

"시우 님께서 와해시키셨던 오크 무리가 2일 전, 압록강을 넘어 단둥시를 습격했습니다."

"그런 안타까운 일이."

"미리 파악하고 있었기에 피해는 적었으나, 대한민국 정부 측에서 오크들을 섬멸하지 않은 탓에 발생한 피해라며 공식적인 사과를 요구하더군요. 어찌 되었든 현재 그러한 이유로 양국 관계가 최악으로 치닫고 있습니다."

나는 김 팀장의 말에 피식 웃음을 지을 수밖에 없었다.

"언제는 좋았던 적이 있었나요?"

"물론 없습니다."

"그래도 저 때문에 벌어진 일 같아서 신경이 쓰이네요."

"그런 말씀 안 하셔도 됩니다. 시우 님 덕분에 저희는 최악의 몬스터 웨이브를 아무런 사상자 없이 막아 냈습니다. 그리고 저희는 시우 님의 선택이 최고의 선택이었음을 믿어 의심치 않습니다. 그 이후의 문제는 저희가 마땅히 해결해야 할 문제고요."

나는 김 팀장의 말을 들으며 조용히 앞을 바라보았다.

〈정화자〉라는 놈들이 중국에 머물고 있다는 것은 확실하다. 거기에 이세희의 증언을 통해서 대한민국 곳곳에 마수가 뻗쳐 있는 것도 파악했다.

지난번에 이곳의 마정석 광산을 오염시킨 것도, 오크들을 대한민국에 밀어 보낸 것도, 아마 녀석들과 연관되어 있을 가능성이 높았다.

그렇다면 백명교는 도대체 어디에 선 놈들일까?

신성 계열 플레이어들에게 선택지가 열려 있다는 뜻은 그들 역시 신성력의 가능성을 지니고 있는 집단이란 뜻이기도 하다.

"모르겠네."

사람들을 거리낌 없이 학살하는 놈들이나, 본인들의 목적을 위해 기꺼이 다른 이들을 희생시키는 놈들이나, 내 기준에선 둘 다 쓰레기 같은 새끼들이다.

한 가지 확실한 건 결국 두 집단 모두 우리와 맞서 싸우게 될 운명이란 것.

지금 우리가 해야 할 것은 그 미래를 대비해서 교단의 교세와 전력을 키워 나가는 것이다.

그리고 그것을 위해서 내가 이렇게 김 팀장을 이곳으로 불러낸 것이기도 하고.

"김 팀장님. 저희 교단도 이제부터 본격적으로 플레이어들을 육성해 볼까 합니다. 기독교나 불교에서는 이미 시작했다고 들었습니다."

기성 종교들은 각 종교 재단이 운영하는 아카데미에서 신성 계열 플레이어들의 교육을 시작했다고 들었다.

우리가 질 수야 있나.

내 말에 김 팀장은 고개를 끄덕였다.

"좋은 일입니다. 리멘 교단에서 직접 재단을 설립하여 각 성자 아카데미를 운영하시겠다는 말씀이십니까? 그렇다면 저희 측에서 아카데미 부지를 알아봐 드리면 되겠군요."

"아, 그런 건 아닙니다."

나는 씨익 웃으면서 가볍게 손가락을 튕겼다.

우우우우웅!

그러자 곧 신전의 옆쪽에 빛이 뻗어 나가더니, 곧 중세 고딕 양식과 비슷한 생김새의 건물 두 개가 빠르게 모습을 드러냈다.

신성 점수 1만 점을 사용하여 시설 〈성기사단 본부 Lv.1〉를 구매하셨습니다. 현 시간부로 직분 〈견습 성기사〉가 해금됩니다.
신성 점수 7,000점을 사용하여 〈수도원 Lv.1〉를 구매하셨습니다. 현 시간부로 직분 〈견습 사제〉가 해금됩니다.

여태까지 모았던 신성 점수를 싸그리 사용해 버렸지만 후

우리 교황님 좀
말려 주세요

회 따위는 없다.

진작에 건설했어야 할 건물들이었기 때문이다.

"대단……하군요."

김 팀장은 얼떨떨한 표정으로 그 두 개의 건축물을 바라보았다.

눈앞에서 두 개의 아름다운 건축물이 생겨나는 과정을 직접 지켜보았으니 놀랍기도 할 테지.

리멘이 지구의 시스템과 협약을 맺은 덕분에 발휘할 수 있는 능력이었지만, 어찌 되었건 리멘의 능력이다.

"현재까진 신성 계열 플레이어들이 많지 않다고 들었습니다. 당분간은 이곳에서 플레이어들을 키워 나갈 생각입니다. 그래서 말인데, 정부 측의 도움이 필요합니다."

"편하게 말씀하십시오."

"신성 계열 플레이어라고 한들, 기본적인 각성자 프로그램은 이수해야 한다고 생각합니다. 그래서 국립 각성자 아카데미들과 자매결연을 맺고, 약간의 도움을 받고 싶습니다."

리멘 교단은 광신자가 되기를 권하는 교단이 아니다.

우리가 권하는 건 세상과의 부드러운 조화다. 신성력의 사용법을 전수하는 건 우리가 세상 제일이겠지만, 플레이어를 키우는 건 별개의 문제다.

따라서 전문가들의 도움은 필수적이었다. 그리고 때마침 가까운 곳에 그 전문가들이 있었다.

"제가 얘기를 들어 보니까, 서울에 위치한 국립 각성자 아카데미가 다른 사립 아카데미와 비교하더라도 훨씬 좋다는 평가를 받고 있다는데…… 아, 저희 교단의 인원들을 무조건 받아 달라는 소리는 아닙니다. 제 부탁이 부담되신다면 잊어 주셔도 좋습니다. 뭐, 살짝 섭섭하긴 하겠지만요. 하하!"

"아……."

"절대로, 절대로 날로 먹겠다는 심보 아닙니다. 오해하지 말아 주십시오. 저는 그냥 그런 관계가 앞으로 우리 리멘 교단과 대한민국 정부 사이에 가교가 되어 주지 않을까, 그렇게 생각하는 겁니다. 하하하!"

이 정도면 충분히 알아들었겠지.

나는 웃으면서 김 팀장을 바라보았고, 김 팀장은 식은땀을 흘리면서 고개를 힘겹게 끄덕였다.

"제가…… 유선호 장관님께…… 잘 말씀……드려 보겠습니다."

"역시, 믿고 있었습니다. 그럼 신전 안에 들어가서 차라도 한잔하실까요? 우리 레오가 차 하나는 기가 막히게 내리거든요. 자 자, 가시죠."

"예……."

오고 가는 정 속에 신뢰가 싹트는 거 아니겠어?

이런 게 진짜 내실을 다진다는 거지, 암.

김 팀장은 긍정적인 대답을 약속하고 돌아갔다.

처음 만났을 때보다 이능관리부 내에서의 입지가 굉장히 높아졌다고는 들었는데, 아마도 그건 유선호 장관으로부터 신임받고 있기 때문일 것이다.

나에게 우호적인 사람에게 많은 권한이 허락되는 건 좋다.

선을 넘게 되면 정치권과 결탁했다는 안 좋은 꼬리표가 따라다닐 수는 있겠다만, 어디까지나 선을 넘을 경우다.

적당히 거리를 유지하면서 좋은 관계를 유지하는 것 정도면 괜찮다.

"아직은 담당해야 할 플레이어들 숫자가 그리 많지는 않을 거야. 그러니까 너희가 당분간만 고생 좀 하자."

"당분간만…… 이거 악덕 사장들이 많이 쓰는 멘트라던데. 뭐, 어차피 가르치는 거야 어렵지 않으니까."

"쉬워?"

"당연하죠. 원래 성기사란 고난과 역경에 맞서 싸우면서 강해지는 법. 딱 죽기 직전까지만 굴리면 돼요. 제가 신입 기사단원들 훈육을 도맡을 때, 애들을 마굴에 던져 넣은 적이 있었는데, 아니 글쎄……."

본인의 손으로 신입들을 악의 구렁텅이로 밀어 버렸단 이야기를 자랑스럽게 늘어놓는 루나.

그녀가 앞으로 맡게 될 성기사 지망생들의 명복을 빌어 주고 싶은 기분이었다.

"그럼 사제가 되기를 희망하는 사람들은 레오가, 성기사가 되기를 희망하는 사람들은 루나가 맡는 거로 한다? 이의 없지?"

"예."

"알겠습니다, 성하."

단언컨대 신성 계열 플레이어들은 그리 손이 많이 가진 않을 거다.

시스템이 존재하는 이상, 그들은 알아서 잘 클 것이다.

우리가 그들에게 제공해야 할 것은 신앙심을 키워 갈 수 있는 계기와 신성력에 대한 지식 정도.

그 두 가지만 충족하면 그들은 시스템의 힘과 더불어 빠르게 성장할 수 있을 것이다.

내가 바로 그 증거기도 했다.

"좋아, 신규 플레이어들에 대한 문제는 해결했고."

이제 다음으로 넘어가 보도록 하자.

"성유물도 하나 소환할 수 있지."

이계의 신격을 소멸시키면서 새롭게 업데이트되었던 〈성유물〉 카테고리.

얻은 이후부터 정신없이 바빠서 제대로 확인을 못 했다만, 지금이야말로 성유물 시스템을 제대로 확인할 적기였다.

각각 성유물에 담긴 신화들이 다른 만큼, 성유물이 지닌 효과도 다양하다.

당연히 기대가 될 수밖에 없다.

"뭐야."

하지만 나는 내 앞에 떠오른 메시지 창을 바라보면서 할 말을 잃을 수밖에 없었다.

현재, 당신은 〈명령어: 성유물 소환〉을 통하여 리멘 교단의 〈무작위 성유물〉 1개를 지구로 소환할 수 있습니다.

"……확률형 아이템?"

나는 눈앞에 떠오른 메시지 창을 보면서 탄식을 내뱉었다. 이런 식으로 적용될 줄은 꿈에도 몰랐다.

내가 당황하고 있다는 걸 눈치챘는지, 시스템은 친절히 설명을 덧붙여 준다.

원하는 성유물을 소환하는 건 〈인과율〉에 크게 위배된다고 판단되어, 부득이하게 〈무작위성〉을 적용하게 되었습니다.

한마디로 밸런스가 크게 무너질까 봐 걸린 제약이란 소린데…….

왜 하필이면 이런 곳에 이런 게 적용이 되냐고.

"성하. 표정이 왜 그러십니까?"

"그냥. 기분이 좀 그러네."

어쩐지 일이 너무 술술 풀린다 했다.

나는 꺼림칙한 표정으로 메시지 창을 확인한 다음, 다시 한번 크게 한숨을 뱉어 냈다.

리멘 교단은 에덴에서 가장 오래된 교단답게 성유물의 종류도 셀 수 없이 다양하다.

레오 같은 사제들은 종류를 달달 외우고 있지만, 나 같은 경우는 모르는 성유물도 굉장히 많았다.

그중에는 어째서 성유물이라고 불리는지조차 의심스러운 성유물도 몇 개 있었던 걸로 기억한다.

만약 그런 성유물들 중 하나가 소환된다면?

"……에이, 설마."

나름 한 교단의 교황인데, 그렇게 재수가 없을 리가 있겠어?

그래도 혹시 모른다.

"얘들아. 기도해 줘라."

"갑자기?"

"하라면 좀 해."

할 수 있는 건 다 해 봐야지.

내 명령에 루나와 레오는 마지못해 손을 모으며 눈을 감았고, 나는 그 둘을 바라보면서 고개를 끄덕였다.

그리고 아주 신중한 목소리로 명령어를 내뱉었다.

"성유물 소환."

파아아아앗!

〈성유물 점수〉를 통하여 리멘 교단의 〈무작위 성유물〉 1개를 〈차원계: 지구〉로 소환합니다. 〈인과율〉이 본 소환을 승인합니다.

순식간에 터져 나온 빛은 3초 정도 지속되었고, 나는 그 빛을 바라보며 혼잣말을 내뱉었다.

"떴냐?"

최상의 성유물인 〈리멘의 증표〉급까지는 바라지도 않는다.

최초의 성기사가 사용했던 방패인 〈신성한 보루〉라든가, 아니면 강력한 파마의 힘이 담긴 〈언약의 팔찌〉 같은 것도 괜찮다.

그냥 이상한 것만 아니면 다 상관없……

성유물 〈시작의 나뭇가지〉가 소환되었습니다.

뭐?

"……나뭇가지?"

'망했다!'

그것이 내가 그 나뭇가지를 보고 나서 떠올렸던 첫 번째 생각이었다.

교단의 성유물 보관실에는 귀한 성유물들이 셀 수 없이 많았고, 그곳에 보관되어 있는 성유물 정도는 내가 기억하고 있었다.

하지만 이 나뭇가지는 그곳에서 본 기억이 없다.

즉, 교황청에는 없던 성유물이란 뜻이다.

"이게 뭐야."

그건 루나 역시 마찬가지였던 것 같다.

루나는 나뭇가지에 얼굴을 가까이 가져다 대면서 미간을 찌푸렸다.

"신성력이 느껴지는 걸 보면 성유물은 맞는 것 같은데…… 성하께서 소환하신 거예요?"

"……일단은."

"다른 것도 많은데 왜 하필이면…… 아니지, 그래도 리멘 님의 성유물이니까 뭐 괜찮지 않을까요?"

"내가 원하는 걸 소환한 게 아니야."

뽑기에서 이게 걸린 거지.

그렇게 나와 루나가 나뭇가지를 바라보면서 심각한 표정

우리 교황님 좀
말려주세요

을 짓고 있을 때쯤이었다.

레오 역시 심각한 표정을 짓고 있었다.

다만, 레오의 심각함은 우리의 심각함과 종류가 달랐다.

"이럴 수가!"

당황하고 있던 우리와는 달리, 레오의 얼굴에는 수많은 감정이 떠올라 있었다.

평소에 감정을 잘 비추지 않던 레오가, 얼굴이 붉게 상기될 정도로 흥분하고 있던 것이다.

"성하! 혹시 이것이 꿈은 아닌지요!"

"진정해, 레오야."

"진정하려야 진정할 수가 없지 않습니까? 시작의 나뭇가지입니다! 500년 전에 사라졌던 교단의 성유물, 시작의 나뭇가지란 말입니다!"

그 말에 나는 눈을 둥그렇게 떴다.

500년 전에 사라진 성유물이라고? 저 나뭇가지가?

"아득히 먼 옛날, 리멘께서 처음 이 땅에 강림하셨을 적. 필멸자들에게 평화롭고 풍요로운 미래를 약속하며, 그 증거로 한 거대한 나무에 축복을 내리셨습니다. 훗날 신목이라고 불리는 나무였지요."

레오는 그 어느 때보다 열성적인 목소리로 이야기를 이어갔다.

"신목은 500년 전에 있었던 증오의 전쟁에서 식탐의 군단에 의해 불타 소멸하였습니다. 신목을 지키고 있던 이들 중 하나가 급히 나뭇가지 하나를 꺾어 겨우 도망칠 수 있었고, 그 나뭇가지가 바로 이것입니다."

나는 레오의 이야기를 들으면서 조심스럽게 나뭇가지에 손을 가져다 댔다.

그러자 곧 눈앞에 나뭇가지에 관한 정보 창이 떠올랐다.

[시작의 나뭇가지]
- ●아이템 종류: 성유물 - 리멘 교단
- ●출신 차원계: 에덴
- ●설명: 한때 리멘의 약속을 상징하던 신목(神木)의 나뭇가지. 비록 신목은 악마들에 의해 불타 사라졌지만, 신목에 깃들어 있던 의지와 성스러운 힘이 나뭇가지에 남아 있다. 신목이 남긴 씨앗이기도 하다. 전해져 오는 이야기에 따르면 신목을 수호하는 신수가 잠들어 있다고 한다.
- ●사용 효과: 〈신성력〉으로 충만한 대지에 나뭇가지를 꽂을 경우, 〈신목의 묘목〉으로 변화한다.

"이래서 나뭇가지를 꺾어서 도망친 거구나."

나는 성유물의 사용 효과를 바라보면서 작게 감탄사를 내뱉었다.

즉, 이 나뭇가지를 심으면 그 신목이라는 것으로 자라난다는 소리였다.

"신목은 주위의 신성력을 더 정순하게 만들어 주며, 땅을 기름지게 만듭니다. 또한 신목과 가까이 있는 것만으로도 높은 치유 효과를 기대할 수도 있습니다."

"이렇게나 중요한 걸 도대체 어쩌다가 잃어버린 거냐?"

"……그것은 저도 잘 모릅니다. 교황청에 보관된 역사서에는 의문의 습격으로 인해 탈취당했다 정도로만 적혀 있었습니다."

도대체 옛날의 리멘 교단은 어떤 교단이었던 걸까?

성유물을 탈취당할 정도였으면 아주 그냥 갈 데까지 갔던 모양인데…….

아니, 지금 그게 중요한 게 아니지.

나는 새삼스러운 표정으로 다시 나뭇가지를 바라보았다. 아까까지만 해도 꽝이라고 생각했던 성유물이었는데, 이야기를 들어 보니 꽝이 아니었다.

어쩌면.

"대박이네."

"대박이네요."

"이보다 더 큰 경사는 없습니다! 이 모든 것이 저희를 보살피시는 리멘님의 은혜입니다!"

1등 상품이라고도 할 수 있는 성유물에 당첨된 것일 수도 있다.

500년 전에 유실된 교단의 역사, 신목.

신목의 효능에 대해 들으니 레오가 저렇게 흥분하는 것도 대강 이해가 갔다.

나는 미소를 지으면서 나뭇가지를 손에 들었다. 그리고 루나와 레오를 바라보면서 말했다.

"길게 잴 것도 없이, 앞 정원에 심도록 하자."

레오는 내 말에 큰 깨달음을 얻었다는 듯이 고개를 끄덕였다.

"과연 그렇군요. 지구에서 이곳만큼이나 신성력이 풍부한 곳은 없으니, 참으로 지당하신 말씀입니다."

"삽 챙길까요?"

"삽은 또 언제 사 뒀어?"

"아침에요. 혹시 뭔가를 묻을 일이 생길지도 모르잖아요."

도대체 뭘 묻어 버리겠다는 걸까.

나는 루나가 선보이는 매운맛을 고개를 흔들어 떨쳐 낸 다음, 손을 내저으면서 답했다.

"나뭇가지 하나 심는 건데 삽은 무슨. 그냥 따라와."

"네에."

쇠뿔도 단김에 빼랬다고, 신목이란 게 그렇게 좋은 거면 하루라도 빨리 심는 게 맞다.

그렇게 우리 셋은 곧바로 신전 옆 정원으로 향했다.

❧

신전을 두르고 있는 아름다운 정원.

우리 교황님 좀
말려 주세요

"와아! 교황님이다!"

"폴더좌랑 누나도 있어!"

그곳에는 꽤 많은 숫자의 사람들이 천천히 걷고 있는 중이었다.

그들은 신청을 통해서 이곳에 들어온 추모객들이었다.

지난주부터 하루 1,500명까지 받기로 했었는데, 신청이 열리면 30초 이내로 마감된다고 들었다.

그만큼이나 이곳에서 사랑하는 사람을 잃은 이들이 많다는 뜻이기도 했다.

"감사합니다."

"이렇게나마 추모할 수 있게 해 주셔서 정말 고마워요."

우리를 발견한 그들은 저마다 우리에게 다가와서 감사를 전했다.

그들 역시 아침에 만났던 사람들처럼 우리에게 지대한 관심을 가진 듯 보였지만, 그렇다고 아침에 만났던 사람들처럼 적극적으로 말을 붙이진 않았다.

아마도 그건 그들이 이곳에 우리를 보러 온 것이 아니라 추모를 하러 왔기 때문일 것이다.

나는 부드럽게 미소를 지으며 추모객들을 바라보았다. 그리고 나지막한 목소리로 말했다.

"지금은 여러분들이 신청을 해야만 들어오실 수 있지만, 아마 곧 있으면 자유롭게 오고 가실 수 있을 겁니다."

내 말에 추모객들이 조금씩 웅성거리기 시작했다.

"이곳, 서울 그라운드 제로의 정화 작업이 막바지에 이르렀거든요. 여러분들도 조금만 기다려 주시면 감사하겠습니다."

소중한 사람이 잠든 곳에 와서 자유롭게 추모할 수 없다는 건 분명 불행한 일이다.

그 마음은 누구보다 내가 잘 안다.

에덴에서는 우리 부모님을 모신 납골당에 갈 수 없었으니까.

정부에서 우리에게 준 권한이라면 우리 교단의 사람들 말고는 출입할 수 없도록 할 수도 있었지만, 그건 나나 리멘이 원하는 게 아니었다.

모두에게 열려 있는 곳.

에덴의 리멘 교단이 그러했듯, 지구의 리멘 교단도 그렇게 나아갈 것이다.

"여러분들이 언제든지 편하게 오고 가실 수 있도록 저희 교단에서도 노력해 나가겠습니다. 여러분들과 이곳에 잠든 분들에게 리멘의 평안이 있기를."

나는 그들에게 허리를 살짝 숙이며 인사를 건넸고, 이런 나를 따라 레오와 루나도 정중하게 인사했다.

짝짝짝.

그렇게 우리는 추모객들의 박수를 받으며 천천히 옆으로 물러났다.

"성하."

나뭇가지를 심으러 가는 길, 루나가 미소를 지으면서 나에게 말을 걸어왔다.

"왜?"

"아니다."

"말해."

"그냥, 방금 전에는 좀 교황 같으셨다구요. 평소에는 교황 같지 않다가도, 이럴 때 보면 참 교황 같으시다니까?"

"성하께서는 언제나 교황으로서의 모습을 보여 주십니다, 레벤톤 경."

교황 같다는 뜻이 도대체 뭘까.

루나는 내가 탐탁지 않다는 표정을 짓자, 다시 한번 크게 미소를 지으면서 조용히 속삭였다.

"리멘께서 우리 사랑스러운 교황님을 끝까지 지켜 주시기를."

"……낯간지럽게. 아, 도착했다."

"말 돌리시는 것 좀 봐. 귀여우셔라."

나는 루나가 뭐라고 하건 말건, 눈앞을 바라보았다.

아까 나뭇가지를 심어야 한다는 이야기를 듣자마자 떠올렸던 장소.

정원 한쪽에 위치한 넓은 잔디밭이었다.

다른 곳에 비해서 휑한 느낌이 있어서 뭐라도 심을까 고민

했었는데, 어쩌면 리멘은 여기까지 내다봤던 게 아닐까?

그녀에게는 예지력이 있으니 말이다.

나는 잔디밭의 중앙으로 걸어간 다음, 품속에 고이 모셔 둔 나뭇가지를 꺼내면서 숨을 뱉어 냈다.

그러자 곧 눈앞에 시스템 메시지 창 두 개가 떠올랐다.

현 위치에는 〈신성력〉이 풍부합니다.
성유물 〈시작의 나뭇가지〉를 사용할 수 있습니다.

〈리멘의 증표〉가 신전의 지하에 배치되어 있기 때문에 당 연히 신성력은 풍부할 수밖에 없다.

"자, 심어 볼까."

나는 신성한 빛을 내뿜고 있는 나뭇가지를 조심스럽게 잔 디밭에 꽂아 넣었다.

잠시 후.

"오."

나뭇가지에서 흘러나온 빛이 빠르게 사방으로 퍼져 나가 더니, 눈 깜짝할 사이에 내 허리 정도 되는 높이까지 나뭇가 지가 자라난다.

그것은 더 이상 '나뭇가지'라고 부를 수 없었다.

"이것이 신목의 묘목…… 과연, 성서에 기록된 그대로입 니다. 묘목임에도 불구하고 감히 성스럽다 부를 수 있겠습니다."

"그러네."

레오의 말대로 어엿한 '묘목'이었다. 그리고 강력한 신성력이 느껴지는 중이기도 했다.

"성서에 기록되기로, 신목에는 신목을 수호하는 동물, 즉 신수가 깃들어 있다고 합니다."

"신수?"

"예. 한데 어쩐 일인지 신수가 보이지 않는 것 같습니다."

그때였다.

우우우우우웅!

묘목에서 갑작스럽게 빛이 뿜어져 나오더니, 곧 묘목 앞 잔디 위에 무언가의 형상을 이루었다.

이게 방금 전에 레오가 말한 그 신수라는 동물인 모양인 듯한데, 어째 크기도 작고 귀가 뾰족 튀어나와 있는 걸 보아하니…….

"고양이?"

딱 고양이 같았다.

그러나 루나는 내 말에 고개를 절레절레 내저으면서 말했다.

"에이, 성하. 신수라구요, 신수. 유니콘 같은 멋있는 게 등장하……."

미야옹!

"꺄아아아! 진짜 고양이잖아! 성하! 얘 좀 봐요!"

"……먼치킨이네."

어느새 우리의 눈앞에는 눈처럼 하얀 털을 자랑하는 새끼 먼치킨 한 마리가 서 있었다.

녀석은 우리를 멀뚱멀뚱 바라보더니, 곧 나에게로 달려와서 내 다리에 자신의 머리를 마구마구 비비기 시작했다.

〈신수〉가 당신을 주인으로 인식합니다.
〈신수〉는 〈신목〉과 성장을 함께합니다. 〈신수〉가 성장하면 성장할수록, 당신의 교단에 여러 가지 효과를 부여해 줄 것입니다.
〈신목〉의 성장은 교단의 신도들이 쌓은 선행과 메인 퀘스트를 통해서 이루어집니다.

한마디로 성장시키면 성장시킬수록 더 좋아질 것이라는 뜻이다.

나는 메시지 창을 닫은 다음, 어느새 내 품속으로 파고든 신수의 머리를 쓰다듬어 주면서 미소를 지었다.

기대했던 이미지와는 사뭇 달랐지만, 성장 가능성이 열려 있다는 것만으로 만족스러웠다.

그리고 무엇보다.

"귀여워."

치명적으로 귀엽다.

이렇게까지 귀여워도 되나 싶을 정도란 말이지.

"집으로 데려가도 되려나?"

인욱이로부터 시연이가 요새 고양이를 기르고 싶어 한다는 이야기를 들었다.

시연이에게 고양이 알레르기가 있어서 입양을 못 했다는데, 신수라면 괜찮지 않을까?

"아마 가능할 겁니다. 신수와 신목은 영혼으로서 연결된 존재니까요. 하지만 가까운 곳에 있어야 신성력을 나눠 받을 수 있을 테니, 오랫동안 떨어트리면 안 될 겁니다."

"레오야. 너도 신목 오늘 처음 봤다면서, 그런 건 어떻게 알고 있냐?"

그 질문에 레오는 왼손에 들고 있던 성서를 들어 올리면서 대답했다.

"성서에는 모든 진리가 담겨 있습니다."

"교과서로 공부했다, 뭐 그런 느낌이네."

에덴에서 10년 동안 있으면서 성서를 제대로 읽었던 적이 단 한 번도 없던 탓에 잘 모르겠다.

루나 역시 마찬가지.

"나도 몰랐는데."

"그거야 레벤톤 경도 성서를 가까이하지 않으셨으니까요."

"에이, 나는 성녀니까 괜찮아. 그 정도는 리멘님께서도 이해해 주실 거야."

······루나 애는 가끔 진짜 성녀가 맞는지 의심이 간단 말이야.

나는 골골송을 부르고 있는 신수를 품속에 안은 채로 자리에서 일어났다. 그리고 레오와 루나를 바라보면서 말했다.

"나 먼저 퇴근한다."

빨리 집에 가서 시연이에게 신수를 보여 주고 싶다. 그리고 이름도 지어 줘야지. 자꾸 신수라고 부르면 뭔가 정 없잖아.

"저희는요?"

"너희 둘은 남아서 신전 지켜야지. 수도원이랑 성기사단 본부도 세워 줬으니까 가서 미리 세팅도 좀 해 두고. 아, 그리고 오늘 승우 아버님 퇴원하신다고 하시거든? 레오 네가 가서 좀 모셔 와."

"그럼 성하는요?"

"내일 할머니가 귀국하시거든. 집에 가서 미리 청소도 좀 해 두고, 우리 신수에게 이름도 지어 주고. 할 게 너무 많다."

둘은 곧 탐탁지 않게 나를 바라보았다.

내 명령에 불만이 잔뜩인 얼굴이었다.

그래서 나는 그런 그들을 당당하게 바라보면서 말했다.

"꼬우면 너희가 교황 하든가. 그치?"

미야아아아아옹―.

내 품속에 있던 신수가 내 가슴팍에 머리를 비비면서 소리를 내었다.

역시 신수라서 그런가?

사람 말을 알아듣는 걸 보니 참 영특한 녀석이다.

아무튼.

이제 대충 내실은 끝났으니까 집으로 돌아가도록 하자. 그런데 왜 이렇게 귀가 간지럽지?

누가 내 이야기라도 하고 있나?

❧

같은 시각.

세종특별자치시에 위치한 신(新)청와대.

"자, 그럼 어디 한번 회의를 시작해 봅시다. 유선호 장관. 미국과 일본 측에서 무엇을 요청했다고 했습니까?"

대통령의 질문에 유선호 장관은 크게 한숨을 내쉬었다. 그리고 나지막한 목소리로 대답했다.

"일본 미야기현 근방에 출현한 국가위기급 마수, 야마타노오로치의 토벌 작전에 대한민국 각성자들을 파견해 줄 것을 요청했습니다."

"국가위기급 마수라…… 두 번째 등급이지요?"

"예, 그렇습니다. 국제마수 등급에서 두 번째 자리를 차지하고 있는 등급입니다."

"아무리 그렇다고 해도 우리에게 도움을 청하는 것은 이례적인 일이군요. 하지만 그게 전부는 아닌 듯한데…… 추가 조건이 붙어 있습니까?"

"그렇습니다."

"어디 한번 들어나 봅시다."

"미국 측에서는 파견단에 김시우 각성자를 포함시켜 줄 것을 강력하게 요구하고 있습니다."

"흐음. 유선호 장관은 그들이 왜 그런 요청을 했다고 생각합니까?"

유선호 장관의 말에 대통령의 얼굴에서 웃음기가 사라졌다.

그리고 유선호 장관은 그런 대통령을 향해 나지막하게 말했다.

"미국 측의 파견 명단에 그들의 이레귤러인 에이든 하워드, 일명 바바리안이 포함되어 있습니다."

"바바리안? 설마…… 그 바바리안을 말하는 겁니까?"

"예, 맞습니다."

유선호 장관은 잠시 말을 끊은 다음, 살짝 일그러진 표정으로 말을 맺었다.

"아무래도 그들은 대한민국 최초의 이레귤러를 시험해 보고 싶은 모양입니다."

바바리안, 에이든 하워드.

그는 3년 전에 지구로 귀환한 귀환자로서, 외부에 공개된 정보에 따르면 20년이라는 시간을 끝없는 투쟁 속에서 살아온 인물이라고 했다.

사용하는 무기는 도끼 두 자루.

그는 미국에 존재하는 네 명의 이레귤러 중, 가장 유명한 이레귤러였다. 하지만 그의 유명세는 명성이라기보다는 차라리 악명에 가까운 것이었다.

"바바리안의 또 다른 별명이 이래귤러 판독기인 건 알고 계실 거라 생각합니다."

"바바리안의 손에 죽어 나간 자칭 이래귤러들이 그렇게나 많은데, 제가 어떻게 모르겠습니까? 이미 일본도 한 번 당하지 않았습니까."

이레귤러라는 귀환자 등급이 처음 등장했던 시기, 이레귤러라는 등급이 지니는 모호함으로 인해 자칭 이레귤러들이 우후죽순처럼 등장했던 적이 있었다.

하지만 그 자칭 이레귤러들 중 대부분은 에이든 하워드에 의해 죽거나 불구가 되었다.

이레귤러 주장자들이 등장할 때마다 에이든 하워드가 찾아와서 신성한 결투를 청했기 때문이다. 이레귤러라고 불리기에 충분한 실력을 지니고 있다면 살아남을 수 있지만, 거짓으로 실력을 속였을 경우에는 성난 바바리안의 도끼에 무참하게 박살 났다.

그것이야말로 그가 일명 〈이레귤러 판독기〉라고 불리는 가장 큰 이유였다.

"방법은 두 가지가 있습니다. 하나는 김시우 각성자를 보내는 것과, 또 다른 하나는 보내지 않는 것. 전자의 경우에는 김시우 각성자를 잃을 위험성이 존재하며, 후자의 경우에는 김시우 각성자가 지닌, 이레귤러로서의 신뢰도가 위협받을 것입니다."

바바리안은 손 속에 자비를 두지 않는다. 김시우가 혼자서 몬스터 웨이브를 막아 낼 정도의 힘을 보유하고 있는 건 분명하지만, 바바리안을 상대로 승리를 장담할 수 있다고는 확신할 수 없었다.

게다가 세간에서는 미국이 바바리안을 통해서 타국 이레귤러들의 싹을 자르려고 한다는 소문까지 돌고 있을 지경이었다.

비록 한미 동맹은 유지되고 있었으나, 5년 전의 디멘션 오프닝 이후 한미 관계가 예전만 못해졌기 때문에, 모든 가능성을 염두에 둘 필요가 있었다.

"선택을 보류하는 방법은 없겠습니까?"

"그렇다고 한들, 야마타노오로치의 토벌전이 끝나게 되면 그들은 곧바로 대한민국에 방문할 것입니다. 동맹국 사이의 상호 교류라는 명분으로 말이지요."

대통령은 유선호 장관의 말에 한참 동안 말없이 조용히 턱을 쓸었다.

그러더니 그는 나머지 인원들을 둘러보면서 말했다.

"15분 뒤에 다시 회의를 진행합시다. 유선호 장관을 제외한 나머지 분들은 잠시 바람이라도 쐬고 오세요."

"알겠습니다, 대통령님."

잠시 후, 유선호 장관과 단둘이 남아 있게 된 대통령은 빡빡하게 조여 두었던 본인의 넥타이를 잠시 느슨하게 풀었다.

"다른 분들은 나가셨으니 편하게 이야기를 나누도록 할까요, 유선호 장관님. 솔직하게 물어보겠습니다. 유선호 장관님께서는 어떻게 해야 한다고 생각하십니까?"

대통령의 질문에 유선호 장관은 본인의 앞에 놓여 있던 식은 차로 입술을 축였다.

그리고 희미하게 웃으면서 입을 열었다.

"사실, 순서가 잘못된 문제지요."

"순서라 하시면?"

"김시우 각성자에게 먼저 현 상황을 알리고, 의견을 묻는 게 먼저입니다. 대통령께서도 아시다시피 저희에게는 미국이나 중국처럼 이레귤러를 강제할 수 있는 통제력이 없습니다."

유선호 장관은 그렇게 말하며 본인 앞에 앉아 있는 대통령을 바라보았다.

서신우. 대한민국 제22대 대통령. 53세의 젊은 나이로 대통령에 당선되어, 디멘션 오프닝 이후의 대한민국을 안정적으로 이끌고 있다는 평가를 받고 있는 남자.

임기 3년 차임에도 60프로를 넘고 있는 지지도는 그가 지금껏 얼마나 잘해 왔는지를 증명해 주는 지표기도 했다.

전각련을 비롯한 각종 각성자 이권 세력들을 적절하게 견제함과 동시에, 그들과 능수능란하게 협상하는 교섭가.

그것이 유선호 장관이 대통령에게 내린 평가였다.

"이레귤러가 종교 단체를 이끌고 있다는 점이 마음에 걸립니다. 특정 종교를 편애한다, 이것만큼 위험한 프레임이 없거든요."

"저는 오히려 다행이라고 생각하고 있습니다."

"어떤 이유입니까?"

"그가 리멘 교단을 이끌고 있기 때문에 저희에게도 그들과 협상할 기회가 주어지고 있지 않습니까? 게다가 이해관계도 꽤 잘 맞아떨어집니다."

대통령은 유선호 장관의 말에 잠시 미간을 찌푸렸다. 그리고 천천히 고개를 끄덕였다.

"둘 다 대중들의 지지를 필요로 한다, 그 말씀이군요."

"제가 만나 본 김시우 각성자의 성향으로 보았을 때, 그는 정치권과 엮이는 걸 썩 달가워하지 않을 겁니다."

"서로 적당한 선을 유지하면서 관계를 이어 나갈 수 있다?"

"통제할 수 없으면 거래하라. 그것이 대통령님의 지론이

우리 교황님 좀
말려 주세요

지요."

"이래서 제가 유선호 장관님의 은퇴를 한사코 만류할 수밖에 없습니다. 하하!"

대통령이 너털웃음을 터뜨렸다. 그리고 그는 얼굴 가득 웃음을 지으면서 유선호 장관에게 말했다.

"좋습니다. 조만간 김시우 각성자를 이곳에…… 아니지, 제가 직접 찾아가 보겠습니다."

"괜찮으시겠습니까?"

"정부 수반으로서 이능관리부 제2청사 테러를 성공적으로 막아 준 영웅에게 직접 감사를 표하러 가겠다는데, 그 누가 뭐라 하겠습니까?"

그는 그렇게 말하며 자신의 앞에 놓여 있던 차를 들이켰다.

그런 다음, 한층 부드러워진 목소리로 유선호 장관에게 물었다.

"이건 정말 개인적인 질문입니다만, 유선호 장관님."

"편히 말씀하십시오."

"만약에 그 바바리안이랑 김시우 각성자랑 싸우게 된다면, 누가 이기겠습니까?"

그 질문에 유선호 장관은 즉각적으로 대답했다.

"김시우 각성자가 이길 겁니다."

"확실합니까?"

"제 자리를 걸지요. 바바리안은 김시우 각성자의 발끝에
도 미칠 수 없습니다."

❧

알차게 내실을 다지고 난 다음 날 아침.

아침 늦게 일어난 나는 꽤 당혹스러운 뉴스와 마주하게 되
었다.

〈일본에 출현한 국가위기급 마수 야마타노오로치. 피해 규모 측정 불
가!〉

〈일본, 주변 국가에 도움을 요청하다〉

〈미국, 이레귤러 '바바리안' 에이든 하워드 파견 결정!〉

〈대한민국의 이레귤러 김시우, 파견단에 포함되나?〉

"이게 또 무슨 소리래냐."

사상 초유의 테러에 대한민국 전체가 시끄러운 가운데, 또
다른 화두가 던져졌다.

그것은 바로 일본에 출현한 국가위기급 마수, 야마타노오
로치라는 놈에 대한 뉴스였다.

미야아아아아—

"그래, 백설아. 잘 잤어?"

나는 내가 깨어난 것을 보고 달려온 우리의 귀여운 먼치킨 고양이형 신수, 백설이의 머리를 쓰다듬어 주면서 웃음을 지었다.

참고로 백설이란 이름은 당연히 시연이가 지어 줬다.

하얀 눈처럼 이쁘다고 해서 지어 준 거다. 모르긴 몰라도 아마 신목이 성장하면 이 귀여운 모습은 사라지겠지만, 시연이가 좋다면 좋은 거지.

백설이라는 귀엽고 이쁜 이름으로 마수나 마족의 대가리를 물어뜯는 모습을 생각하니, 가슴이 절로 웅장해지는구만.

"참 신기해. 시연이는 고양이 알레르기 때문에 고양이 카페 다녀오면 하루 종일 코 찔찔거렸단 말이야? 그런데 백설이한테 아무리 비벼도 알레르기가 안 올라 오더라구."

인욱이는 직접 만든 듯한 샌드위치를 들고 오면서 말했다.

나는 샌드위치를 집어 먹으면서 어깨를 으쓱였다.

"이래 보여도 신수라고."

"신수? 유니콘 뭐 그런 건가?"

"비슷하다고 생각하면 될 것 같은데, 사실 나도 자세하게는 몰라. 우리 교단에서도 500년 만에 등장한 신수라더라고."

"더 크려나?"

"당연히 더 크겠지."

미야아아?

백설이는 우리 둘의 대화를 들으며 귀를 쫑긋 세웠다.

"사람 말도 알아듣는 것 같더라."

"알아듣는 것 같은 게 아니고, 알아듣는 게 맞아."

명색이 신수인데 사람 말 정도는 알아들어 줘야지. 게다가 시연이랑 잘 놀아 주는 걸 보니, 여러모로 쓸모가 많은 녀석 같다.

"시연이가 아침에 백설이 데리고 학교 가면 안 되냐고 조르는 걸 겨우 달랬다니까?"

"음, 그것도 괜찮은 방법이네."

"뭐?"

"백설이가 조금만 더 크면 어지간한 플레이어들은 압살할 수 있을 정도가 될 거고, 시연이한테 붙여 두면 든든하기도 하겠다."

어제 시연이가 내 동생인 걸 확인시켜 주는 바람에 이능관리부의 요원들이 배정되었다고 한다.

나 역시 시연이에게 축복을 여러 개 중첩해서 걸어 두기도 했고 말이다.

그래도 살짝 불안한데, 백설이가 성장해서 시연이를 지켜 줄 수만 있다면 고민이 하나 줄어들 것이다.

"많이 크렴, 우리 백설이."

미야아아아―.

"그런데 백설아, 왜 네가 샌드위치를 먹고 있니?"

나는 어느새 샌드위치 그릇에 목을 처박고 있는 백설이를 떨떠름한 표정으로 바라보았다.

혹시 몰라서 고양이 사료도 사 뒀는데, 그건 안 먹고 정작 내 샌드위치를 훔쳐 먹고 있다니.

역시, 신수답게 입맛 역시 특별하신 모양이다.

마지막 남은 샌드위치 하나만큼은 빼앗길 수 없는 법.

나는 재빠르게 샌드위치 하나를 먹어 치운 다음, 백설이를 가소롭다는 듯 바라보았다.

"아직 멀었다, 축생."

"형. 나 오늘 영상 작업해야 해서 할머니 모시러는 못 가. 형 혼자 잘 다녀올 수 있지?"

"많이 바쁜가 보네."

"물 들어올 때 노 저어야지. 요새 조회수 잘 나와서 기분 너무 좋아. 요새는 외국인들도 댓글 많이 단다니까? 중국인 들이 이상한 댓글을 달기는 하는데…… 그래도 재밌어."

확실히 내가 집에 막 돌아왔을 때의 인욱이보다 밝아지기 는 했다.

그때의 인욱이는 거의 피곤에 찌들어 있었으니까.

지금도 크게 달라진 건 없어 보이지만, 그래도 눈빛은 살 아 있었다.

자신이 직접 관리하는 미튜브 채널이 있고, 또 그 채널이 성장하고 있으니 뿌듯할 만도 하지.

"그럼 나 먼저 작업하고 있을 테니까, 형 알아서 씻고 다녀와. 알겠지?"

"그래, 샌드위치 고맙다."

인욱이는 그 말과 함께 다시 본인의 작업실 겸 방으로 들어섰고, 나는 그런 인욱이의 뒷모습을 바라보면서 미소를 지었다.

조만간 이사를 갈 계획인데, 좀 큰 방이 있는 곳으로 이사를 가야겠다.

아니면 인욱이 전용 작업실을 하나 임대해 주든가.

명색이 우리 교단 미튜브 채널 관리자인데, 그 정도쯤은 해 줄 수 있지.

"슬슬 준비나 좀 해 볼까."

내가 신성력을 보유하게 된 이래로 가장 편하고 만족하는 효능은 보통 이런 거다.

액티브 스킬 〈정결의 축복〉을 사용합니다.
신성력이 당신의 몸에 묻은 이물질과 분비물을 제거하여, 경건한 몸가짐을 돕습니다.

마법사들이 사용하는 〈클린〉과 엇비슷한 효능의 스킬인데, 신성력으로 하여금 몸을 깨끗하게 해 준다. 오지에서 사역을 행하는 사제들이 언제나 청결할 수 있는 이유도 바로 여기에 있었다.

에덴에서 보통 〈정결의 축복〉이라고 불린다. 사제들이 가장 먼저 배우는 축복 중에 하나다.

미야아아아ー.

내 신성력을 감지한 백설이가 다시 한번 기분 좋게 웅얼거렸다.

신수답게 신성력을 좋아하는 모습.

나는 그런 백설이의 머리를 몇 번 쓰다듬어 주면서 말했다.

"다녀올 테니까 인욱이 잘 지켜 주고 있어. 인욱이 힘들어하면 가서 애교도 좀 부려 주고. 뭔 말인지 알지?"

끄덕끄덕.

새끼 고양이가 내 말에 고개를 끄덕여 주는 장면이라니, 이것 참 귀하다. 이래서 다들 집사가 되려는 건가?

그렇게 백설이에게까지 인사를 해 준 다음, 나는 곧바로 집 밖으로 나섰다.

엘리베이터를 타고 현관으로 나오자 곧 화창한 날씨가 나를 반겨 준다.

햇빛도 적절하고, 누군가 집에 돌아오기 딱 좋은 날씨.

하지만 나는 곧 평소와 다른 분위기를 감지할 수 있었다.

"뭐지?"

평소보다 이곳 주위를 지키고 있는 요원들의 숫자가 많다.

우리가 사는 곳이 노출된 탓에 요원의 숫자가 증원되었을 수는 있다지만, 그것치고는 좀 과도하게 많았다.

"시우 님."

"아, 김 팀장님."

내가 의문을 가질 무렵, 뒤쪽에서 김 팀장이 다가왔다.

"조모님을 마중하러 가시는 길이면 저희 쪽에서 모시도록 하겠습니다."

"이능관리부가 제 담당 비서도 아니고, 어플로 미리 택시 불러 뒀어요. 사람이 염치라는 게 있지, 자꾸 도와달라고 그러면 죄송하잖아요."

"그런 섭한 말씀을. 시우 님의 일이 곧 저희의 일입니다. 편하게 모시겠습니다. 이쪽으로."

이 정도까지 권하면 거절하는 게 예의가 아니지. 암.

나는 김 팀장을 바라보면서 멋쩍게 웃음을 지었다. 그리고 그쪽을 향해 발을 내디디며 말했다.

"이러시면 안 되는데…… 흠흠."

그의 안내를 따라간 곳에는 여태까지 내가 탑승했던 승용 차와는 확연히 다른, 차체 자체에 마력을 머금고 있는 차량 한 대가 대기하고 있었다.

딱 봐도 대기업 회장님들이나 탈 법한 거대한 고급 세단이 었다.

"오늘은 제가 운전대를 잡지 않습니다. 대신 뒤 차로 조용히 따라가도록 하겠습니다."

"예?"

"자세한 건 뒷좌석에 탑승하시면 알게 되실 겁니다. 그럼 이따가 뵙도록 하겠습니다."

그는 그렇게 말한 다음, 조용히 뒤로 물러섰다.

나는 그런 김 팀장의 뒷모습을 바라보면서 고개를 갸웃거렸다.

유선호 장관이라도 타 있나? 아니지, 유선호 장관이었으면 김 팀장이 직접 운전했겠지. 보통은 그래 왔으니까.

그렇다면 도대체 이곳에 타 있는 게 누구란 말인가?

경호 병력도 상당한데, 국무총리 같은 사람이라도 온 건가?

몇 번 머리를 굴려 봤으나 쉽게 결과가 도출되지는 않았다. 그래서 그냥 차의 문을 열면서 혼잣말을 중얼거렸다.

"누가 보면 대통령이라도 타 있는 줄……."

그때였다.

"오, 어떻게 아셨습니까? 일부러 경호 인력들 보고 좀 멀리 떨어져 있어 달라고 했는데, 역시나 티가 났던 모양이군요."

"예?"

널찍한 뒷좌석에는 한 남자가 앉아 있었다.

깔끔한 검은색 양복에 보라색 넥타이를 매고 있으며, 머리는 2 대 8 가르마로 깔끔하게 뒤로 넘긴 중년의 남성.

TV에서 몇 번 봤던 것 같은 그 남자는 여유로운 웃음과 함께 나에게 손을 건넸다.

　"반갑습니다, 김시우 각성자. 대통령이라는 과분한 자리를 맡고 있는 서신우라고 합니다."

만나서 반가워요

대통령이란 무엇인가.

그것은 대한민국 권력의 정점, 선출직 중 단연 최고의 자리.

일반인이라면 평생 동안 독대하기 힘든 위치의 사람인 건 틀림없다.

나 역시 TV나 인터넷을 통해서나 몇 번 봤다 뿐이지, 실제로 본 적은 단 한 번도 없었으니 말이다.

하지만 방금 전, 그 '단 한 번'은 깨지고 말았다.

"이렇게 헌앙하신 분인 줄 알았으면 진즉에 찾아뵐 것을 그랬습니다."

나는 내 눈앞에서 여유롭게 대화를 주도해 나가고 있는 서

신우 대통령을 바라보면서 난감하게 웃음을 지었다.

할머니를 모시러 가는 날인데 이게 무슨 일이란 말인가?

진짜 단 한 치도 예상할 수 없었던 전개였다. 대통령이라는 자리가 시간이 남아도는 자리도 아니고, 고작 나를 공항에 데려다주려고 왔을 리는 없잖아.

"경계하실 것 없습니다. 마침 저도 공항으로 갈 일이 생겨서, 일종의 카풀이라고 생각해 주셨으면 좋겠군요."

"제가 공항으로 간다는 이야기를 들으셨습니까?"

"이레귤러의 일정에 대해서 보고받는 것 역시 대통령의 업무 중 하나지요. 불쾌하셨다면 사과드리겠습니다."

"아, 불쾌한 건 아니고…… 그냥."

내 일거수일투족이 대통령이나 되는 사람에게까지 보고된다는 게 느낌이 이상해서 그렇지.

그나저나 내가 생각했던 이미지와는 많이 다른 사람이다.

대통령이라면 으레 가지고 있을 법한 권위 의식이라든가, 카리스마라든가. 이런 게 딱히 안 느껴지거든.

보통 이런 경우는 두 가지다.

정말 그런 게 없거나, 아니면 일부러 숨기고 있거나.

뭐, 어느 쪽이든 결론은 같다.

'조심해야 할 사람.'

속을 들여다볼 수 없는 사람이란 뜻이다. 대통령이라는 자리가 제비뽑기로 당첨되는 자리는 아니었으니, 어찌 보면 당연할지도 모른다.

"김시우 각성자께서 지금껏 대한민국을 위해 수많은 일을 해 주셨는데, 제가 못 해 드릴 게 뭐가 있습니까? 말씀만 해 보십시오. 제가 할 수 있는 무엇이라도 들어드리겠습니다."

대통령의 말에 때아닌 짓궂은 장난기가 발동한다.

나는 한껏 진지해진 표정으로 말했다.

"리멘 교단을 국교로 삼아 주시는 건 어떻습니까?"

"하하, 벌써부터 귓가에 탄핵 소추안이 발의되는 소리가 들리는군요. 김시우 각성자께서 그토록 원하신다면야 안 될 것 없죠. 비서실장에게 탈당 신고서부터 가져오라고 해야겠군요. 제 정치 인생에 있어서 가장 극적인 순간이 되어 줄 겁니다."

"농담입니다, 대통령님. 반쯤은 진심이었지만요."

"저도 마찬가지입니다. 저 역시 반쯤은 진심이었습니다."

도대체 어떤 부분이 진심이었던 걸까?

언젠가 인욱이로부터 대통령에 대한 이야기를 들어 본 적이 있는 것 같다.

유머러스한 면모 덕분에 젊은 층에서도 높은 지지율을 이끌어 낸다고 들었다. 물론 재밌기만 해서는 지지율을 끌어낼 순 없겠지만, 탁월한 유머 감각은 지도자가 지닐 수 있는 강점 중에 하나다.

내가 보기에도 서 대통령은 그 점에서 있어서만큼은 확실히 뛰어났다.

말을 몇 번 주고받는 것만으로 기분이 편해지고 있었으니까.

나는 슬며시 웃음을 지었고, 그 역시 나를 따라 웃으면서 이야기를 시작했다.

"원래 한 집단의 수장이 하는 일이란 게, 이렇게 비공식적인 장소에서 이루어지는 것이 대부분입니다. 공식 행사들은 요식행위에 불과하죠. 시우 님께서도 에덴이라는 세계에서 교황의 위치에 있으셨으니, 얼추 알고 계실 거라 생각하고 있습니다."

대통령이 아침부터 나랑 농담을 주고받기 위해서 왔을 거란 생각은 애초부터 없었다.

이쪽이야말로 본론이었다.

"혹시 오늘 아침에 언론들이 일제히 보도했던 뉴스들을 보셨습니까?"

"일본에 마수가 나타났고, 도움을 요청했다는 것까지는 알고 있습니다."

"좋습니다. 대강 알고 계시니 단도직입적으로 말하겠습니다. 미국 측에서 김시우 각성자를 파견단에 포함시켜 달라고 요청해 왔습니다. 그리고 저희 정부는 답변을 보류한 상태입니다."

"흐음. 정부에서 동원 명령을 내린다면, 저도 어쩔 수 없이 따를 수밖에 없지 않습니까?"

이레귤러 계약서를 쓸 때 얼추 봤었기도 했고, 지난번에
몬스터 웨이브 때도 그런 식으로 불려 나갔다.

하지만 서 대통령은 고개를 가로저으면서 말했다.

"이능특별법 9조 12항에 의하면 이레귤러를 동원할 수 있
는 구역은 대한민국의 주권이 미치는 곳으로 제한한다. 즉,
김시우 각성자가 일본을 도와줄 의무는 없다는 뜻입니다."

그런 법 조항을 알면서도 대통령이 이곳에 왔다는 것은 하
나를 의미한다.

나는 서 대통령을 바라보면서 말했다.

"대통령께서는 제가 일본에 다녀오기를 원하시나 봅니
다."

"이번에 미국에서 일본에 파견하기로 한 이레귤러, 에이
든 하워드는 이레귤러 판독기라고도 불리는 인간입니다. 그
렇다는 말은 그를 꺾으면 세계가 공인하는 이레귤러가 될 수
있다, 이 말이기도 합니다."

서 대통령의 눈빛이 처음으로 빛났다.

"야마타노인가 하는 마수는 처음부터 계산에 없으셨군
요."

"각성자 시대의 핵무기라고 불리는 이레귤러 둘이 동원되
는 작전이 실패할 리는 없습니다. 일본 측도 전력을 다할 것
이고, 미국도 마찬가지입니다. 이 때문에 그 뒤에 벌어질 일

을 생각할 수밖에 없습니다."

어느새 차는 영종대교를 지나고 있다.

밖으로 펼쳐진 푸르른 바다의 풍경. 그것을 배경으로 서 대통령이 말을 이어 갔다.

"만약 친선 대련이 펼쳐진다면, 김시우 각성자께서 바바리안을 아작 내 주셨으면 합니다."

"……아작, 이요."

"개박살도 좋구요, 묵사발도 좋습니다. 김시우 각성자께서 바바리안을 깨 주신다면, 대한민국은 세계 공인 이레귤러 보유국이 됩니다. 그렇게만 된다면 떼놈이든 왜놈이든…… 아, 이거 실례했군요."

열변을 토해 낸 서 대통령이 활짝 웃으면서 고개를 끄덕였다.

다소 복잡한 게 얽혀 있었지만, 결론은 그 바바리안이라는 미국의 이레귤러를 박살 내 달라는 뜻이었다.

"대한민국을 위해서 그리해 달라, 이렇게 말씀하시는 겁니까?"

나는 나지막한 목소리로 물었고, 서 대통령은 단호하게 대답했다.

"대한민국을 위해서가 아니라, 우리를 위해서입니다. 종교와 정치는 아주 오랜 시간 동안 떼려야 뗄 수 없는 관계였지요. 그것은 결국 그 둘의 힘이 민중으로부터 나오기 때문이었을 겁니다."

"유착 관계를 형성하자는 말씀으로 들립니다."

"하하, 그럴 수도 있겠군요. 하지만 오해하지 않아 주셨으면 좋겠습니다. 제가 바라는 건 상생입니다. 함께, 더불어 사는 것. 그리고 그 관계를 기반 삼아 더 나아가는 것."

대통령들은 모두 이렇게 달변가인 걸까, 아니면 이 사람이 유독 달변가인 걸까.

에덴에서 마주했던 국왕이나 황제들과는 사뭇 다른 느낌.

그의 말에는 그가 일평생 지켜 온 철학이 담겨 있었다.

"슬프게도 대한민국 정부에는 이렇다 할 힘이 없습니다. 그에 비해 리멘 교단은 갈수록 융성해질 테지요. 그 차이가 벌어진다면, 그건 더 이상 상생이 아닌 기생에 불과하게 될 것입니다."

서 대통령은 지그시 나를 바라보았다. 그리고 한껏 진중해진 표정으로 말했다.

"그리고 그 모습은 김시우 각성자께서도 원치 않는 모습일 거라 생각합니다. 왜냐하면 그건 더 이상……."

"교단의 모습이 아닐 테니까요."

교단의 지위가 정부보다 높아진다면, 그것은 교단이 아니라 국가권력에 가까운 모습일 것이다. 그리고 그것은 리멘이 가장 원하지 않는 모습이기도 했다.

나는 서 대통령의 말에 고개를 천천히 끄덕였다.

"상생을 위해서 대한민국의 국제 지위를 높여 달라?"

"제가 이래 보여도 꽤 괜찮은 수완가입니다. 그리고 이레 귤러 보유국이라는 타이틀은 아주 귀한 값어치를 지니고 있습니다. 아주 다양한 곳에서 쓸모가 있을 겁니다."

어느새 차는 공항에 도착했고, 밖을 확인한 서 대통령이 웃음을 지었다.

"이리도 좋은 날에 너무 지루하고 재미없는 이야기를 한 것 같군요. 결정은 천천히 내리셔도 좋습니다. 그리고 그 결정이 무엇이 되었든, 저희는 전적으로 김시우 각성자의 결정에 따르겠습니다."

마지막 순간까지도 서 대통령은 나를 적극적으로 설득하려 들지 않았다. 그저 자신의 셈법을 보여 주고, 그것을 토대로 나에게 제안했을 뿐.

"조만간 리멘 교단의 신전에 공식적으로 방문해 볼까 합니다."

"언제든 환영입니다."

"만나서 반가웠습니다. 김시우 각성자. 다음에 또 이야기 나누도록 합시다."

그렇게 나는 차에서 내렸고, 내가 내리자마자 대통령의 차는 곧바로 자리를 떠났다.

사람은 모름지기 첫인상이 중요한 법이다.

서신우 대통령이라.

우리 교황님 좀
말려 주세요

"재밌는 사람이네."

저 사람이랑 얽히면 재밌는 일이 많이 생길 것 같다는 생각이 들었다.

나는 멀어지는 차를 바라보며 슬쩍 미소를 지은 다음, 곧바로 입국장으로 향했다.

구름 한 점 없는 것이 그의 말대로 날씨가 참 좋았다.

누군가 귀국하기에는 더할 나위 없이 좋은 날이었다.

☙

우리 할머니의 프로필을 나열하자면 다음과 같다.

이름: 고은영
출생: 1963년 11월 11일(73세)
출생지역: 서울특별시 용산
자주 하시는 말씀: '우리 집안은 사고 치는 게 이력이다. 그렇기 때문에 시우 네놈이라도 꼭 피임을 잘해야 한다. 알겠지?'

자주 하시는 말씀을 보면 알 수 있듯이 상당히 특이하신 분이다. 세상이 이렇게 뒤집어졌는데도 미국 여행을 가신 걸보면, 할머니의 인생관을 엿볼 수 있다.

어차피 한 번 사는 세상, 즐기면서 살자.

할머니가 항상 입에 달고 사셨던 말씀이기도 하다. 젊어서
는 우리 아버지를 기르시랴, 또 아버지가 일찍 사고 쳐서 낳
은 나를 기르시랴, 내가 봐도 정신없이 살아오시긴 했지.

할아버지가 돌아가신 이래로 해외를 돌아다니시다가, 부
모님의 부고 소식을 듣자마자 돌아와 우리를 쭉 길러 주신,
아주 고마우신 분이다.

아무튼.

나는 마스크를 쓴 채로 입국장에서 가만히 기다렸다.

옛날에 비하면 공항 이용객들이 적은 편이었는데, 아마도
그건 일부 항공 노선들이 폐지되었기 때문일 것이다.

비행형 마물들에 의해 빼앗긴 하늘이 꽤 많다고 한다.

초기에는 더 심했다고 하는데, 각국에서 힘을 합쳐서 토벌
에 나선 덕분에 상당수 문제가 해결되었다던가.

물론 일부 지역은 여전히 운항 불가지만 말이다.

그렇게 얼마나 기다렸을까? 입국장의 문이 열리더니, 곧
그 안에서 까만색 선글라스에 베이지색 트렌치코트를 입은
노년의 여성이 걸어 나왔다.

당당하고 힘이 넘치는 발걸음.

보는 것만으로도 박력이 느껴지는 그 할머니는 당연히.

"할머니."

우리 할머니였다.

우리 교황님 좀
말려 주세요

비교적 최근에 염색을 하셨는지 머리가 검으셨다.

할머니는 내 목소리를 듣자마자 나를 향해 다가왔다. 그리고 내 앞에 도착하자마자 쓰고 있던 선글라스를 벗으셨다.

그러자 곧 선글라스 뒤에 숨어 있던 할머니의 눈빛이 드러났다.

그리고 나는 그런 할머니의 시선을 마주하면서 말했다.

"할머니. 보통 이런 순간에는 감격의 해후를 나누는 게 정상 아닐까?"

"우리 손주. 이세계에 다녀왔다더니 아주 간덩이가 부었구나. 예전에는 할미가 이렇게 쳐다보면 도망가기 바빴는데, 이 할미는 아주 뿌듯해요. 우리 손주 다 컸네, 다 컸어."

"그…… 일단 손부터 치우면 안 될까?"

"감격의 해후를 나누자꾸나."

할머니는 그렇게 말하며 오른손으로 내 등짝을 냅다 후려치셨다.

짜아아아아아악.

그와 동시에 찰지게 울려 퍼지는 타격음.

등 쪽에서 따끔함이 순식간에 퍼져 나가는 것이, 에덴에서는 맛보지 못한 매콤함이었다.

이래서 원조 맛집, 원조 맛집 하는구나.

예전보다 훨씬 단련되고 맷집이 좋아졌는데도 왜 이리 아픈지 모르겠다.

"팔다리 멀쩡하게 돌아왔으니 그걸로 되었다. 배은망덕한 손주 놈아."

"여전하네, 할머니."

"사람은 변하면 죽는단다. 이 할미는 오래 살 생각이니 그런 건 걱정 안 해도 좋다."

"말도 여전히 잘하시고."

할머니와의 재회는 인욱이나 시연이와의 재회와는 사뭇 달랐다.

인욱이나 시연이는 나를 정말 죽었다 살아온 사람처럼 보았지만, 할머니의 표정은 전혀 그렇지 않았다.

마치 먼 여행을 떠났다가 돌아온 사람을 맞이하는 듯한 표정.

그래서일까?

기분이 정말 편안했다.

"그래, 이세계 여행은 어땠든?"

"나는 뭐…… 좋았어."

"새로운 곳으로의 여행은 사람을 성장시켜 주는 법이지. 그래도 우리 손주가 훌쩍 커 온 것 같아서 기분은 좋네. 5년 동안 할미 속 썩인 건 방금 등짝으로 값을 치른 셈 치마."

할머니는 그렇게 말하며 캐리어의 손잡이를 놓으셨다. 그리고 나를 부드럽게 껴안아 주셨다.

"돌아와 줘서 고맙다, 우리 똥강아지."

나는 웃으면서 할머니를 껴안았다.

"내가 돌아왔다는 소식 들어도 귀국 안 하시길래, 내 얼굴도 보기 싫은 줄 알았지."

"패키지여행인데 아깝잖니? 돌아올 놈이 돌아왔을 뿐인데, 그게 뭐라고."

"전세기는 편했어?"

"손주 놈 덕에 난생처음 호강 좀 했다, 이 녀석아."

"다행이네."

할머니가 씨익 웃으셨고, 나도 할머니를 따라 씨익 웃었다.

"미국에서 새로운 친구 하나를 사귀어서 같이 왔거든? 아니 글쎄 아까 입국하자마자 웬 양복 입은 남자들이 와서 데려갔단다."

"친구?"

"내 친구가 너를 꼭 보고 싶어 했어. 나쁜 할멈은 아니니 걱정하지 말거라."

그 순간, 아까 서 대통령으로부터 들었던 말이 떠올랐다.

─마침 저도 공항으로 갈 일이 생겨서, 일종의 카풀이라고 생각해 주셨으면 좋겠군요.

대한민국의 공항에서 검은색 양복을 입은 사람들(아마도 대통령 경호원)이 직접 모셔 갈 정도의 사람이라…….

"……할머니."

"왜 인석아."

"도대체 누구를 데려온 거야."

어째 오늘 하루도 쉽게 끝날 것 같지 않다.

❦

할머니를 모시고 가장 먼저 간 곳은 리멘 교단의 신전이었다.

시연이가 아직 학교이기도 했고, 할머니가 데려왔다는 친구분과 이곳에서 만나기로 했기 때문이다.

승우와 승우네 아버님은 신전 주위에서 살 집을 알아보러 돌아다니고 있었기에, 신전에 잔류하고 있던 인원은 레오와 루나뿐이었다.

"우리 손자가 신세 많이 졌다고 들었어요. 다들 고마워요."

"저희야말로 성하에게 신세를 졌습니다. 은혜를 갚는 건 당연한 일입니다."

레오는 우리 할머니에게 깍듯하게 인사를 건넸다.

늘 그렇듯 레오의 첫인사는 무난하고 흠잡을 구석이 없는 인사였다.

그야말로 사제의 표본.

하지만 루나의 첫인사는 달랐다.

"어머, 저는 사실 성하의 이모쯤 되시는 줄 알았는데! 너무 동안이세요, 할머니."

"얼굴도 이쁜 처자가 말도 참 이쁘게 하네. 반가워요."

"루나 레벤톤이라고 합니다. 성하가 가장 아끼는 부하랍니다. 저희에게도 말 편하게 하세요, 할머니. 성하의 할머니시면 저희에게도 마찬가지인걸요."

"음, 그럴까? 호호. 듬직한 손자랑 손녀가 하나씩 늘었네."

루나는 특유의 붙임성으로 할머니의 호감을 얻었다. 생각해 보면 둘 다 성격이 호쾌한 편인 것이, 합이 잘 맞을 것 같다.

앞으로의 케미가 괜찮을 것 같은 느낌.

그렇게 두 사람과 인사를 나눈 할머니는 곧장 신전의 본당으로 향했다.

본당에는 추모객들이나 신도들이 와서 기도를 드릴 수 있도록 의자가 마련되어 있었고, 그 앞에는 두 손을 모은 채로 고개를 숙이고 있는 리멘의 신상이 있었다.

리멘 교단을 대표하는 얼굴 없는 신상.

얼굴이 없다기보다는 천으로 얼굴이 가려져 있다는 표현이 더 적절하겠지만, 에덴에서도 얼굴 없는 신상이라고 불렸었다.

언젠가 한번 저 신상을 보고 리멘에게 물어본 적이 있었
다.

이토록 아름다운 얼굴인데 왜 신상에 담지 않냐고.

그 말에 리멘은 이렇게 답했다.

―때로는 보이지 않기에 더 의미 있는 것이 있어. 누군가
는 나에게 기도하며 본인의 어머니를 투영하고, 또 누군가는
아버지를 투영할지도 모르지. 각자마다 소중히 여기는 얼굴
들은 전부 다르잖아? 나는 그저 그들의 마음을 배려해 주고
싶었을 뿐이야.

그녀는 그렇게 말하며 나에게 '내가 그렇게 이뻐?'라고 물
었더랬다.

하여간 그러한 이유로 리멘의 신상에는 그녀의 얼굴이 나
타나 있지 않다.

우리 교단의 개성이라면 개성이라고 해야 하나.

"기도를 드려도 되는 거니?"

할머니는 그 신상 앞에 서서 나에게 넌지시 물었다. 나는
할머니의 말에 천천히 고개를 끄덕였다.

"물론이죠. 리멘께서는 모두를 사랑하시니까요."

"후후. 내 손자가 그럴듯한 종교인이 되어 돌아왔구나. 어

렸을 때 그렇게 교회를 가기 싫어하더니, 세상일이란 게 참 모를 일이지."

나를 바라보며 왼쪽 눈을 찡긋한 할머니가 신상 앞에 무릎을 꿇으며 손을 모았다. 그리고 여전히 편안하고 부드러운 목소리로 기도를 드렸다.

"우리 손자를 무사히 돌려보내 주셔서 정말로 감사합니다. 여전히 부족한 것 많은 우리 손자가, 이 혼란스러운 세상 속에서 잘 살아갈 수 있게, 부디 잘 이끌어 주시옵소서."

할머니의 기도는 그리 길지 않았다.

그 짧다면 짧다고 할 수 있는 기도가 끝나자 내 뒤에 서 있던 레오가 조용히 속삭였다.

"성하."

"아, 그래. 지금은 내가 담당 사제지."

사제는 기도를 드린 이에게, 리멘을 대신하여 가호를 내려 줘야 한다.

나는 할머니를 바라보면서 부드럽게 말했다.

"당신에게 리멘의 가호가 있기를."

할머니가 나를 바라보면서 활짝 미소를 지었다. 그리고 그녀는 천천히 자리에서 일어났다.

"아까 보아하니 요 앞 정원들이 정말 아름답던데, 할미가 좀 돌아다녀도 되겠니?"

"내가 안내해 줄게, 할머니."

"나는 우리 루나 양과 레오 군과 함께 산책하고 싶단다. 둘에게 물어보고 싶은 것이 참 많아."

"나한테 물어보면 되는 걸 굳이?"

"네가 훌륭한 상사가 되고 싶다면, 밑 사람들에게 마음껏 너를 욕할 시간을 보장해 주려무나."

한마디도 안 지신다, 한마디도.

할머니는 양쪽에 레오와 루나를 대동한 다음, 나를 향해 말했다.

"새로 사귄 내 친구가 널 참 만나고 싶어 하더구나. 늙은 이 말동무해 준다 생각하고 이야기 나누렴. 너한테 해가 되는 이야기는 아닐 거야."

그렇게 말을 맺은 할머니는 둘을 데리고 신전 밖으로 향했다.

친구분이 도대체 언제 올 줄 알고 저렇게 훌쩍 나가 버리시는 걸까?

내가 툴툴거리면서 집무실로 향할 때쯤이었다.

저 멀리서부터 무언가 느껴지기 시작했다. 마력은 마력인데, 신비롭다 느껴질 정도로 정순한 마력.

나는 그 마력을 느끼면서 피식 웃음을 지었다.

"신기 있으신 거 맞다니까."

아무래도 할머니의 친구분이 도착한 모양이다.

꠵

할머니의 친구분은 대통령의 경호원들에게 직접 경호를 받으면서 신전에 도착했다.

예상했던 대로였다.

서 대통령이 공항에 일이 있다고 말했던 건 전혀 빈말이 아니었다.

서 대통령은 정말로 귀빈을 직접 맞이하기 위해서 공항으로 향했던 것이다.

문제는 대통령까지 직접 맞이할 정도의 '귀인'이, 왜 할머니와 함께 전세기를 타고 왔냐는 이 말이다.

"만나서 반가워요, 시우. 할머니를 부쩍 닮았군요. 은영이 그토록 자랑했던 이유가 있었네요."

"반갑습니다, 엠마 밀러 여사님. 한국말이 굉장히 능하시네요."

"은영을 통해 배웠어요. 반칙을 쓰긴 했지만요."

할머니의 이름을 저렇게 편하게 부르는 모습을 보니 뭔가 기분이 묘하다.

할머니 친구분들을 뵌 적이 없어서 말이다.

엠마 밀러 여사는 인자하게 웃으면서 본인의 앞에 놓인 녹차를 한 모금 목을 넘겼다.

사실, 이렇게 그녀와 독대하기 전에 대통령의 경호원으로부터 그녀에 대한 정보를 듣기는 했다.

　―그녀의 별명은 오라클입니다. 가까운 미래를 보는 예지
가로 유명합니다. 동시에 미국에서 가장 애지중지하는 각성
자이기도 합니다. 대통령께서 김시우 각성자에게 부디 엠마
밀러 여사를 잘 부탁한다고 전하셨습니다.

　경호원은 덧붙여서 엠마 밀러 여사의 몸에 작은 상처라도
난 순간, 미국이 전쟁을 일으킬 수도 있다는 말을 전했다.
　덧붙인 말만 아니었다면 긴장이 덜 되었을 것을, 윗분들은
꼭 사족을 덧붙인단 말이지.
　참고로 현재 그라운드 제로의 밖에는 미국의 특수 요원들
이 배치되어 있다고 한다.
　여기서 한 가지 의문점이 든다.
　솔직히 엠마 밀러 여사의 전투력은 그다지 높아 보이지 않
는다. 미국에서는 여기보다 더 엄청난 경호 병력이 배치되어
있었을 텐데, 도대체 어떻게 그들을 따돌리고 할머니의 전세
기에 탑승한 걸까?
　"숙녀의 비밀이 궁금하신 모양이네요. 알고 보면 별거 없
답니다."
　"제 생각을 읽으셨군요."
　"음, 읽는다기보다는…… 늙은이의 직감, 그 정도로 설명

하면 되겠네요."

이 할머니도 속을 알 수 없는 사람이다. 서 대통령도 그렇고, 이 엠마 밀러라는 할머니도 그렇고, 오늘 만나는 사람들은 왜 하나같이 이 모양일까.

나는 손가락으로 뺨을 긁었다.

"저를 그렇게 보고 싶어 하셨다고 들었습니다. 혹시, 저 때문에 할머니에게 접근하신 겁니까?"

그녀에게 예지력이 있다는 건 의심하지 않는다.

에덴에서도 예지력을 지닌 자들이 있었기도 했고, 우리 교단의 역대 선지자 중에서도 리멘으로부터 예지의 능력을 하사받은 사람들이 있었으니까.

그녀의 예지력이 진짜라는 것은 미국이 그녀를 소중히 여기는 것만 보더라도 알 수 있다.

그렇기에 내가 의심하는 것은 다른 부분이었다.

목적을 위해서 우리 할머니에게 접근했냐는 것.

하지만 돌아온 대답은 다소 엉뚱한 대답이었다.

"시우가 리멘의 대리자이듯이, 저는 현재의 지구를 주관하고 있는 시스템의 대리자입니다. 제 예지 능력은 제가 시스템의 대리자이기 때문에 동반되는 능력입니다."

엠마 밀러의 눈이 기묘하게 빛났다.

푸른빛을 머금은 그녀의 눈이 나를 주시한다.

그러자 내 눈앞에 경고를 알리는 빨간색 테두리의 메시지 창이 떠올랐다.

"또한 제 예지 능력은 어디까지나 시스템에 속한 자들에게만 한정되어 있는 반쪽짜리죠. 경계 밖에 있는 존재들에겐 사용할 수 없습니다. 이를테면 일반인이라든가, 시우 같은 다른 규격의 존재들 말입니다."

"규격 외 존재라면, 이레귤러를 말씀하시는 건지요."

"사람들은 그렇게들 부르더군요."

"그럼 할머니를 만난 건 단순한 우연입니까?"

"저는 그저 은영을 만났고, 흥미가 일어 이곳까지 왔을 뿐입니다."

엠마 밀러 여사는 알 수 없는 웃음을 머금은 채로 고개를 끄덕였다.

"그리고 사실 저는 예지가처럼 거창한 존재가 아니라 관찰자에 가까운 존재랍니다. 이곳에 와서 시우를 직접 보니 마음이 놓이네요. 적어도 당신만큼은 이 세상을 사랑하고 있군요."

"여사님은 제가 지구로 돌아온 이래로 만난 각성자들 중 가장 특이하신 것 같습니다."

호감도, 그렇다고 적의도 느껴지지 않는 사람.

우리 교황님 좀
말려 주세요

나에게 위협으로 다가오는 존재는 아니었다. 한 가지 확실한 건, 그녀는 내가 모르는 것들을 아주 많이 알고 있다는 것.

나는 잠시 묵묵히 그녀를 바라보았다. 그리고 나지막한 목소리로 말했다.

"정말로 저를 보기만 하려고 오셨군요."

그녀는 나에게 아무것도 묻지 않았다.

그녀의 말대로 그녀는 내 얼굴을 보기만 할 작정이었던 것이다.

내 말에 엠마 밀러 여사는 작게 고개를 끄덕였다.

"늙은이의 작은 취미 생활입니다."

"그럼 곧바로 미국으로 돌아가시는 겁니까?"

"음, 한국에 왔으니 관광을 좀 하다가 가야지요. 은영과 약속했습니다."

"이능관리부나 청와대 사람들이 들으면 발작을 할지도 몰라요."

"후후, 한국 음식이 입에 잘 맞으면 그냥 이곳에 눌러앉을까, 하는 생각도 하고 있습니다."

아니, 할머니.

그러다가 진짜 미국이랑 전쟁 나요.

"말동무가 되어 주어서 고맙습니다, 시우. 차 맛이 아주 좋았습니다."

"벌써 가십니까."

"바쁜 손자 잡아 두었다고 은영이 화를 낼지도 모릅니다. 은영, 화나면 상당히 무섭습니다."

엠마 밀러 여사는 그렇게 말하며 자리에서 일어났다.

그리고 나를 바라보면서 부드럽게 말했다.

"규격 밖의 존재들은 앞으로 짙은 어둠을 불러올 겁니다. 시우. 당신과 당신이 모시는 분의 빛이 그 짙은 어둠을 밝힐 수 있기를 바랍니다."

그 말을 끝으로 그녀는 천천히 신전 밖으로 향했다.

나는 여사의 뒷모습을 바라보면서 씁쓸하게 중얼거렸다.

"리멘에게 물어볼 게 하나 더 생겼네."

물어보고 싶은 건 이렇게 나날이 쌓여만 가는데, 우리의 여신님께서는 도대체 무엇을 하고 계시는 걸까.

❧

할머니는 집에 들러서 인욱이와 시연이에게 가볍게 인사만 하고 다시 나가셨다.

먼 길을 온 친구에게 한국을 제대로 보여 줘야 한다면서 말이다.

뭐, 사실 그렇게 놀라운 전개도 아니었다.

"원래 쿨하신 분이잖아."

"그렇지."

"게다가 미국에서 신세 졌다는 친구분이 한국까지 오셨다는데, 풀코스로 대접해 드려야지. 그래서 내 카드도 드렸어."

인욱이는 다 마른 빨래를 접으면서 말했다.

시연이는 백설이랑 논다고 방에 들어가 있고, 거실엔 우리 둘뿐이다.

"인욱아, 너 그런데 할머니 친구분이 누군지 아냐?"

"내가 그걸 어떻게 알아."

"그러면 미국의 오라클이 누군지는 알고?"

"그걸 모르는 사람이 어디 있어. 미국의 현자, 위대한 예지가, 엠마 밀러 여사 아니야?"

"그분이 바로 한국까지 왔다는 할머니의 친구분이셔."

내 말에 인욱이는 빨래 접는 걸 잠시 멈췄다. 그리고 한심하다는 눈빛으로 나를 바라보았다.

"형. 교황이라는 사람이 그렇게 거짓말하면 안 되지. 우리 할머니가 어떻게 그런 사람이랑 친구가 돼? 좀 말이 되는 소리를 해."

"그렇지? 네가 생각해도 그렇지?"

"오라클을 만나는 게 얼마나 어려운 일인데. 세계적인 부자들이 돈 들고 찾아가도 쉽게 안 만나 주는 사람이라고."

우리 할머니가 그 어려운 일을 해내신 분이시란다, 인욱아.

나는 옆에 있던 사과를 한 입 베어 문 다음, 소파에 몸을 눕혔다.

그리고 천장을 바라보면서 인욱이에게 말했다.

"인욱아. 형이 오늘 대통령이랑 카풀을 했는데 말이야."

"그만해 형. 왜 자꾸 재미없는 농담을 해."

"이 새끼야, 좀 끝까지 들어. 아무튼 형이 대통령한테 부탁을 받아서 일본에 다녀올까 하는데, 네 생각은 어떠냐."

일본이라는 단어가 나오자마자 인욱이가 나를 바라보았다.

"야마타노오로치. 그거 잡으러?"

"알고 있네?"

"당연하지. 뉴스랑 인터넷에서 하루 종일 테러랑 야마타노오로치 이야기뿐인데 모를 리가 없잖아."

"알고 있다고 하니까 편하네. 넌 형이 어떻게 했으면 좋겠냐?"

내 질문에 인욱이는 나를 빤히 바라보았다.

그러더니 미간을 살짝 찌푸리면서 말했다.

"형은 항상 이미 답을 정해 두고 물어보더라. 난 그냥 일본이 불쌍해."

"왜?"

"왜기는."

인욱이는 개어 둔 빨래를 품에 안은 채로 자리에서 일어났다. 그리고 고개를 절레절레 내저으면서 말했다.

"마수 하나 잡자고 형이라는 핵폭탄을 끌어들이는 거잖아."

실제로 이레귤러들이 핵폭탄 같은 전략 병기로 평가되니까 영 틀린 말은 아니긴 하다만.

"정확히는 미국이 먼저 우리 쪽에 요청했어."

"그럼 미국은 일본에 세 번째 핵폭탄을 떨어트리는 셈이네. 이런 잔인한 놈들."

생각지도 못했던 인욱이의 말에 나는 한참 동안 말을 잇지 못했다.

❧

나는 다음 날 아침에 곧바로 유선호 장관에게 일본 파견단에 합류하겠다고 의사를 밝혔다.

그 이후 일은 아주 빠른 속도로 진행되기 시작했다.

유선호 장관은 나를 중심으로 파견단을 구성했으며, 그 파견단에는 대한민국 정부 소속 최고의 각성자라고 불리는 강채아가 포함되었다고 한다.

출발 시각은 오늘 오후 7시.

언론 발표 역시 즉시 이루어졌다.

〈서신우 대통령, 청와대에서 긴급 기자회견. 이레귤러 김시우를 일본

에 파견하기로 전격 결정!〉

〈일본 총리 사사키 히로토, 대한민국의 결정에 크나큰 감사를 표하다. 최선을 다해 파견단을 맞이할 것〉

〈미국 백악관, '한미 동맹의 굳건함을 전 세계에 알릴 좋은 기회. 대한민국과 서신우 대통령의 결정에 찬사를 보낸다.'〉

〈바바리안과 검은 교황의 만남! 이레귤러 판독기는 과연 대한민국의 첫 이레귤러를 인정해 줄 것인가?〉

언론에서 대서특필한 만큼 인터넷의 반응 역시 극렬했다.

안 그래도 리멘 교단에 속한 세 명이서 테러를 막아 낸 것 때문에 시끄러운 지경이었다.

거기에 야마타노오로치와 미국의 이레귤러 '바바리안'이라는 조미료까지 더해지니, 흡사 광기와 버금가는 분위기가 조성된 것이다.

[제목: 님들. 바바리안이 나음 검은 교황이 나음?]

내용: 생각만 해도 가슴이 웅장해진다. 근데 아무리 검은 교황이더라도 바바리안은 좀 힘들지 않을까? 바바리안 손에 박살 난 페이크 이레귤러들이 존나 많잖아.

–왜 둘이 싸울 거라고 생각함?

–그럼 어케 안 싸움? 바바리안 그 새끼 보니까 검증 안

우리 교황님 좀
말려 주세요

된 이레귤러면 발정 난 개새끼처럼 달려들던데ㅋㅋㅋ

-딱 봐도 미국이 킹황님 간 보려고 부른 것 같은데

-아니 님들. 야마타노오로치 영상 보고도 이런 소리가 나옴? 일본 멸망하면 다음은 우리임;;

-일본 그렇게 ㅈ밥은 아님. 이레귤러만 없다 뿐이지 각성자 전력은 우리보다 강력함. 디재스터급 귀환자들도 몇 명 있잖아.

-일본에 '그 새끼' 있잖아

-류완용은 금지어입니다. 언급을 삼가 주세요.

-그 새끼 생각만 하면 열받네

벌써부터 나와 바바리안이 뜨면 누가 이기냐는 이야기가 주요 화제가 되어 버렸다.

그 말인 즉슨, 바바리안이라는 놈이 다른 이레귤러의 대가리를 깨부수고 다녔다는 사실이 꽤 유명하단 뜻이었다.

이거 마치 사냥개한테 목을 들이미는 기분이다. 물론 어지간한 사냥개들은 내 목을 물다가 이빨이 부러지겠지만 말이지.

나는 집무실의 의자에 앉아서 인터넷 커뮤니티를 슬쩍 살폈다. 그리고 계속 언급되는 '류완용', '류진영'을 보고 민수 씨에게 물었다.

"류진영이 누굽니까?"

그러자 노트북으로 무언가를 열심히 하고 있던 민수 씨가 대답했다.

"류진영. 한때 대한민국의 기대를 한 몸에 받던 디재스터급 귀환자였습니다. 귀환 당시까지만 하더라도 전투력만큼은 이레귤러급이 아니냐는 평가를 받던, 엄청난 수준의 마법사였습니다."

"그 뒤는 대충 알 것 같군요. 자고로 완용이란 별칭은 그런 사람들에게만 붙잖습니까."

"성하께서 예상하시는 그대로입니다. 정부에서 전폭적인 지원을 약속했으나, 어떤 이유에서인지 류진영은 다른 S급 헌터와 함께 일본으로 귀화했습니다. 그가 기자회견으로 대한민국을 평생 수호하겠다는 맹세를 한 지 불과 2일 만의 일이었죠."

"그거 어디서 많이 들어 본 스토리인데."

"음, 2000년대 초반에 비슷한 성씨의 한국 가수가 비슷한 짓을 벌였다는 이야기는 들어 보았습니다. 유…… 뭐였던 것 같습니다."

대충 이해했다.

어쩐지 내가 에덴으로 넘어가기 전보다 한일 관계가 더 나빠진 것 같더만, 그런 비하인드 스토리가 있었군.

나는 고개를 끄덕인 다음, 민수 씨를 바라보면서 말했다.

"이번에 일본 다녀온 다음, 세례식을 진행할 생각입니다."

"세례식이 어떤 것인지 혹시 여쭤어도 되겠습니까?"

"각성하지 못한 일반인들에게는 신성 계열 플레이어가 될 수 있는 기회고, 플레이어들에게도 마찬가지입니다. 대신 플레이어들의 경우에는 지금까지 쌓아 온 마력을 포기해야겠죠."

지난밤 동안 〈DLC − 교황〉의 시스템을 통해서 특성 〈세례〉를 확인한 결과, 기존의 플레이어들에게도 세례를 내릴 수 있다는 것을 알아낼 수 있었다.

비교적 초장기에 획득한 특성 〈세례〉.

특성 레벨이 오르면서 세례식을 통해서 각성시킬 수 있는 숫자가 20명으로 늘었다.

하지만 180일의 재사용 대기시간은 줄어들지 않은 상태.

계속해서 내버려 두면 손해였기 때문에 조만간 세례식을 진행할 계획이었다.

"총 20명에게 세례를 내릴 생각이고, 민수 형제님이 5명을 선발해 주셨으면 합니다."

"제가…… 말입니까?"

"창단 멤버들에게 그 정도 혜택 정도는 주어질 만하지 않겠습니까? 아, 그리고 민수 형제님."

"예, 성하."

"리멘 교단의 신도라고 해서 반드시 신성력을 보유하고 있을 필요는 없습니다. 무슨 뜻인지 잘 아시죠?"

민수 씨는 본인만의 방식으로 미튜브를 키웠고, 그것은 충분히 존중받을 만한 업적이다.

지금까지 마력을 통해서 성장을 해 왔던 사람에게 신성력을 강요하는 것은 처음부터 다시 시작하란 소리와 같다.

그는 리멘으로부터 직접 신성력의 씨앗을 부여받은 사람이지만, 그렇다고 해서 여태까지 쌓아 왔던 것을 포기할 필요는 없다.

"민수 형제님이 어떤 결정을 내리든 민수 형제님은 리멘 교단의 사람입니다. 그것만 기억해 주세요."

"충분히 이해했습니다, 성하."

"그래요. 민수 형제님은 현명한 사람이니, 스스로 답을 찾을 겁니다."

나는 웃으면서 민수 씨를 바라보았다.

그는 여기까지 오는 데 큰 공헌을 해 준 사람이다. 그라운드 제로에 신전을 짓는 게 어떠냐는 아이디어부터 시작해서, 미튜브를 포함한 세밀한 부분까지.

그에게는 어떻게든 보답을 해 줄 것이다. 그게 어떤 방식이 되었든 말이다.

"이번 일본 파견단에는 레오가 동행합니다."

"루나 님께서는 신전에 잔류하시는 겁니까?"

"그렇게 되었습니다. 한 명은 남아야 하거든요."

오늘부터 각 지방에서 올라온 플레이어들의 교육이 진행된다. 원래라면 내가 직접 남아서 살펴야겠지만, 상황이 이렇다 보니 어쩔 수 없었다.

대신에 정부 측에서 각성자로서의 기본 소양을 교육시켜 줄 교관들을 임시로 파견해 주기로 했으니, 기초 교육 정도는 문제없을 것이다.

"외람된 말씀이지만, 교육에 관한 쪽은 차라리 레오 대주교가 남는 쪽이……."

"레오는 적어도 통제가 되지만, 루나는 통제가 안 되거든요. 한국에서야 사고를 쳐도 어떻게든 수습할 수 있지만, 일본에서라면 이야기가 다르죠."

"제 생각이 짧았군요. 그럼 저는 신전에 남아서 최대한 루나 님을 보조하도록 하겠습니다."

"인욱이랑 상의하셔서 루나와 관련된 컨텐츠를 함께 만들어 보셔도 좋을 것 같습니다."

"명심하겠습니다."

굳이 루나까지 데리고 가서 리스크를 짊어질 필요는 없지. 그나저나 이 이야기를 들으면 루나가 어떻게 반응하려나.

……에이, 설마 안 데려간다고 때리기야 하겠어?

❧

일본 파견단에 자신 대신에 레오가 포함되는 소식에도 루나는 작은 짜증조차 내지 않았다.

오히려 좋아했다.

―아주 파릇파릇한 신입들을 나 혼자 핥을 수 있어서 좋은
걸요. 후후. 일본이야 언제든지 갈 수 있겠지만, 우리 교단의
첫 병아리들을 교육하는 건 이번이 유일한 기회잖아요?

고인물이 파릇파릇한 뉴비를 핥아 주는 유구한 전통을 떠
올리게 만드는 대사였다.

대한민국에 빠르게 적응했다더니, 그런 전통까지 습득했
을 줄이야.

에덴에서도 그랬던가? 잘 기억이 안 난다.

어찌 되었든 우리에게는 호재였다. 대한민국에 루나를 혼
자 내버려 두는 것도 여러모로 불안한 일이지만, 그래도 옆
에서 민수 씨가 적당히 컨트롤을 해 줄 것이다.

"고비 하나는 넘겼고."

가족들에게도 인사를 하고 왔다.

오늘이 토요일이었던 덕분에 시연이도 집에 있었기 때문
에 인사는 그리 오래 걸리지 않았다.

시연이는 처음에 못마땅한 표정이었지만 내가 준비한 비
장의 수단에 금세 웃음을 되찾았다.

"아까 시연 님께 뭐라고 말씀하셨던 겁니까?"

"아, 선물 사 오겠다고 했어."

"혹시 생각해 두신 선물이라도 있으신지요."

"일본은 섬나라니까 섬이 많지 않을까? 그래서 그냥 섬 하나 구해 오겠다고 했지. 그렇게 말하니까 아주 이쁜 섬을 구해 달라고 하더라. 자기는 꽃이 많이 피는 섬이 좋대."

누구 동생인지는 몰라도 스케일 한번 크다.

명색이 마수를 대신 잡아 준 사람인데, 섬 하나 정도는 양도해 주지 않을까?

아니면 뭐…… 남해에 있는 섬들 중 하나 주면 안 되냐고 대한민국 정부 측에 이야기해 봐야지.

아무튼.

엠마 여사와 함께 대한민국 곳곳을 여행 중이신 할머께도 다녀온다고 말씀드렸으니, 사실상 준비는 다 끝난 셈이다.

"일본 정부 측에서 직접 제공한 전세기를 통해서 이동할 예정이며, 착륙하게 될 공항은 나리타 국제공항입니다. 현지에 도착해서는 일본 육군 자위대의 호위하에 작전 지역으로 이동을……."

"김 팀장님."

"예?"

"여러모로 고생이 참 많으십니다. 저 때문에 일본까지 출장이라니요. 이거 부인분께 죄송해서 어떻게 합니까?"

나는 공항의 VIP 룸에서 나에게 열심히 브리핑을 해 주고 있는 김 팀장을 향해 말했다.

그러나 김 팀장은 그 어느 때보다 밝은 표정으로 대답했다.

"하하, 그 부분은 염려하지 마십시오. 오히려 저는 시우 님께 감사하고 있습니다."

"뭐를……."

"아마 시우 님도 유부남이 되면 아시게 될 겁니다."

뭔가 공감할 수는 없지만 이해가 되는 말이었다. 나는 씁쓸하게 웃으면서 고개를 끄덕였다.

"이거 최대한 빠르게 일을 끝내 드려야겠는데요."

"최대한 질질 끌어 주시면 더 감사하겠습니다. 아, 그리고 시우 님. 제가 이번에 진급을 함과 동시에 부서를 이동하게 되었습니다."

"오, 축하드립니다. 김 팀장님이 부서를 이동한다고 하시면, 이제 제 담당이 바뀌는 겁니까?"

"그건 아닙니다. 이능관리부 장관 직속 이레귤러전담실의 실장으로 임명되었습니다. 대통령님 특별 지시입니다. 대통령께서 앞으로도 시우 님을 잘 챙겨 드리라고 말씀하셨습니다."

요컨대 나 덕분에 승진을 했다, 이 소리구나.

나야 뭐 좋다. 우리 김 팀장님이 직접 각종 편의를 봐주고 있었던 덕분에 여러모로 편리했다. 아마 대통령도 그 사실을 알고 있기 때문에 공을 치하해 줬을 것이다.

나랑 친한 사람이 승진하는 건 좋은 일이 분명하다.

그렇게 내가 김 팀장과 이야기를 나누면서 이륙 시간을 기다리고 있을 때쯤이었다.

저 멀리에서 각성자들로 보이는 무리가 우리를 향해 다가왔다.

그리고 그들은 우리 앞에 도착하더니, 곧 가장 앞에 서 있던 여자가 정중하게 허리를 숙이면서 인사를 건넸다.

"처음 뵙겠습니다, 김시우 각성자님. 국방부 직할 이능1팀의 팀장, 강채아라고 합니다. 이번 일본 파견단의 단장 임무를 부여받아 이렇게 인사드립니다."

곱게 빗어 내린 흑발과 총명하게 빛나는 두 눈동자.

은은한 붉은빛의 립스틱에, 몸에 적당히 달라붙는 맞춤 정장을 입은 강채아는 이지적인 분위기의 미녀라고 불리기에 충분한 여자였다.

마법을 사용하는 플레이어라고 했던가? 그래서인지 그녀는 별다른 무기를 들고 있지는 않았다.

대신 그녀가 은연중에 뿜어내는 마력은 충분히 위력적이었다.

지난번에 루나에게 처참하게 깨졌던 이세희가 이 여자에게 라이벌 의식을 가지고 있었다고 들었는데, 막상 강채아를 직접 보니 이세희가 지니고 있던 게 라이벌 의식이 아니었다는 걸 깨달았다.

'열등감이었네.'

마법사는 보통 체내의 마력회로가 얼마나 개방되었는지를 통해서 수준을 가늠할 수 있다.

정확하게 설명하기가 참 애매한데, 이세희가 10개 중 5개의 마력회로를 개방했다면, 강채아는 7개의 마력회로를 개방한 수준이다.

강자들끼리의 전투가 한 끗 차이로 결정된다는 것을 생각해 본다면 분명 유의미한 차이.

나는 강채아가 건넨 손을 잡으면서 슬며시 웃음을 지었다.

"김시우라고 합니다."

"저희를 대신하여 이세희를 비롯한 빌런들을 잡아 주신 점, 깊이 감사드리고 있습니다."

"해야 할 일을 했을 뿐입니다."

다른 각성자들이라면 으레 진행하는 기 싸움, 신경전, 이딴 건 없었다. 그녀는 나를 존중해 주고 있었고, 나 역시 그녀를 존중했다.

마법 계열로는 현재 대한민국 최고의 위치에 오른 존재임에도 불구하고 몸에 배어 있는 겸손한 태도가 마음에 들었다.

게다가 그녀의 얼굴에 드러난 자부심으로 보아서는 애국심 역시 투철한 사람인 것 같고…… 딱히 미워할 만한 구석이 없는 사람인 듯했다.

"서류상의 총책임자는 저입니다만, 김시우 각성자님께서 직접 지휘를 원하신다면 그렇게 하셔도 좋습니다. 저희는 언제든지 김시우 각성자님의 명령에 따를 준비가 되어 있습니다."

"제 인생 신조가 하나 있죠. 전문가의 일은 전문가에게. 지휘권을 두고 싸울 생각은 하지도 않았습니다."

"……그렇습니까."

다소 의외라는 표정을 짓는 강채아.

의외로 감정이 얼굴에 드러나는 편인 것 같다.

"이번 파견에서는 저희 이능1팀이 김시우 각성자님의 전투를 보조할 예정입니다."

"잘 부탁드립니다."

"최선을 다하겠습니다."

각성자라기보다는 군인에 조금 더 가까운 느낌.

그녀의 뒤에서 부동자세를 취하고 있는 각성자들을 보면 정예라고 부르기에 충분해 보였다.

대한민국 정부에서도 상당히 신경을 쓴 셈이다.

나는 그들을 바라보면서 웃음을 지었다. 그리고 나지막하게 말했다.

"역사적인 제 첫 해외여행을 여러분들과 함께할 수 있어서 영광입니다. 제가 이계나 여행해 봤지, 해외는 처음이거든요. 여행처럼 즐겁게, 또 건강하게 잘 다녀와 봅시다."

이때까지만 해도 분위기는 좋았다.

딱, 이때까지만.

꧁

3시간 뒤.

일본, 나리타 국제공항.

"대한민국의 파견단은 전원 무장을 해제하고 우리의 지시에 따르라!"

"협조에 응하지 않을 시 일어나는 일들에 대한 책임은 전적으로 대한민국 측에 있다!"

나는 눈앞에서 벌어지고 있는, 그야말로 기가 막히고 코가 막히는 장면을 바라보며 나지막하게 중얼거렸다.

"지랄 났네, 진짜."

열도 상륙

집에 강도가 들었다. 그리고 그 강도가 목숨을 위협하면서 집을 불태워 먹으려고 드는데, 그것을 본 친절한 이웃집에서 도움을 주러 왔다.

사람이라면 보통 이런 상황에서는 감동을 받거나, 뜨거운 눈빛과 함께 감사의 인사를 전하는 것이 인지상정이다.

백번 양보해서 감사의 인사는 강도를 물리친 다음에 해 준다고 치자.

그런데 도대체.

"모든 팀원, 김시우 각성자님을 중심으로 호위 대형을 펼친다. 저쪽에서 강제로 무력을 행사하면 곧바로 대응한다."

"예!"

어째서 도움을 주러 온 사람들한테 활주로부터 이런 패악질을 부리는 것일까?

나는 신속하게 내 주위를 둘러싼 이능1팀의 각성자들을 바라보면서 헛웃음을 터뜨렸다.

그리고 우리 앞을 가로막고 있는 일본 측의 각성자들을 바라보면서 주먹을 가볍게 움켜쥐었다.

"김 팀장님."

"예, 시우 님."

"상황 설명 대충 가능하실까요? 제 머리로는 도무지 이해가 안 가서요."

보통 이렇게 말도 안 되는 경우에는 여러 가지 이해관계, 특히 정치적인 이해관계가 얽혀 있는 경우가 많다.

하지만 나는 대한민국의 각성자 사회에 대한 지식조차 아직까지 백 프로 습득하지 못했다. 그런 마당에 일본의 복잡한 정치 구조에 대해서 알 리가 있나?

아마도 이런 일이 벌어질 걸 대비해서 김 팀장을 이번 파견단에 붙여 준 것일 터.

당연히 김 팀장이라면 알고 있…….

"……죄송합니다. 저희도 저쪽에서 이렇게 나올 줄은 몰랐습니다."

그렇군. 대한민국 정부조차도 예상하지 못한 전개라, 이말이지?

"다만."

"다만?"

"저자들이 어디에 소속되어 있는 각성자들인지는 알 것 같습니다. 일본 정부 측에서 저들을 전면에 내세울 것이라고는 상상도 못 했습니다. 저들은 욱일회라는 단체에 속해 있는 각성자들입니다."

"이름부터 정체성이 확 드러나서 좋네요. 이해했습니다. 요새 일본은 저런 놈들이 주류를 이루고 있는 겁니까?"

"모두가 욱일회 소속인 건 아니지만, 대한민국의 전각련에 약간 못 미치는 세력이라고 보시면 됩니다."

그래서 녀석들이 오른쪽 어깨에다가 작은 욱일기를 붙여 뒀던 거군.

원래 내가 먹고살기 워낙 바빠서 반일이든 친일이든 딱히 관심은 없었지만 말이야, 아무리 그래도 이건 선을 넘어도 한참 넘은 행위다.

"성하, 말씀만 하십시오."

어느새 레오는 쓰고 있던 외눈 안경을 주머니에 집어넣은 상태였다.

레오만의 전투준비인 셈이다.

"감히 성하께 무례를 저지르는 이들을 가만히 내버려 둘 수는 없습니다. 철저히 징벌하여, 반드시 본을 보이셔야 합니다."

"평화주의자가 할 말은 아닌 것 같은데."

"저는 무례한 자들과 평화를 논할 정도로 미련한 사람이 아닙니다, 성하. 그것은 차라리 굴종에 가깝습니다."

"굴종이라."

리멘으로부터 한국어를 할 수 있는 능력을 받았을 때 어휘 구사력도 함께 받은 건가?

레오가 지난번부터 참 마음에 드는 말만 한다.

나는 레오의 말에 고개를 끄덕인 다음, 천천히 앞을 향해 걸어 나가며 말했다.

"어찌 되었든 넌 가만히 있어, 레오. 저놈들은 리멘 교단의 교황이 아니라 대한민국의 이레귤러한테 말한 거잖아."

"저도 1주일 전에 대한민국의 국적을 취득했습니다."

"부하가 말대꾸?"

"……알겠습니다."

꼭 이렇게 솔직하게 말을 해 줘야 한다니까.

레오는 내 말에 고개를 끄덕이면서 제자리에 섰고, 나는 계속해서 앞으로 나아갔다.

그리고 당장에라도 마법을 사용할 수 있도록 마력회로를 예열하고 있던 강채아에게 말했다.

"강채아 씨, 제가 해결하겠습니다."

"김시우 각성자님."

"제가 이래 보여도 교황입니다. 평화를 사랑하죠. 대화라도 좀 해 보겠습니다."

나는 그렇게 말하며 대한민국의 각성자들을 지나쳤다. 그러자 곧 잔뜩 긴장한 표정의 욱일회 소속 각성자들이 눈에 들어왔다.

일본어 욕설이 곳곳에서 튀어나오고 있는 상황에서 나는 웃음과 함께 말했다.

"한국말 되시는 분?"

그러자 한국말을 가장 못 할 것 같던, 앞 열에 서 있는 사무라이(진짜 사무라이다. 무복에 검을 쥐고 있다!)가 한국말로 소리쳤다.

"김시우! 지금이라도 순순히 우리의 지시에 따르면 무고한 피해자는 없을 것이다! 네놈은 지금 일본의 땅을 밟고 있다!"

"내가 일본은 처음인데, 일본은 원래 이런 식으로 손님 대접하나 봐?"

"일부 정부 놈들은 네 녀석을 원군이라 생각하고 있지만, 우리는 그렇게 생각하지 않는다. 네 녀석은 핵폭탄이나 마찬가지다."

인욱이의 통찰력이 참으로 훌륭하구나. 이 녀석들은 정말 나를 핵폭탄 취급하고 있었잖아?

일단 단서 몇 가지 포착.

일부 정부 놈들이라는 표현을 보았을 때, 저놈들이 현재 일본 정부의 입장을 대변하는 건 아닌 모양이다.

만약 그랬다면 급히 대한민국에 전세기를 보내지도 않았

겠지.

나는 빠르게 판단을 내린 다음, 천천히 고개를 끄덕였다.

"다행이네. 나는 또 일본 정부도 이런 식으로 생각하는 줄 알았잖아?"

"네 녀석이 말하는 일본 정부 인원들은 이미 우리가 밖에서부터 제지하고 있으니 그들의 도움을 기대하지 마라!"

"다시 한번 묻는다. 너희는 일본 정부를 대표하지 않는다, 맞지?"

"우리 위대한 욱일회는 이 땅의 의지를 따른다! 나약한 정부 놈들 따위는-."

대화는 이만하면 충분했다.

나는 가볍게 손을 휘둘렀고, 내 몸에서 대량의 신성력이 흘러 나갔다.

흘러 나간 신성력은 순식간에 주위를 장악했다.

그러자 우리와 대치하고 있던 욱일회의 각성자들 사이에서 신음이 흘러나오기 시작했다.

액티브 스킬 〈교시 Lv. ???〉를 시전합니다.
당신의 신성력이 상대방을 압도합니다!

원래는 말을 듣지 않는 이교도들이나 이단들에게 주로 사용하는 스킬, 교시(教示).

우리 교황님 좀
말려주세요

스킬의 효과는 말 그대로 가르쳐서 보이게 만드는 것이다.

다만, 반항하는 녀석들에게 가르침을 주기 위해 존재하는 스킬이라 힘이 동반될 뿐이다.

"네, 네놈이 정말 우리를 이렇게……."

"무례를 먼저 저지른 것은 너희이니 일단 무릎부터 꿇어라."

내 신성력이 50여 명의 욱일회 각성자들을 강제로 바닥에 꿇린다.

S급으로 보이는 두어 명 정도가 마지막까지 반항했지만, 지속해서 가해지는 압력에는 더 이상 저항하지 못했다.

나는 나를 향해 무릎을 꿇고 있는 그들을 바라보면서 말했다.

"일본 정부의 도움을 기대해야 하는 건 내가 아니라 너희야. 솔직히 말해서 나는 여기서 너희를 죽여도 좋다고 생각하긴 해."

"네, 네놈이 감히 일본의 영역에서 일본의 각성자들을……."

"평화를 사랑하는 교황으로서, 일본의 공항을 무단으로 점거한 테러리스트들을 정리하는 건 당연히 해야 할 일 아닐까? 한번 봐 봐, 이륙해야 할 비행기들이 너희 때문에 멈춰 있잖아."

나는 능글맞게 말하면서 그들을 향해 걸어갔다.

바닥에 무릎을 꿇은 그들은 아까보다 더 두려움이 짙어진 표정으로 나를 바라보았다.

"그래도 우리에게 도움을 요청한 일본 정부의 체면도 있고, 보는 눈도 많으니까 이번만큼은 살려 줄게……가 교황으로서의 입장이고. 이건 한국인 김시우 몫."

콰드드득-!

"끄아아아악!"

"끄으으윽."

무릎을 꿇고 있던 녀석들의 오른쪽 어깨가 일제히 비틀렸다. 비명이 사방에서 터져 나왔지만, 녀석들은 움찔거리기만 할 뿐이었다.

그 와중에도 내 신성력이 녀석들을 짓누르고 있었기 때문이다.

"미국이나 다른 국가들은 딱히 관심 없다고 하더라도, 나는 관심이 많아. 어렸을 때 아버지랑 어머니가 역사책을 자주 읽어 주셨단 말이야. 그러니까 앞으로 나를 만날 때는 그 표식을 떼든가, 아니면 확실히 가리길 바란다. 아, 그리고."

나는 유창한 한국말을 자랑하던 사무라이의 앞까지 다가간 다음, 천천히 허리를 숙여 녀석의 귀에 입을 가져다 댔다.

"가서 전해. 핵폭탄인 걸 알고 있으면 건드리지를 말라고. 한 번 더 건들면 확 터져 버린다?"

이것이야말로 평화로운 대화지.

적어도 죽은 사람은 없잖아? 안 그래?

❧

욱일회 놈들이 말한 일본 정부의 인원들은 공항 내부로 들어와서야 만날 수 있었다.

"불미스러운 일을 겪게 해 드린 점, 정말 죄송합니다. 전부 다 저희의 불찰입니다."

180cm쯤 되어 보이는 키.

스포츠머리에 얇은 눈매. 그리고 그 눈매 틈에서 묵직하게 빛나는 눈동자.

처음에는 한국말이 유창한 일본인이라고 생각했다.

하지만 그가 강채아와 나누는 인사를 듣고 나서는 내 생각이 틀렸다는 것을 깨달았다.

"오랜만입니다, 류진영 씨."

"오랜만에 뵙습니다. 건강해 보여서 참 다행입니다."

그 남자의 정체는 다름 아니라 류진영이었다.

한국에서 류완용이라고 불린다는, 일본으로 건너간 디재스터급 귀환자 말이다.

류진영은 디재스터급 귀환자라는 말에 걸맞게 확실히 굉장한 수준의 마력을 보유하고 있었다. 마력회로 역시 마찬가지였고 말이다.

한 가지 의문인 점은 강채아를 비롯한 정부 측 인원들과 류진영의 사이가 썩 나빠 보이지 않았다는 점이다.

나야 생전 처음 보는 사람이지만, 그들에게는 배신자나 다름없는 인물이지 않은가?

"어머니께서는 잘 계신가요?"

"대마도에 계십니다. 부산의 바다가 멀리서 보이신다고, 일본으로 넘어온 이후로 계속 그곳에 계시죠."

강채아와 류진영은 가족까지 아는 사이일 정도로 가까운 사이였던 것 같다.

둘은 서로 정중하게 인사를 주고받고 있었지만, 둘의 눈빛은 사뭇 달랐다.

'……꼭 옛 연인을 바라보는 눈빛이네.'

특히, 강채아는 애틋하면서도 안타깝다는 눈빛이었다. 하지만 그것도 잠시, 류진영은 고개를 돌려 나에게 인사를 건넸다.

"김시우 각성자 님. 부디 저희의 불찰을 용서해 주셨으면 합니다. 일본 이능청 소속 류진영입니다."

"김시우입니다. 혹시 제가 방금 전에 벌인 일이 문제가 되겠습니까?"

"그럴 리가 있겠습니까."

"그런데 제가 볼 때는 류진영 씨 혼자서 정리할 수 있는 놈들이었을 것 같은데요."

이 남자에 비하면 아까 그놈들은 진짜 버러지들에 불과한 수준이다. 그딴 놈들이 류진영을 막아 세웠을 거란 생각은 안 한다.

나는 난감해하는 류진영을 바라보면서 희미하게 웃었다.

"상식적으로 살기 참 힘든 세상입니다. 그렇죠?"

"동감합니다. 그리고 정말…… 죄송합니다."

"사과를 해야 할 사람은 류진영 씨가 아닙니다. 개인적으로 묻고 싶은 게 많긴 한데, 나중에 여쭤보도록 하죠."

한 가지 확실한 건 류진영은 사람들이 말하는 대로의 인물은 아니란 점이다.

매국노, 배신자.

한때 류진영은 정부 소속의 귀환자였다고 들었다. 그런 그가 정말로 동료들을 배신하고 떠난 것이라면, 강채아가 저런 식으로 안타깝다는 표정을 지을 리가 없다.

강채아는 애국자였으니까.

그리고 내가 알기로는 매국노나 배신자들은 보통 저렇게 미안해하지 않는다. 차라리 뻔뻔하고 당당하게 행동하지.

나와 그렇게 인사를 나눈 류진영은 내 뒤에 서 있던 김 팀장을 바라보았다. 둘도 구면이었던 걸까? 류진영은 정말 반갑다는 목소리로 인사를 건넨다.

"김동식 팀장님, 오랜만입니다."

"진영 씨."

"상황만 아니었어도 더 살갑게 맞이해 드렸을 텐데…… 아쉽습니다."

잘됐다. 나중에 김 팀장에게 물어보면 되겠네.

그렇게 류진영은 우리 파견단과 골고루 인사를 나눈 다음, 정중한 목소리로 말했다.

"에이든 하워드를 비롯한 미국의 각성자들은 이미 베이스캠프에 도착해 있습니다. 그곳으로 모시겠습니다."

"야마타노오로치는 센다이 시 북측에 출현한 것으로 아는데, 철도 이동이 빠르지 않습니까?"

"현재 도호쿠 신칸센은 이용할 수 없습니다. 일부 철도가 손상되어 긴급 복구 작업이 진행 중입니다. 따라서 차량을 통해서 이동할 예정입니다."

대한민국만 시끄러운 것이 아니란 게 확실히 체감된다.

그렇게 우리에게 간단하게 설명을 해 준 류진영은 우리를 이끌고 곧바로 공항 밖으로 향하기 시작했다.

VIP들만 이용할 수 있다는 통로를 통해서 공항 밖으로 나오자 곧 우리를 기다리고 있던 고급형 세단과 승합차를 마주할 수 있었다.

고급형 세단은 서 대통령이 타고 왔던 차량처럼 방호 마법이 걸려 있었고, 승합차도 마찬가지였다.

"김시우 각성자께서는 세단에 타시면 되고, 나머지 분들은 승합차에 탑승해 주시면 되겠습니다."

"욱일휘인가 뭔가 하는 놈들은 절 핵폭탄 취급하던데, 정부 측은 아닌가 봐요?"

"이웃의 위기에 선뜻 나서 주신 분들을 위한 작은 성의일 뿐입니다."

"김 팀장님과 같이 탑승해도 됩니까?"

"편하실 대로 하십시오."

나는 그 말에 고개를 끄덕인 다음, 레오를 손짓으로 불렀다. 그리고 레오에게만 들릴 정도로 작은 목소리로 말했다.

"너는 승합차에 타서 우리 각성자들 지켜 줘라. 혹시 모르니까 차체에 축성도 해 두고. 알겠지?"

"……알겠습니다."

"절대로 네가 몸집이 커서, 차 같이 타기 싫어서 이러는 거 아니야. 그러니까 오해하지 마."

"오해 안 합니다, 성하."

"눈은 안 그런데?"

"……그것이야말로 오해입니다, 성하."

일단 그렇다고 치자고.

그렇게 우리는 인원을 배분하여 차량에 탑승했다. 그리고 내가 세단의 문을 닫으려던 찰나, 류진영이 직접 차 문을 닫아 주면서 말했다.

"일본에 오신 것을 다시 한번 환영합니다."

여행을 온 사람에게 해 주는 듯한 환영 인사.

나는 그의 말에 그저 웃음을 지을 수밖에 없었다.

⚜

나리타 국제공항에서 센다이 시까지는 약 4시간 30분 정도 걸린다고 했다.

원래라면 그 근처의 공항에서 착륙하는 게 베스트였지만, 야마타노오로치로 인해서 항로가 봉쇄된 상태라고 했다.

국가위기급 마수.

거창한 이름에 걸맞게, 야마타노오로치를 따르는 마수들의 숫자가 상당했기 때문이다.

그래도 덕분에 차 안에서 잠깐의 의문을 해결할 시간을 가질 수 있었다.

나는 창밖으로 펼쳐지는 일본의 풍경을 바라보면서 김 팀장에게 말했다.

"류진영 씨랑 친분이 좀 있으셨습니까?"

"3년 전 류진영 씨가 지구로 귀환했을 당시, 제가 직접 류진영 씨를 데리러 갔습니다. 어떻게 보면 시우 님과 꽤 비슷한 상황이었네요."

"아까 보니까 성격이 참 점잖은 것 같던데."

"진중하고 책임감이 강한 사람입니다. 레이나드라는 세계에서 마탑이라는 조직의 간부로 있었다고 합니다. 귀환하는 당시에 방대한 마력량이 느껴졌기 때문에 상부에서는 이미 디재스터급 귀환자란 걸 알고 있었습니다."

마법이 있는 세계로 전이되었던 모양이다. 에덴에도 마탑이라는 조직이 있었으니, 크게 이상할 것도 없었다.

나는 김 팀장의 설명을 들으며 고개를 끄덕였다. 그리고 아까부터 가지고 있던 의문에 대해 물었다.

"제가 알기로는 류진영 씨가 정부 소속으로 활동했었다는데, 책임감이 강한 사람은 보통 그런 선택을 안 하지 않습니까?"

"그런 선택이라고 하신다면……."

"사람들은 류진영 씨를 보고 류완용, 매국노라고 부른답니다. 어떤 이유가 있건 그가 대한민국을 배신하고 일본으로 넘어온 건 맞잖아요."

넘어오기 2일 전에 국민들에게 대한민국을 수호하겠다고 약속까지 한 사람이다.

아무리 양보해 줘도 그건 기만행위라고밖에 볼 수 없었다.

하지만 김 팀장은 씁쓸하게 웃으면서 고개를 가로저었다.

"류진영 씨는 지금까지 대한민국을 단 한 번도 배신한 적이 없습니다. 그는 가족들을, 그리고 가족들이 사랑하는 대한민국을 지키기 위해 귀환한 마법사였으니까요."

"어떻게 귀환할 수 있었답니까?"

"류진영 씨는 15년이라는 세월을 레이나드에서 보냈습니다. 그는 스승의 도움을 받아 지구로 돌아오는 마법을 연구했다더군요."

"스승이라."

모르긴 몰라도 그의 스승은 신격에 이른 존재였을 것이다.

차원계를 넘나드는 건 필멸자에게 허락되지 않은 힘이었기 때문이다.

나 같은 경우도 리멘의 도움으로 겨우 돌아올 수 있었을 뿐이다.

"지구로 귀환한 류진영 씨는 기꺼이 정부에 힘을 보태 주었습니다. 게다가 류진영 씨의 존재 덕분에 많은 숫자의 각성자들이 정부 소속으로 합류하기도 했지요."

예전에 한 번 들었던 것 같다.

정부 소속 각성자들의 전성기.

아까 보았던 류진영의 힘이라면 충분히 가능했을 것 같기도 하다. 최 대표나 강채아를 상대로도 충분히 압도할 수 있는 실력이었을 테니까.

여기서 꺼림칙한 부분이 하나 있다.

그 정도의 힘을 지녔던 각성자가 본인의 의지로 정부에 합류했고, 국민들 앞에서 당당하게 선언했을 정도면 진심이 아닐 수가 없다.

강채아를 비롯한 정부 소속의 각성자들의 태도와, 김 팀장의 이야기를 생각해 보면 자연스럽게 한 가지 결론이 도출된다.

"자의가 아니었다?"

"2030년 6월 12일. 대전과 부산에 측정불가급 카오스게이
트가 생성되었습니다. 디멘션 오프닝 때와 비슷한 규모의 카
오스게이트 두 개. 전 세계를 둘러보아도 극히 이례적인 일
이었습니다."

디멘션 오프닝 때 생성되었던 최초의 게이트는 지금 우리
리멘 교단의 신전이 있는 서울 그라운드 제로라는 흔적을 남
겼다.

대전과 부산의 그라운드 제로는 아마 그때의 흔적인 듯싶
었다.

김 팀장은 어느새 주먹을 움켜쥔 채로 이야기를 이어 나갔
다.

"부산의 게이트가 먼저 모습을 드러냈고, 당연히 정부에
서는 류진영씨를 포함한 모든 전력을 그곳에 집중했습니다.
하지만 정부가 모든 전력을 부산에 집중한 지 2시간 뒤, 또
다른 문제가 발생했습니다."

"대전."

"그렇습니다. 대전에 또 하나의 돌발 게이트가 생성된 겁
니다. 그것도 부산보다 더 거대한 크기로 말입니다."

정부에서 꺼낼 수 있는 가장 강력한 카드를 부산에 파견했
기에, 당시에는 여력이 없었을 것이다.

나는 눈살을 찌푸렸다.

"다른 대형 길드도 많았지 않습니까? 지난번 몬스터 웨이브 때 동원했던 것처럼, 그들도 동원을 했으면……."

"전각련 측에게 국토방위의 의무가 주어진 것은 대전 게이트 이후부터였습니다."

"그럼 그들과 거래를 한 겁니까?"

"아니요, 그들에게 협박을 당한 겁니다. 그들은 대전 게이트에 자신들의 주 전력을 파견하는 대신, 류진영 씨의 국적을 박탈하고 대한민국에서 추방하라는 조건을 내세웠습니다. 그들의 목적은 노골적이었습니다. 정부 소속 각성자들의 상징이자 구심점이던 류진영 씨를 무너뜨리는 것."

"그딴 조건을 받아들였다구요?"

"당시 대통령이셨던 석우산 대통령께서도 격노하시며 거절하셨습니다. 하지만 그런 대통령을 설득했던 건 다름이 아니라 류진영 씨 본인이었습니다."

"……무고한 피해자가 발생하는 걸 지켜볼 수 없으니까."

"그렇습니다."

가끔씩, 아주 가끔씩 그런 사람들이 있다.

정말로 옳은 길, 정의로운 길을 걷고자 하는 자들. 그런 이들을 우리는 영웅이라고 부른다.

류진영은 영웅이었을 거다. 그리고 전각련은 정부 측에 영웅이 존재하는 것을 지켜만 볼 수 없었겠지.

우리 교황님 좀
말려 주세요

그들이 나에게 대놓고 했던 짓을 생각해 본다면, 그들의 목적은 이 새로운 사회를 이끌어 가는 권력이었을 테니까.

그들에게는 영웅을 설득할 명분이 없었고, 그렇기 때문에 회유하기보다는 쫓아내는 쪽으로 방향을 잡았을 것이다.

"결국, 그 협상 끝에 류진영 씨는 가까운 일본으로 귀화하게 되었습니다. 그것 역시 전각련의 요구 사항 중 하나였습니다."

"악랄한 놈들이네요. 명예까지 빼앗겠다?"

"그래야만 정부 소속의 각성자들이 실망한 채로 소속을 바꿀 테니까요. 실제로도 그렇게 되었습니다."

권력에 대한 인간의 욕심은 언제나 상상을 뛰어넘는다.

이쯤 되니 어째서 이능관리부를 비롯한 정부 조직들이 전각련을 혐오하고 있는지 알 것 같았다.

"이 사실을 알고 있는 사람들은 많지 않습니다. 기껏해야 류진영 씨의 직속팀과 몇몇 정부 관계자들, 그리고 전각련의 수뇌부 정도. 이렇게 되겠군요."

"그딴 쓰레기 짓을 저쪽에서 했는데 기자회견이라도 하셨어야지."

"진실이란 건 때로는 아무런 의미가 없습니다."

"그런가요."

나는 씁쓸히 웃으면서 다시 창밖을 쳐다보았다.

그리고 나지막한 목소리로 말했다.

"소수만 알고 있는 진실이라면, 기밀이란 뜻 아닙니까?"

그러자 김 팀장이 힘겹게 웃으면서 답했다.

"누군가는 그 진실을 기억해 줬으면 합니다. 그리고……
제 나름대로의 고해성사였습니다."

"그걸 하필이면 저한테 하셨고."

"시우 님께서는 교황이시잖습니까."

"……솔직하지 못하시긴."

창밖에는 비가 부슬부슬 내리고 있었다.

나는 그 빗소리를 들으며 꽤 오랜 시간 동안 사색에 잠길
수밖에 없었다.

⁂

4시간 뒤.

우리가 탄 차는 센다이 시 근방에 자리 잡고 있는 베이스
캠프에 도착할 수 있었다.

컨디션은 좋았다.

차에 미리 축성을 해 둔 덕에 신성력이 컨디션을 조절해
줬기 때문이다.

그리고 그것은 뒤 차로 따라온 우리 쪽 각성자들도 마찬가
지였을 것이다.

"신기하네. 하나도 안 피곤해."

"그러게? 차가 뭐 특별한 건가?"

레오와 함께 차에서 내리고 있던 각성자들의 대화가 귓가에 들렸다.

레오는 묵묵히 나에게 다가왔고, 고개를 숙이면서 말했다.

"편히 쉬셨습니까?"

"어, 그래. 뒤 차는 네가 좀 신경을 써 뒀나 봐?"

"성하를 지키기 위한 분들이라고 들었습니다. 작은 감사의 표시입니다."

그렇군.

그렇게 내가 레오와 가볍게 대화를 이어 나가고 있을 때쯤, 뒤따라 도착한 류진영이 나에게로 다가왔다.

"에이든 하워드를 비롯한 미국 파견단이 대기하고 있습니다. 작전 브리핑을 곧바로 시작할 예정이니, 안내해 드리도록 하겠습니다."

"예."

류진영과도 하고 싶은 말이 꽤 많이 생겼지만 지금 할 이야기들은 아니었다.

일단 마수도 처리하고, 그 바바리안이라는 놈이란 놈도 교육해 주고, 일본에서의 모든 일정을 끝낸 다음에 이야기를 나눠도 늦지 않다.

"책임자들만 참석할 수 있는 회의입니다. 나머지 분들은 여독을 풀 수 있도록 도와드리겠습니다."

"강채아 씨랑 김 팀장님, 마지막으로 레오. 이렇게 넷만 데리고 참석하겠습니다. 괜찮습니까?"

"물론입니다."

나는 강채아를 슬쩍 쳐다보았고, 강채아는 고개를 끄덕이면서 부하들에게 휴식을 명했다. 그리고 우리는 다 같이 베이스캠프 중앙에 위치한 임시 막사로 향했다.

캠프의 분위기는 꽤 미묘했다.

미국 측 각성자로 보이는 이들은 우리를 흥미롭다는 듯 쳐다보고 있었고, 일본 측 각성자들은 경계의 눈빛을 보내왔다.

오랜 시간 동안 대한민국과 일본이라는 나라가 이어 온 관계를 생각해 보면, 저렇게 경계하는 것도 크게 이상할 건 없었다.

"다들 긴장한 모양새군요."

"야마타노오로치가 무서운 거 아닐까?"

"성하께서도 아시잖습니까. 저들은 우리를 두려워하고 있습니다."

"뭐, 인간은 언제나 미지의 영역을 두려워하는 법이잖아? 쟤네는 우리가 어떤 사람들인지 몰라서 저래."

"알게 되면 다르겠습니까?"

"다를걸."

그때가 되면 저런 경계의 눈빛이 아니라, 우리를 아예 피해 다니려고 하겠지.

나는 피식 웃으면서 앞으로 나아갔다.

그렇게 우리는 꽤 큰 크기의 천막 앞에 도착했고, 류진영은 자리에 멈춰 서면서 말했다.

"여기입니다. 들어가시면 됩니다."

"류진영 씨는 함께 안 들어갑니까?"

"저는 책임자가 아닌 탓에, 회의에 참가할 수 없습니다. 제게 주어진 임무는 대한민국 파견단을 이곳에 데려오는 것뿐입니다. 그럼 회의가 끝난 후에 뵙겠습니다."

류진영은 우리에게 고개를 숙여 인사한 다음 빠르게 뒤로 물러섰다.

내 옆에 서 있던 강채아는 미간을 살짝 찌푸린 채로 류진영의 뒷모습을 바라보았다.

얼굴에 대놓고 '나 사연 있어요'라고 적어 둔 것만 같은 표정이었다.

아까 차에서 김 팀장에게 듣기로, 원래 류진영과 강채아는 연인 사이였다고 한다.

게다가 강채아가 지금처럼 강력한 마법사로 성장할 수 있었던 것도 류진영의 도움이 꽤 컸다고 들었다.

연인이자 스승.

그렇게나 가까웠던 사이였으니, 그를 바라보는 강채아로서는 마음이 어지러울 수밖에 없을 것이다.

"강채아 씨."

"아, 예."

"들어갑시다."

"……죄송합니다."

죄송할 것까지야.

안타깝게 헤어진 전 연인을 본다면 누구라도 그럴 수밖에 없을 것이다. 대마법사의 필수 조건이 흔들리지 않는 부동심이라지만, 그녀는 아직 그 정도의 경지까진 오르지 못했으니까.

나는 숨을 가볍게 내뱉으면서 천막 안으로 들어섰다. 그러자 곧 사방에서 뜨거운 시선이 느껴지기 시작했다.

천막 한가운데에는 테이블 하나가 있었다. 왼쪽, 중앙, 오른쪽 삼면으로 이루어진 넓은 테이블.

왼쪽에는 일본 각성자들이 앉아 있었고, 중앙에는 미국 각성자들이 앉아 있었다.

"시우 님. 저 가운데 앉아 있는 사람이……."

"바바리안이죠?"

"……예."

"누가 지은 별명인지는 몰라도, 찰떡같이도 지어 놨네."

들어가자마자 바바리안이 누군지 알아차릴 수 있었다.

테이블의 한가운데.

초겨울이라고 해도 무방한 날씨임에도 동물의 가죽 하나만 상체에 두르고 있는 근육질의 남자.

상체 전체를 가린 것도 아니다. 그는 그저 무엇인가의 가죽을 목도리처럼 두르고 있었다.

그 사이로 흉터가 가득 새겨진 상부 근육들이 쉴 새 없이 꿈틀거렸고, 그의 눈빛은 짐승의 것처럼 나를 끊임없이 탐색한다.

머리카락 대신 머리에 새겨져 있는 기괴한 문신 역시 그의 첫인상의 큰 부분을 차지하고 있다.

그에게서는 아주 작은 마력조차 느껴지지 않는다.

대신, 그보다 더한 무언가가 느껴진다.

'알 수 없는 힘'이 당신을 압박하기 시작합니다!

내 시스템에 기록되어 있지 않은 기운.

마기도, 마력도, 신성력도 아닌 그것은, 기운이라기보다는 차라리 어떤 의지에 가까운 힘이었다.

얼핏 보면 최 대표와 비슷한 분위기라고 느낄 수 있었으나, 본질은 전혀 달랐다.

저건 차라리.

'위험하다.'

길들여지지 않는, 그야말로 사나운 맹수에 가까웠다.

바바리안은 내가 지구로 돌아와서 처음 만나 보는 이레귤러 등급의 귀환자였음에도 불구하고 순순히 납득할 수 있는,

그런 수준의 강자임이 틀림없었다.

그렇게 한참 동안을 나를 바라보던 바바리안이 천천히 자리에서 일어났다. 그리고 레오만큼이나 큰 거구를 이끌고 내 앞까지 성큼성큼 걸어왔다.

그 모습에 레오가 몸을 움직이려 했지만, 나는 손을 들어 레오를 제지했다.

"네 상대는 아닌 것 같다."

"……성하, 하지만……."

"저쪽도 싸울 생각은 없어 보이니까 빠져 있어."

레오는 미간을 찌푸리면서 뒤로 물러섰고, 어느새 바바리안은 내 앞에 도착했다.

살짝 고개를 들어야 할 정도의 거구. 2m 가까이 되는 키에, 갑옷 같은 근육에서 압도적인 존재감이 뿜어져 나온다.

패시브 스킬 〈언어의 축복〉이 적용됩니다.

나는 눈앞에 떠오른 메시지 창을 바라보면서 슬쩍 미소를 지었다. 그리고 손을 내밀면서 말했다.

"김시우입니다."

그러자 그 맹수는 살벌하게 웃으면서 내 손을 맞잡았다.

"에이든 하워드요. 참 신기하오. 귀하는 지금 한국말을 하고 있지 않소? 한데 내 귀에는 영어처럼 들리는군."

"제가 모시는 신께서 내려 주신 수많은 은총 가운데 하나 입니다."

"그렇소? 당신의 신은 아주 자비로운 분이신 것 같소."

"자비롭기만 하신 분은 또 아니라."

"부럽구려."

그는 내 손을 잡은 채로 한껏 도발적인 어투로 말했다.

"내 세계의 신이란 놈들은 하나같이 쓰레기 같은 놈들뿐이 어서 말이지. 그래서 내가 전부 죽여 버렸거든."

흉폭한 기세가 나를 향해 몰아치기 시작했다.

❦

'좋지 않아.'

테이블에 좌측에 앉아서 상황을 지켜보고 있던 일본 각성 자들의 대표, 니시무라 류노스케는 두 이레귤러의 첫인사를 바라보면서 주먹을 꽉 움켜쥐었다.

이미 자신들의 발언권은 없었다.

만약 대한민국 측의 이레귤러가 바바리안에게 일방적으로 압도당했다면 상황은 달랐을 것이다.

바바리안 측, 그러니까 미국 측에 붙어서 조금의 이권이라 도 더 챙겨 갈 수 있었겠지.

그러나 돌아가는 상황은 전혀 그렇지 않았다.

바바리안은 영어를, 김시우는 한국어를 내뱉고 있었음에도 둘은 무언가 의사소통을 이어 나가고 있었다.

거기에 바바리안이 내뿜는 흉폭한 기운은 일본에서 최상위권의 각성자라고 할 수 있는 자신조차도 견디기 힘든 기운이었다.

하지만 방금 전에 들어온 저 사제복의 한국인만큼은 달랐다. 그의 표정은 여유가 넘쳤고, 도리어 이 상황이 재밌다는 듯이 웃음을 짓고 있었다.

'저 한국인은 진짜 이레귤러다. 중국의 가짜 놈들과는 비교할 대상이 아니야.'

의심할 여지가 없었다.

이레귤러, 일본에서는 투신이라고도 불리우는 바바리안 앞에서 제정신을 유지할 수 있는 존재는 오로지 같은 이레귤러뿐이다.

그렇기 때문에 류노스케는 입술을 꽉 깨물 수밖에 없었다.

내심 바바리안이 김시우를 단번에 제압해 주길 원했으나 돌아가는 상황은 전혀 그렇지 않았다.

"통역들은 뭐 하나? 당장 통역을 진행하라."

"류노스케 님, 통역들은 이미 기절했습니다."

"도움 안 되는 것들."

원활한 협상을 위해서 통역들도 불러 두었지만, 하등 의미가 없어진 상황.

우리 교황님 좀
말려 주세요

류노스케는 미간을 잔뜩 찌푸리면서 말했다.

"그 한국 놈을 불러와라."

"류진영, 그자 말입니까?"

"저들의 기세에 버티면서 영어와 일본어를 동시에 통역할 수 있는 건 그놈뿐이야. 지금 당장 데려오도록."

"예!"

류노스케의 명령에 부하는 즉시 몸을 움직였고, 류노스케는 답답한 표정으로 이레귤러들을 바라보았다.

'야마타노오로치가 문제가 아니다.'

바바리안은 무패의 사나이다. 그런 사나이가 이곳에 파견된 순간부터 야마타노오로치는 큰 문제가 아니었다.

애초에 일본은 이레귤러 파견을 요청하지 않았다. 그들이 원했던 것은 적정 수준의 지원 병력이었을 뿐이다.

그런데도 미국에서 순순히 이레귤러를 파견해 주기로 했을 때부터 그들의 속내를 알아차렸어야만 했다.

이레귤러는 이 시대의 국가들이 보유할 수 있는 최대 전력이자 전략 병기였다. 그리고 그런 존재가 움직였다는 건, 또 다른 목적이 있다는 뜻이었다.

'이렇게 된 이상 바바리안이 김시우를 죽여 주기를 기대하는 수밖에 없나.'

불과 몇 달 전까지만 하더라도 대한민국은 동북아시아에서 가장 약한 전력을 지닌 국가였다.

3년 전, 디재스터급 중에서도 높은 평가를 받고 있던 류진영이 일본으로 넘어온 순간부터 일본과 대한민국의 격차는 현저하게 벌어지기 시작했다.

조금만 시간이 더 있었다면 대한민국의 각성자 사회를 일본 쪽에 편입시킨다는, 그들이 세운 대계가 성공했을지도 모른다.

하지만 저 김시우라는 놈이 나타나고부터는 모든 것이 어그러졌다.

'기회가 있을까?'

류노스케는 빠르게 머리를 굴려 보았지만, 마땅한 대안이 없었다.

아까 그가 기대했던 것처럼 바바리안이 김시우를 제거해 주는 방법뿐.

실제로 바바리안은 이미 몇몇 이레귤러의 피를 손에 묻혔으니까.

그중에는 이레귤러를 사칭하는 자들도 포함되어 있겠지만, 한 가지 확실한 건 바바리안은 손 속에 사정을 두지 않는다는 것.

그렇게 류노스케가 여러 궁리를 하고 있을 무렵, 신경전을 끝낸 모양인지 두 이레귤러는 각자 배정받은 자리에 앉았다.

그리고 잠시 후 통역을 대신해 줄 류진영이 막사 안으로 들어섰다.

류노스케는 손을 들어 류진영을 자신에게로 불렀고, 류진영은 조용히 그에게로 다가왔다.

"류진영. 네가 이곳의 통역을 대신한다. 네 녀석도 엄연히 일본의 각성자이니, 대한민국에 유리한 통변을 할 거라 생각하지 않는다."

"……알겠습니다."

"그럼 회의를 시작하도록."

앞선 신경전의 여파로 막사 내부의 분위기는 더할 나위 없이 살벌했다.

'야마타노오로치 토벌에서만큼은 우리가 최대한 많은 지분을 확보해야만 한다.'

아무것도 기여하지 못한 채로 전투가 끝나게 된다면 일본의 국격은 바닥까지 떨어질 수밖에 없다.

따라서 유의미한 역할은 수행해야 한다는 것이 상부에서 내린 결론.

이를 대비하여 류진영을 포함한 세 명의 디재스터급 귀환자와 욱일회까지 동원했으니, 자신들의 안방에서 손님으로 전락하는 경우만큼은 막아야만 했다.

'아무리 이레귤러가 둘이라고 한들, 야마타노오로치 같은 대형 마수를 둘이서 해결하려 들 리가 없……'

그가 머릿속으로 적절한 타협안을 구상하고 있던 찰나, 바바리안이 일본 각성자들을 바라보면서 비웃음 가득 담긴 목소리로 무어라 말했다.

그러자 곧 그의 말을 알아들은 일본 측 각성자들이 웅성거리기 시작했고, 류노스케는 눈살을 찌푸리면서 류진영에게 말했다.

"뭐라고 한 거지?"

류노스케의 질문에 류진영은 무미건조한 목소리로 대답했다.

"야마타노오로치를 제거하는 임무는 본인과 김시우만으로도 충분하며, 일본을 포함한 나머지 전력들은 시민 대피 작업에 집중할 것을 지시했습니다."

그 말에 류노스케는 주먹으로 책상을 내려치면서 소리쳤다.

"그게 지금 말이나 되는 소리야? 여기는 우리 일본의 땅이다. 자국의 영토를 자국의 각성자들이 수호하는 건 당연한 거라고!"

바바리안은 화를 내는 류노스케를 바라보더니 이빨을 드러내면서 웃음을 터뜨렸다. 그리고 일전보다 더 큰 목소리로 무어라 말했고, 류진영은 빠르게 통역을 이어 나갔다.

"동맹국의 각성자가 의미 없이 죽는 걸 원하지 않는다. 또한 먼저 도움을 요청한 것도 당신들이다. 약자가 강자에게 도움을 요청하는 것은 부끄러운 일이 아니니, 당신들은 그저 토벌이 끝나고 감사의 인사만 건네면 될 뿐이다."

"이, 이 무례한⋯⋯."

"덧붙여서 방금 전의 무례는 봐주겠지만, 다시 한번 무례를 저지를 경우 봐주지 않겠다, 그는 이리 말했습니다. 류노스케 님. 바바리안을 자극하는 행위는 일본의 국익에 어긋납니다."

어디서부터 잘못된 것인가.

아무리 국가위기급 마수라고 하더라도, 현재 일본의 국력이었다면 큰 피해를 입었을지언정 토벌은 가능했을 것이다.

그러나 그 피해가 두려웠기에 동맹 관계인 미국에게 손을 벌렸을 뿐이고, 그 결과가 바로 지금이었다.

'정치적으로 해결해야 할 문제다. 내 손을 떠났어.'

정치인들이라면 빠르게 묘수를 궁리해 낼 것이다.

하지만 그것도 잠시.

류노스케는 뒤이어진 류진영의 통역에 더 이상 할 말을 잃어버리고 말았다.

"작전 개시 시간은 지금으로부터 2시간 뒤라고 합니다."

그들에게는 애초부터 기회 따위란 주어지지 않았다.

❖

"바바리안이 충동적인 인물이라고는 들었습니다만, 그런 선택을 내릴 줄은 몰랐습니다. 내일 아침 뉴스 헤드라인도

벌써부터 보이는군요. 재팬 패싱. 파급력이 꽤 어마어마할
겁니다."

"김 팀장님은 저랑 저 미국산 야만인 단둘이서만 현장에
들어간다는데, 걱정되지도 않습니까?"

"그만큼 시우 님을 믿습니다."

에이든 하워드는 내가 예상했던 것보다 훨씬 미친놈이었
다.

일단, 녀석은 일본의 홈그라운드에서 대놓고 일본을 무시
했다. 똥개도 홈그라운드에서 반은 먹고 들어간다는데, 그
똥개를 처음부터 배제해 버린 것이다.

외교 관계라든지, 상대방의 체면 같은 것들을 생각하는 사
람이었다면 절대 내리지 못했을 결정이다.

그러나 에이든 하워드는 노골적으로 일본 각성자들을 조
롱하면서 그들을 작전에서 제외시켜 버린 것이다.

물론 그 과정에서 나를 호위하기 위해 함께 파견된 강채아
를 비롯한 인원들도 배제되었지만, 그건 크게 신경 쓸 만한
요소가 아니었다.

나 역시 우리 쪽 각성자들을 위험한 곳에 집어넣을 생각
없었거든.

하여간에 미친놈인 건 틀림없다.

최 대표는 적어도 생각이라도 길게 했지, 이 야만인 놈은
생각조차 길게 하지 않는다. 그냥 꼴리는 대로, 자기 하고 싶

은 대로. 짐승 같다는 표현이 딱 걸맞은 놈이다.

"단둘이 야마타노오로치를 잡으러 가자는 이유도 뻔해요. 마수를 처리한 다음, 나랑 그대로 붙어 보고 싶다는 뜻이겠죠."

"……죄송합니다. 사실 아까 기절하는 바람에 제대로 파악하지 못했습니다. 혹시, 그를 죽이실 생각입니까?"

"멀쩡하게 제압할 수 있는 놈은 아니에요."

녀석은 나에게 신을 죽였다고 했다.

그 야만인 놈이 도대체 어떤 세계에서 살아 돌아왔는지는 모르겠지만, 그 녀석이 허세를 부릴 이유는 없을 것이다.

신격에 오른 존재를 죽이는 건 쉽지 않은 일이다. 특히, 리멘처럼 주신좌에 오른 존재를 살해하는 것은 필멸자로서는 불가능에 가깝다.

하지만 지난번 이계의 신격처럼, 소멸하기 직전의 신격을 살해하는 건 얼마든지 가능한 일이기도 하다. 어쩌면 바바리안 그 녀석은 잡신 몇을 죽였던 것일지도 모른다.

"팔다리 하나씩은 뜯어야 끝날 겁니다."

"아…… 그렇습니까."

"크게 걱정하진 마세요. 그쯤 되는 놈이라면 아마 뜯어 둔 팔다리 다시 가져다 붙여도 금방 잘 붙을 거예요. 뭐, 아님 말고요."

그리고 그 정도는 해야 굴복할 것 같은 놈이기도 하고.

목만 안 뽑으면 될 거다.

김 팀장은 나를 멍하니 쳐다보더니, 애써 고개를 끄덕였다.

"야마타노오로치에 대한 설명은 더 필요 없으십니까?"

"아까 브리핑하면서 다 들었으니까 괜찮습니다."

야마타노오로치는 국가위기급 마수들이 으레 그렇듯 자연 발생했고, 기존의 데이터베이스에는 없는 마수이며, 그 이름으로 불리는 이유도 일본의 전설에 나오는 동명의 요괴와 비슷하게 생겼기 때문이라고 한다.

여덟 개의 대가리를 보유한 이무기.

지금까지 밝혀진 바로는 인간을 보이는 족족 잡아먹으며, 와이번을 비롯한 각종 비행형 몬스터들을 부린단다.

5시간 전부터 갑자기 움직임을 멈췄다고 하는데, 정보원에 따르면 잠을 자고 있는 것으로 추정된다고 한다.

한마디로 인간을 배 터지게 잡아먹고 나서 낮잠을 자고 있는 셈이다.

덕분에 민간인들이 피난할 수 있는 시간을 벌었으나, 센다이 시 내부에는 미처 대피하지 못한 시민들도 상당수인 상황이다.

출현한 지 아직 48시간도 안 된 상황이라, 모두가 피난하는 건 사실상 불가능했겠지.

나는 혀를 찬 다음, 내 옆에 조용히 서 있던 강채아를 향해서 말했다.

"채아 씨도 민간인 구조 작업에 힘을 써 주세요. 우리 레오 대주교를 붙여 드리겠습니다. 레오 대주교가 겉보기에 무서운 사람이라 그렇지, 치유 능력도 출중하거든요."

"바바리안은 극도로 위험한 인물입니다. 괜찮겠습니까?"

그녀의 우려에 나는 그저 웃으면서 고개를 끄덕여 주었을 뿐이다.

그렇게 대강 파견단의 임무를 조정해 두었고, 마침내 움직일 시간이 찾아왔다.

알람을 따로 설정할 필요도 없었다.

"준비는 되었소?"

야만인 놈이 직접 우리의 막사 앞까지 찾아왔기 때문이다.

나는 직접 나를 데리러 온 에이든 하워드를 향해 말했다.

"성격도 급하셔라."

"우리를 기다리고 있을 무고한 일본의 시민들이 걱정되어서 편히 쉴 수가 없었소."

싸움에 미친 야만전사가 할 소리는 아닌 것 같다.

뭐, 어찌 되었든 좋다.

때마침 나도 지구로 돌아와서 마땅히 스트레스를 풀 만한 샌드백이 없어서 아쉽던 차였다.

분수를 모르고 날뛰는 짐승에게는 몽둥이가 약인 법.

"갑시다."

나는 능글맞게 웃으면서 자리에서 일어났다.

⁂

원래의 작전 계획은 육로를 통해서 야마타노오로치에게 접근하는 것이었다고 한다.

비행형 몬스터들이 자리 잡은 곳에서는 제공권을 쉽게 확보할 수 없었기 때문이다.

하지만 내가 있는 이상 굳이 그렇게 할 필요는 없었다.

지난번 휴전선에서 그랬던 것처럼, 헬기에 축성을 하면 끝이었으니까.

이동 수단을 헬기로 변경하면서 나는 미국 측에 추가적인 조건을 내걸었다. 그리고 미국 측은 흔쾌히 내 조건을 받아들였다.

사실, 그리 거창한 조건도 아닌 것이.

"보통 이레귤러들은 자신의 전투를 공개하는 걸 원하지 않소. 그런 점에서 볼 때 그쪽 역시 별종이야."

"당신이 할 말은 아니야, 야만인."

"흠, 아까에 비해 말투가 건방져진 것 같은데."

"보는 사람도 없는데 존댓말을 해 줄 필요는 없잖아?"

"좋아. 말을 편하게 하도록 하지."

헬기에 기자 몇몇을 태우는 조건이었다. 대통령의 부탁을 받아서 온 것이기도 하지만, 전 세계적으로 유명세를 떨칠 수 있는 기회를 놓쳐서야 쓰나.

리멘 교단의 이름을 더 널리 알릴 수 있는 좋은 기회이거늘.

이럴 줄 알았으면 유경험자인 세명 씨를 데려왔어도 좋았겠지만, 베이스캠프에도 기자들이 꽤 많았다.

토벌 현장을 찍을 수 있게 해 주겠다니 앞다투어 달려들더라.

제비뽑기를 통해서 일본 방송사의 기자 한 명이 뽑혔고, 그는 생중계를 위해 카메라맨과 함께 헬기에 탑승했다.

탑승하기 전까지만 하더라도 패기가 넘쳤지만, 막상 비행 몬스터들의 영역에 들어오니 기자와 카메라맨의 얼굴에서 핏기가 사라졌다.

"저래 가지고 초점이나 제대로 맞출 수 있을지 모르겠군."

"당신이야말로 전투 장면을 보여 줘도 되겠어? 이레귤러들은 최대한 정보를 숨기는 것이 불문율이라던데."

"상관없지. 다른 놈들이 내 전투를 본다고 해서 달라지는 건 없거든."

곧 나한테 뒈지게 얻어터질 놈이 입은 살아 있다.

에이든 하워드는 악인이라고 하기에는 굉장히 애매모호한 놈이었다.

호승심에 미쳐 있을 뿐.

"저기 보이는군."

확실히 헬기가 빠르긴 빨랐다. 에이든 하워드의 말대로 저 멀리서 거대한 괴물이 눈에 들어오기 시작했다.

브리핑 시간에 보았던 그대로였다.

여덟 개의 대가리를 지니고 있는 거대한 용.

그 모습을 보고 있자니 순수한 의문 하나가 떠올랐다.

"대가리 하나를 뜯어 버리면 다른 일곱 개의 대가리도 함께 아파할까?"

그 말에 에이든 하워드가 어이없다는 듯 웃으면서 말했다.

"이거 교황이 아니라 순전히 미친놈이었네."

"네가 할 말은 아니라니까, 이 미친 야만인."

"좋아, 미친 교황. 나랑 내기 하나 하지. 더 많은 대가리를 해치운 쪽이 친선 대련에서 선공을 가져가는 거야. 어때?"

내가 그 말에 뭐라고 쏘아붙이려던 찰나.

"수락한 걸로 알겠다!"

에이든 하워드는 성인 남성의 몸만 한 도끼를 양손에 한 자루씩 쥔 채로 헬기에서 뛰어내렸다.

저딴 놈이 미국의 이레귤러라니.

세상 참 말세다.

"질 수는 없지."

나는 한숨을 내쉰 다음, 곧바로 녀석을 따라 강하했다.

우리 교황님 좀
말려 주세요

야마타노오로치 토벌전

헬기에서 지켜보았던 현장과, 가까이서 본 현장은 분명한
차이가 있었다.

패시브 스킬 〈신성 보호 Lv. Max〉에 의해 대량의 독성이 무효화 됩니다.
신성력이 지속적으로 소모되고 있습니다.

일단, 야마타노오로치…… 이름이 너무 길다. 일본식이라
서 입에 잘 안 달라붙는다.

"대가리가 여덟 개니까 그냥 팔룡이라고 불러야겠다."

팔룡이 저놈은 독을 사용한다. 멀리서 보았을 때는 검은색
의 화염을 뿜어 대는 줄 알았지만, 알고 보니 이건 극독에 가

까웠다.

그렇기 때문에 더욱 까다로웠다.

"안 왔으면 진짜 큰일 날 뻔했네."

극독은 대량의 사상자를 발생시킨다. 특히, 이 정도의 독성이라면 어지간한 각성자조차 견뎌 낼 수 없다.

국가위기급 마수라는 단어가 처음에는 잘 와닿지 않았지만, 독에 부식되어 녹아내리고 있는 빌딩들을 보니 체감할 수 있었다.

신성 보호를 통해서 독기를 중화하고 있음에도 불구하고 피부가 따끔따끔하는 게, 독의 흉악한 위력이 가감 없이 전해져 왔다.

이딴 독을 사람이 뒤집어쓰게 된다면 대부분이 한 줌의 핏물이 되어 흘러내리겠지만.

"시원하군."

저 미친 야만인에게는 사우나를 떠올리게 만드는 매개체가 되어 버린다.

이레귤러는 이레귤러였다.

에이든은 아무런 방어기제 없이 독을 뒤집어쓰고 있었음에도 멀쩡했다.

"한때 적대 부족이 파 놓은 함정에 빠진 적이 있었어. 독을 주 무기로 사용하는 부족이었는데, 나를 맹독을 가득 채워 둔 항아리에 빠뜨렸지. 벌써 20년 전 일이야. 그때가 아련하게 떠오른다."

"보통은 그걸 트라우마라고 부르는데."

"내 몸에 각인된 자랑스러운 투쟁의 역사 중 하나다. 덕분에 나는 어지간한 독에 중독되지 않는 강인한 신체를 얻게 되었어. 그리고 나에게 그 선물을 주었던 그 부족 놈들 전체를 그 항아리에 처박아 버렸다."

적어도 최서진 대표는 저딴 흉악한 이야기를 당연하다는 듯이 이야기하지 않는다.

이 녀석의 출신 세계는 도대체 어떤 세계인 걸까?

마초들 사이에도 급이 있다지만, 이건 도저히 마초라고 부를 수준이 아니었다.

이 녀석에 비하면 최서진 대표는 신사라고 불리기에 충분한 남자였다.

"야만인. 이 지역에는 생존자가 없다."

"굳이 그런 건 말해 주지 않아도 알고 있다, 미친 교황. 인간은 극독에서 살아남을 수 없다, 그건 기본 상식이야."

"아아, 미안. 기본 상식도 모르는 놈 같아서."

극독에도 버티는 저 신체 능력은 마력이나 신성력으로부터 오는 이능이 아니었다.

그건 정말 단순하기 그지없는, 말 그대로 순수한 신체의 강인함이었다.

이쯤 되니 아까 막사에서 느꼈던 그 알 수 없는 힘이 궁금해진다.

콰우우우우-.

"야만인, 저놈이 깼다."

"저것은 내 몫이야. 내 세계에는 드래곤이 없어서 아쉬웠어. 네놈 세계에는 있었나?"

"있었지."

"저놈과 비교했을 땐 어땠지?"

에이든의 질문에 나는 잠시 고민한 다음, 가죽 장갑을 손에 끼우면서 대답했다.

"비교 대상이 아니야."

"저놈이 더 강한가?"

"그럴 리가. 저놈이 더 강했다면 애초에 내가 그 세계로 불려 가는 일이 없었을걸."

식탐의 군단을 이끌었던 마룡왕.

강한 힘을 탐해 종족의 긍지를 포기했던 그 마룡은 끔찍할 정도로 강했다.

고작 입에서 검은 침이나 찍찍 내뱉는 저딴 팔룡이와는 비교도 할 수 없을 만큼 말이다.

"미친 교황, 네 녀석에게 더욱 흥미가 가. 호감이 느껴지는 귀환자는 네 녀석이 처음이다. 기뻐해도 좋다. 대부족장인 이 몸의 호감을 살 수 있는 인간은 그리 많지 않아."

"빨리 끝내자. 내 인생 첫 일본인데, 온천은 즐기고 싶거든?"

"우리 부족의 전통 중에는 대련한 상대와 목욕을 즐기는 전통이 있다. 저놈을 죽이고, 친선 대련까지 끝낸 다음에 함께 목욕을 즐기도록 하자."

"야, 이 미친 새끼야."

"잘 보거라. 이것은 투기란 것이다."

에이든의 몸에서 거친 기세가 뿜어져 나왔다.

신성력, 마력, 마기. 내가 알고 있는 그 어디에도 속하지 않은 힘.

아까도 느꼈었지만 그것은 '기운'이라고 불리기보다는 차라리 '의지'에 가까운, 원초적인 힘이었다.

꽈우우우우우우-!

완전히 잠에서 깨어난 팔룡이가 열여섯 개의 눈에서 붉은 안광을 빛내며 우리를 주시한다.

그와 동시에 우리와 거리를 두고 있던 수많은 몬스터가 우리를 향해 일제히 달려들기 시작했다.

"전사는 오로지 싸움으로서 자신을 증명하고, 동시에 성장한다. 투기는 싸움을 통해 단련된다. 투기는 목숨이 붙어 있는 한, 눈을 뜨고 있는 한, 상대방과 끝까지 싸우겠다는 의지의 발현이다."

원초적인 힘은 순식간에 몬스터들을 휩쓸었다.

그리고 그 맹렬한 의지에 닿은 몬스터들이 아무것도 하지 못한 채로 쓰러진다.

나로서는 그 모습이 인상적이었다.

무작정 적을 때려 부술 거라 생각했었는데, 녀석은 더욱 효과적인 방법으로 적을 제압했다.

키아아아아아아아악!

에이든의 그 '투기'를 느낀 팔룡이가 더욱 거세게 괴성을 내질렀다. 그리고 본격적인 전투가 시작되었다.

여덟 대가리의 입에서 동시에 거무칙칙한 액체가 토해진다. 순간적으로 하늘을 뒤덮은 극독은 피아를 구분하지 않고 모든 것을 쓸어 나간다.

투기에 휩쓸려 바닥에서 경련하고 있던 몬스터들도 그 독에 닿은 순간 아이스크림처럼 녹아내렸다.

"내가 먼저 간다."

에이든은 호쾌하게 소리를 내지르면서 정면으로 독을 돌파했다. 그가 쌍수로 들고 있던 도끼가 시끄럽게 울더니, 거대한 독의 파도가 그대로 갈라졌다.

그러자 붉은 눈으로 우리를 노려보고 있던 팔룡이의 몸집이 다시 시야에 들어온다.

녀석이 원거리에서 쏘아 대는 극독은 대량 살상 무기라고 불리기에 충분했지만, 그것도 어디까지나 통하는 사람에게 한정되는 법.

에이든은 미친놈처럼 독을 뒤집어쓴 채로 허공으로 도약했고.

"흐라아아아아아아!"

콰아아아아아앙!

자신을 향해 쇄도하던 여덟 개의 꼬리를 단번에 잘라 냈다. 그것은 가히 투신이라고 불리기에 충분한 무위였다······가 아마 일반인의 관점일 것이다.

나는 에이든이 망둥이처럼 날뛰는 모습을 바라보면서 가볍게 내 상태를 점검했다.

"인과율의 제약도 딱히 없는 것 같고."

신도가 많아져서 그런가? 힘을 제대로 쓰려고 할 때마다 제동을 걸었던 인과율이 이번에는 조용했다.

국가위기급 마수라기에 뭔가 다를 줄 알았더만, 애초에 긴장할 필요도 없던 일이었다.

뭐, 지구의 각성자들에게는 확실히 굉장한 위협처럼 느껴질 정도긴 하다만······

"내가 난다 긴다 하는 마왕 놈들도 싹 다 찢어 버렸는데,

고작 드래곤 헤츨링쯤 되는 놈 압살 못 하면 개연성이 말이
안 되는 거지."

우우우우우웅!
나는 내 손에 생성된 성창 하나를 곧바로 팔룡이를 향해 던
졌고, 성창은 그대로 팔룡이의 가장 오른쪽 대가리에 꽂혔다.
잠시 후.

끼아아아아아아아아악-!
끼에에에에엑!

성창이 폭발하면서 그 옆에 있던 다른 세 개의 대가리까지
한꺼번에 터뜨려 버렸다.
그리고 남은 네 개의 대가리는 고통에 몸부림치면서 사방
으로 독을 뿜어 대기 시작했다.
나는 그 모습을 바라보면서 천천히 고개를 끄덕였다.
"다른 대가리를 터뜨리면 나머지 대가리도 아파한다……
확인."
그리고 다시 성창을 소환한 채로 에이든을 향해 말했다.
"무승부라도 하고 싶으면 분발해야지. 이게 바로 신성력

이란 것이다. 중2병 야만인아."

그러자 에이든이 고래고래 소리를 내질렀다.

"전사로서의 긍지도 없냐! 정정당당하게 승부를-."

"내가 지난번에 목 딴 오크 대군주도 그 소리 하던데, 혹시 먼 친척 아니냐?"

"비겁한 놈!"

"뭐래."

나는 에이든을 향해 씨익 웃어 준 다음, 다시 한번 성창을 던지면서 말했다.

"꼬우면 너도 하든가."

어디서 원거리 기술도 없는 놈이 까불어?

✢

센다이 시 근방에 위치한 베이스캠프.

"야마타노오로치…… 생체 반응 없음."

"……총 전투 시간 1분 12초. 국가위기급 괴수, 코드네임 야마타노오로치…… 토벌 완료."

"아군 측 사상자 없습니다."

"대한민국의 이레귤러 김시우의 손에 의해…… 상황이 종료되었습니다."

베이스캠프 안에는 적막이 감돌았다.

일본의 각성자들도, 미국의 각성자들도. 심지어 대한민국의 각성자들까지.

그들은 생중계되고 있던 토벌 현장을 바라보면서 더 이상 말을 잇지 못했다.

그리고 그것은 뒤늦게 베이스캠프에 합류한 일본의 총리, 사사키 히로토 역시 마찬가지였다.

"말도 안 되는군. 미국은 저런 자를 시험하려고 했던 건가? 그것도 하필이면 우리 일본의 땅에서?"

"각하."

"졸지에 우리의 국토가 대한민국의 핵실험장으로 전락해 버렸어. 그리고 핵실험 결과는…… 유례없는 대성공이야. 두 번일세. 딱 두 번의 공격으로, 수많은 인명 피해를 야기한 야마타노오로치를 처리했단 말일세."

단 두 방이었다.

수많은 민간인을 살해하고, 긴급 대응을 위해 파견되었던 각성자들을 수도 없이 살해한 야마타노오로치가 단 두 번의 공격에 의해 토벌되었다.

두 명의 이레귤러가 동원된 이상 토벌 성공은 당연시 여겨졌지만, 정작 이번 전투에서 제대로 활약한 것은 단 한 명뿐이었다.

"최악이군."

사사키 총리는 지끈거려 오는 머리를 손가락으로 지그시

눌렀다.

더 이상의 피해 없이 야마타노오로치의 토벌을 완료한 것은 분명 일본에는 더할 나위 없이 기쁜 일이었다.

국가위기급 마수.

방치하면 국가를 궤멸 상태까지 이르게 만들 수 있다는 마수를 토벌한 것은 분명히 박수받아 마땅한 치적이었다.

하지만 그건 어디까지나 자국의 힘으로 스스로 토벌했을 때에나 가능한 이야기.

외세, 그것도 하필이면 대한민국의 이레귤러가 개입했다. 아니, 개입한 정도에 그치는 것이 아니라, 대한민국의 이레귤러 혼자서 상황을 정리해 버렸다.

이미 여기서부터 파국이었다.

현재 일본의 각성자 사회의 주류를 이끌고 있는 〈욱일회〉는 통제하기 힘든 조직이다. 대한민국의 이레귤러에 의해 일본이 구원받은 꼴이 된 마당에, 그들이 가만히 있을 리가 없다.

게다가 그가 두려워하는 부분은 단순히 욱일회뿐만이 아니었다.

'미국에서는 설마 이 상황도 염두에 두고 있었나?'

미국의 진의가 의심되는 지경이었다. 정말 그들이 김시우가 이 정도 수준의 이레귤러라는 것을 모르고 있었을까?

어쩌면 대한민국의 서신우 대통령, 그 능구렁이와 이미 작당을 한 것이 아닐까?

온갖 의심이 머릿속에 떠올랐다. 만약 미국 측에서 이 상황을 가정했을 경우, 일본은 김시우의 국제 무대 데뷔를 위한 무대를 무상으로 내어 준 셈이다.

'······그래, 당장 중요한 건 이게 아니다.'

일이 벌어진 이상, 중요한 건 원인 따위가 아니었다.

원인을 따지는 것은 나중의 일이고, 수습이 우선이었다.

그렇게 사사키 총리가 가까스로 방법을 궁리해 내고 있을 때쯤, 옆에서 가만히 입을 다물고 있던 외무대신이 거침없이 의견을 제시했다.

"류진영의 경우처럼 일본 측으로 귀화를 유도하는 것이 어떻겠습니까?"

"귀화? 무슨 조건으로?"

"본국의 인구수는 여전히 한국의 인구수보다 월등히 많습니다. 국가적 차원에서 리멘 교단을 밀어주겠다는 조건으로 데려올 만하지 않겠습니까?"

사사키 총리는 생불이라는 별명이 붙을 정도로 감정을 드러내지 않고 점잖은 사람이었지만, 이번만큼은 그러지 못했다.

"우리가? 리멘 교단을 밀어줘?"

"그렇습니다, 총리. 김시우만 우리 쪽으로 끌어들일 수 있다면 남는······."

"네놈의 그 병신 같은 대가리는 불륜을 저지를 때나 사용하는 건가? 외무대신이라는 놈이 지금이 무슨 상황인지 이해가 안 가?"

"각, 각하?"

"방금 전의 1분 12초짜리 토벌 영상은 재난 방송을 통해서 전 국민이 시청했어. 그뿐만이 아니야. 지금쯤이면 일본뿐만 아니라 전 세계인들이 인터넷을 통해서 전부 그 영상만 다시 재생하고 있겠지. 이미 저 남자는 열도를 구원한 영웅이야. 그런데 뭐? 우리가 교세 확장을 도와줘?"

순간, 막사 안에 다시 싸늘한 공기가 내려앉았다.

사사키 총리는 한참 동안을 이를 악문 채로 외무대신을 노려보더니, 곧 크게 심호흡을 했다. 그리고 차가운 목소리로 말했다.

"병신 같은 대가리로 지금 자리라도 유지하고 싶으면 지금 당장 최고 수준의 의전을 준비해 둬라. 그리고…… 지금 당장 서신우 대통령에게 통화를 요청해."

저쪽에서는 이미 이 상황을 예상했을 것이다. 자신이 있었기 때문에 순순히 김시우를 일본에 파견했을 테니까.

하지만 그때였다.

"전, 전투가 시작되었습니다!"

상황병 하나가 당황스러운 목소리로 소리쳤고, 사사키 총리는 인상을 잔뜩 찡그린 채로 되물었다.

"야마타노오로치가 다시 살아난 건가? 그럴 리가 없……."

"아닙니다!"

사사키 총리는 뒤이어진 상황병의 대답에 망연자실한 표정을 지을 수밖에 없었다.

"이레귤러들끼리 갑자기 싸우기 시작했습니다!"

"이런 미친놈들이!"

일본의 재앙은 아직 끝나지 않았다.

❧

나는 심드렁한 표정으로 에이든을 쳐다보았다.

에이든의 상태는 썩 좋지 않았다. 방금 전에 내가 집어 던진 성창에 의해 오른쪽 어깨 부근에 깊은 자상을 입었다.

원래는 아예 오른쪽 어깨를 아작 낼 생각으로 던졌었는데, 그 찰나의 순간에 에이든이 어깨를 비틀면서 공격을 피해 낸 것이다.

짐승 같은 반사 신경이라고 해도 과언이 아니었다.

에이든은 본인의 어깨에서 흘러내리는 피를 슬쩍 쳐다보더니 곧 짙게 웃으면서 말했다.

"미국의 이레귤러에게 선제공격을 가할 수 있는 건 네놈뿐일 거다."

"야만인인 척하더니, 급할 땐 미국의 힘인가?"

"더욱더 마음에 든다, 미친 교황."

"내기에선 내가 이겼잖아? 네가 갑자기 그 투기라는 걸 끌어올리길래, 바로 친선 대련을 하고 싶은 줄 알았지. 그래서 선공한 거야."

불과 몇 초 전까지만 하더라도 저 녀석은 나를 향해 거세게 투기를 내뿜었다.

그래서 그냥 성창을 하나 더 소환해서 던져 버렸다.

역시, 미친놈은 매가 약이었다. 성창에 의해 어깨가 갈라지니까 금세 투기를 가라앉히더라.

"오해하지 말고 들어라. 사실, 상부에서는 너와 싸우라는 명령을 내리진 않았다. 이레귤러인지 확인만 해 줄 것을 요구했을 뿐이다. 그리고 네가 이레귤러가 맞을 시, 친분을 쌓으라는 말도 덧붙였지."

"그럼 친선 대련은 무슨 이야기였는데?"

"친분을 쌓기 위해 가장 효과적인 방법은 숭고한 결투다. 전사끼리의 친분은 결투를 통해서 완성되기에, 상부의 지시에 따라 너와 친분을 나누고자 했다."

나는 에이든의 개소리를 끝까지 들어 준 다음, 고개를 끄덕거리면서 성창을 소환했다.

"친분을 나누려다가 뒈질 수도 있다는 생각은 한 번도 안 해 봤고? 너 이미 몇 명 보냈잖아."

"오해하지 마라. 녀석들은 모두 이레귤러를 사칭하던 놈들이다. 전사의 긍지에 대고 맹세할 수 있다."

"무슨 기준으로 이레귤러를 판단하는데?"

"나와 비슷하거나 강할 것. 미국에 있는 또 다른 이레귤러들은 전부 내가 인정한 자들이다!"

그 말은 반대로 말하자면 미국이 보유한 다른 이레귤러들은 이 야만인보다 강하다는 뜻이다.

"미리 말하지만 나는 미국이 보유한 네 명의 이레귤러 중……."

"최약체겠지. 맞냐?"

"분하게도 그렇다."

"그럴 줄 알았어."

이렇게 보니 미국 놈들도 클리셰를 성실히 따르는 놈들인가 싶다.

하긴. 최약체쯤 되는 놈이니까 저렇게 마구잡이로 굴리는 걸지도.

그나저나 이 야만인 놈이 미국의 이레귤러 중 최약체라.

나머지 이레귤러들도 한번 보고 싶기는 하다. 〈투기〉라는 새로운 성질의 힘도 흥미로운데, 다른 이레귤러들 역시 저녀석처럼 특이한 힘을 보유하고 있다는 소리 아닌가?

궁금증이 이는 건 어찌 보면 당연했다.

나는 여전히 성창을 움켜쥔 채로 고개를 끄덕였다. 그리고 녀석을 향해 넌지시 물었다.

"너 아까까지만 하더라도 네 세계의 신들을 다 죽여 버렸

우리 교황님 좀
말려 주세요

다고 하지 않았어?"

"그래. 그것 역시 사실이다. 내 세계의 신들은 비루한 놈들뿐이었는데, 아무래도 네가 모시는 신은 엄청난 존재임이 틀림없다. 경의를 표한다."

아니, 얘 진짜 성격 바뀌었다니까? 아니지, 처음부터 이중인격이었던 게 아닐까?

몇 분 전까지만 하더라도 나를 향해 살벌하게 이빨을 드러냈던 놈이라고는 도저히 믿을 수가 없다.

에이든은 투기를 완전히 가라앉혔고, 곧 오른손으로 본인의 가슴을 세 번 두드렸다.

"진짜는 진짜를 알아보는 법. 미국의 이레귤러인 나 에이든 하워드는 대한민국의 이레귤러 김시우를 인정한다! 너는 나의 친구가 되기에 충분한 자격을 지녔다!"

……보기보다 아주 뻔뻔한 새끼다.

아까는 분명히 '전사는 싸움을 통해 스스로를 증명하구 어쩌구 저쩌구'라고 말했던 놈인데 말이야.

"내 새로운 친구여. 그 창을 내려놓고 우리 부족의 전통에 따라 함께 목욕을 즐기는 것이 어떻겠나?"

"너 솔직히 지금 우리 촬영 중이라서 몸 사리는 거지?"

"……무슨 말인지 원체 모르겠군. 한국말이라서 그런가? 잘 들리지 않는다."

움찔거렸으면서 끝까지 잡아떼는 추함까지!

위대한 전사고 뭐고를 떠나서 확실히 지도자로서의 재능이 있는 놈인 건 틀림없었다.

자고로 지도자는 얼굴이 두꺼워야 하는 법.

나는 스스로 자멸의 길을 선택한 에이든을 바라보았다. 그리고 나지막한 목소리로 말했다.

"그런데 이걸 어쩌냐? 내가 부탁을 받아서, 이대로 끝내기에는 좀 그렇다."

"부탁? 무슨 부탁?"

"무슨 부탁이긴."

너 아작 내 달라는 부탁이지.

나는 씨익 웃음을 지으면서 손가락을 까딱였고.

콰아아아아아아아앙!

이번에는 다섯 개의 성창이 에이든을 향해 날아들었다.

"살아남으면 친구 하자."

물론 살아남는다면 말이야.

⚜

일본의 27세 남성, 카시미 시게지.

카시미는 모니터 속에서 생중계되고 있는 전투를 넋이 나간 듯이 바라보았다.

각성도 못 하고, 아무런 능력 없는 백수였던 그는 불과 30

분 전까지만 하더라도 인터넷 커뮤니티에 '드디어 중세 잽랜드가 멸망한다www', '야마타노오로치야말로 유일한 구원자다.' 따위의 글을 싸지르고 다녔다.

그때까지만 해도 그는 이 지긋지긋한 세상이 정말로 끝이날 거라 생각했다.

야마타노오로치가 출현한 센다이 시는 그가 살고 있는 곳으로부터 차로 1시간쯤 걸리는 위치.

시골에 살고 계시는 부모님이 쉴 새 없이 그의 핸드폰에 전화를 걸어 왔지만, 그는 받지 않았다.

어차피 인생의 실패자인 그를 반겨 줄 곳은 더 이상 이 세상에 없었으니까.

그래서 이 조그마한 방 안에서 마수에게 최후를 맞이하는 것도 괜찮을 거라 생각하고 있던 차였다.

하지만 지금, 모든 것이 바뀌었다.

한국에서 건너왔다는 이레귤러, 검은 교황(Black Pope)은 단 두 번의 공격으로 야마타노오로치를 제거했다.

그리고 그 모습은 헬기 촬영을 통해 고스란히 일본 전역으로 퍼져 나갔다.

미래에 대해 비관적인 전망을 내놓던 전문가들도.

종말론을 비롯하여 각종 혼란에 휩싸여 있던 여론도.

한국인이 보여 준, 그야말로 전율적인 힘을 본 뒤로 180도 바뀌어 버렸다.

―정말 형의 나라다. 미운 동생이 위기에 빠졌다고 최대 전력을 파견해 준다고?

　―아시아 최강의 결전병기 브라꾸 포프!

　―아아, 일본은 더 이상 한국에겐 무리수구나

　―오늘부터 아침에 일어나자마자 서쪽을 바라보면서 소리칠 거야. '아! 위대한 형님! 우리를 구원해 줘서 감사합니다!'

　―차라리 이참에 그에게 우리의 모든 걸 맡기는 게 어때?

　―브라꾸 포프가 모시는 신이라면 우리 일본을 어둠 속에서 구원해 줄 거야!

　카시미가 보기에도 한국의 이레귤러는 그야말로 신이나 다름없었다.

　눈부시게 빛나는 창을 던져, 악마와도 같은 마수를 찢어발겼다.

　그런 이가 신이 아니면 도대체 누가 신이란 말인가?

　그리고 그러한 카시미의 생각은 야마타노오로치 이후에 이어진, 이레귤러들 사이의 전투를 통해서 확신에 가까워졌다.

　―아메리카의 결전병기 투신 사마를 상대로도 압도하는 모습!

　―브라꾸 포프 사마는 정말 강하구나……

-그야말로 아시아의 구원자.

-목소리만 큰 어떤 덜떨어진 집단과는 차원이 달라.

-그 덜떨어진 놈들이 공항에서 브라꾸 포프 사마를 잡아가려고 했던 영상 봤어?

-투신 사마였으면 목을 꺾었을 텐데!

-이 사람, 자비롭기까지 하네.

이레귤러 간의 전투는 갑작스럽고 느닷없이 시작되었지만, 야마타노오로치의 전투처럼 그 전투 역시 빠르게 마무리되었다.

둘이 무어라 이야기를 주고받는 모습이 화면에 잡힌 다음, 한국의 이레귤러가 일방적으로 미국 측을 두들겨 댔기 때문이다.

"굉, 굉장해!"

성창을 겨우겨우 막아 내던 투신은 마침내 자신의 트레이드마크인 도끼를 바닥에 던져 버리면서 손을 흔들었고, 화면 속의 김시우는 카메라를 정확하게 바라보면서 웃음을 지었다.

마치 화면 너머의 사람들과 눈을 맞추는 듯한 모습.

하지만 기적은 거기서 그치지 않았다.

"……정화?"

김시우의 등에서 갑자기 날개가 뻗어 나오더니, 그의 몸에서 흘러나온 빛이 도시로 스며들기 시작했다.

그리고 그 빛은 야마타노오로치의 극독으로 인해 검게 죽어 버린 도시에 다시 색깔을 불어넣는다.

카시미는 그 아름답고도 경이로운 장면을 한참 동안이나 멍하니 바라볼 수밖에 없었다.

그렇게 얼마나 시간이 지났을까?

그런 그의 눈앞에 또 하나의 기적이 모습을 드러냈다.

축하합니다. 당신은 가능성을 인정받아 플레이어로 각성하게 되었습니다.
당신은 신성 계열 플레이어입니다.

"이것은……."

플레이어들에게만 주어진다는 시스템이 틀림없었다.

메시지 창을 보며 눈을 몇 번 껌뻑인 카시미는 조용히 키보드에 손을 올렸다.

그리고 거침없는 속도로 키보드를 두드렸다.

ㅡ그의 교단에 들어가고 싶어. 방법 아는 사람?

그렇게 열도는 뜨겁게 달아오르기 시작했다.

진짜 큰일 날 뻔했다.

액티브 스킬 〈정화의 날개 Lv. ?〉가 종료됩니다.
당신에게 허용된 인과율의 한계치에 근접했습니다.
경고! 인과율을 넘어서게 되면 불이익이 주어집니다.

야마타노오로치와 에이든을 정리하는 건 어렵지 않았지
만, 그 이후에 이어진 정화 작업에서 내가 너무 멋을 부린 모
양이다.

나름 국제 무대 첫 데뷔라고 신경을 썼는데, 내가 생각했
던 것보다 오염이 심각했다.

게다가 오염 범위도 꽤 넓었던 편이라 내 시야가 닿는 곳
까지만 일단 긴급하게 정화를 시켜 뒀다.

인과율이 제동만 안 걸었어도 더 넓은 범위를 정화시킬 수
있었겠지만…… 뭐, 어쩔 수 없지.

아무튼.

그렇게 1차 정화를 끝낸 다음, 바닥에 쓰러져 있던 에이든
과 함께 헬기를 통해 베이스캠프로 복귀했다.

베이스캠프에는 이미 셀 수 없이 많은 기자가 몰려 있었
고, 그들은 우리가 헬기에서 내리자마자 달려들었다.

"한 말씀만, 한 말씀만 해 주십시오!"

"당신은 일본의 영웅입니다!"

"에이든 하워드와는 왜 갑자기 전투를……."

아주 그냥 다양한 언어로 질문이 쏟아졌다.

한국어, 영어, 일본어, 중국어 등등.

일단 한국어로 대답하려던 찰나, 내 옆에서 뻘쭘하게 서 있던 에이든이 가슴을 쭉 펴면서 대신 대답했다.

"나 에이든 하워드는 대한민국의 이레귤러 김시우와 절친한 친구 사이가 되기로 했다! 앞으로 내 친구의 적은 곧 나의 적이며, 조만간 대한민국을 방문하여 친분을 쌓아 나갈 생각이다!"

에이든의 말에 나는 녀석의 귀에 입을 가져다 댔다. 그리고 조용히 속삭였다.

"역시, 대부족장 출신. 싸움으로 대부족장 올라간 게 아니라 정치질로 올라간 거였냐?"

"오, 오해하지 마라. 이건 그냥…… 20년 동안 대부족장으로 살아온 습관……."

"암요, 그러시겠죠."

이 녀석, 어쩌면 야만인이라는 것조차 컨셉일지도 모른다.

그래도 힘 하나만큼은 진짜인 놈이다. 첫 만남 때는 나조차도 살짝 경계했을 정도였다.

다른 사람들은 이 녀석보고 눈치 안 보는 막가파라느니,

야만인 그 자체라더니, 온갖 무서운 이야기를 늘어놓더만.

실상은 그냥 곰 안에 여우가 자리 잡고 있던 셈이다.

나는 씨익 웃으면서 에이든의 등을 손바닥으로 후려쳤다. 그리고 웃으면서 기자들을 바라보았다.

"그렇게 되었습니다. 애들은 싸우면서 친해진다잖아요?"

일단 에이든과 장단을 좀 맞춰 줘야겠다. 아까 살아남으면 친구해 주기로 했으니까, 약속은 지켜야지.

그러자 기다렸다는 듯이 한국 기자들이 질문을 던지기 시작했다.

"혹시 그 말은 한미 관계가 일전보다 더 가까워진다, 그런 메시지로 받아들이면 되겠습니까?"

"한미일 관계는 어떤 방향으로 흘러가는 겁니까!"

"대답을……."

다시 질문 세례가 쏟아지기 시작했고, 나는 그 질문에 답하는 것 대신에 조용히 손을 올렸다.

그렇게 한 10초 정도 있자 기자들이 다시 조용해졌다.

"물어보고 싶으신 게 많은 건 이해합니다. 그러나 질문에 관한 것은 나중에 따로 기자회견을 통해 답하겠습니다. 여러분, 지금 중요한 것은 그런 질문들이 아닙니다."

나는 작게 숨을 내뱉었다. 그리고 나지막한 목소리로 말을 이어 나갔다.

"많은 일본 국민이 희생된 것으로 알고 있습니다. 지금 저희가 가장 먼저 해야 할 일은 그분들을 애도하는 것입니다."

야마타노오로치는 내 손에 의해 죽었다. 그러나 야마타노오로치 역시 수많은 희생자를 만들어 냈다.

죄 없는 이들이 너무나도 많이 죽었다.

나로 인해서 그들의 죽음이 묻힌다면, 그것만큼 미안하고 속상한 일도 없을 것이다.

그렇기 때문에 나는 잠시 눈을 감으며 손을 모았다.

"부디 리멘께서 여러분들을 평안으로 인도해 주시기를……"

내 조용한 기도에 그 자리에 있던 모두가 잠시 고개를 숙이며 묵념했다.

그렇게 야마타노오로치 토벌전은 종료되었다.

⁂

해가 진 늦은 저녁.

일본에 도착하자마자 일을 해결해 버려서 그런가, 기분은 아주 홀가분했다.

일본 정부 측은 나에게 곧바로 도쿄에 위치한 한 최고급 호텔을 숙소로 제공했다.

함께 온 동료들과 같이 쓰라고 방 하나가 아니라 층 하나 전체를 제공해 줬다.

그쪽이 경호 작전에 훨씬 쉽다던가?

내가 경호가 필요한 사람은 아니라서 거부했었지만, 그들은 '이렇게 안 하면 국민들에게 욕먹는다'라는 말을 했다.

호의를 마냥 거절할 수는 없는 법. 그래서 그냥 받아들였다.

이 호텔에 도착하기까지 벌어졌던 일들도 정말 인상적이었다.

헬기를 타고 도쿄에 도착한 다음, 헬기장에서 호텔로 향하는 길에 일본 국민들이 쫙 깔려서는 태극기를 흔들어 줬던 것이다.

그들은 진심으로 나에게 고마워하고 있었다.

아무튼.

그렇게 호텔로 돌아와서 잠시 휴식을 취하고 싶었는데.

"좀 꺼지세요, 야만인 님."

"친구하기로 했잖나?"

"안 되겠다. 레오야? 이 새끼 접어서 좀 객실 밖으로 던져."

"노력은 해 보겠습니다. 하지만 잘 접히진 않을 것 같습니다. 아무래도 재질이……."

"사람을 접어? 어떻게 그런 미개한 말을 친구에게 할 수 있어!"

이 능구렁이 야만인 놈이 내 휴식을 방해하는 중이다.

나는 녀석을 바라보면서 인상을 잔뜩 찌푸렸다.

"야만인 주제에 누가 누굴 보고 미개하대?"

"시우, 나는 신사다."

"누가 내 이름 부르랬냐? 그리고 내가 아는 신사들은 너처럼 벗고 다니진 않아."

"너도 벗은 채로 20년 동안 살아 봐라. 무언가를 입는 게 더 귀찮게 된다."

"그냥 아까 실수한 척 보내 버릴걸."

후회는 언제나 늦는 법이다.

나는 한숨을 푹 내쉰 다음, 탁자 위에 놓인 바구니에서 사과를 하나 꺼내 한 입 베어 먹었다.

그리고 심드렁한 말투로 에이든에게 말했다.

"나한테 깨지는 모습이 전 세계로 생중계되었는데, 진짜 괜찮냐?"

그러자 에이든은 당연하다는 듯이 고개를 끄덕였다.

"내 명예에 살짝 상처를 입었지만, 그 대가로 너와 친분을 쌓았지. 손해가 아니다."

"미국에서도 그렇게 생각할까?"

"너를 미국으로 데려갈 수 있다면 더 기뻐하겠지만, 이 정도로도 충분해. 아마 지금쯤이면 우리 대통령이 너희 대통령이랑 이야기를 나누고 있을 거다."

"정치 이야기는 내키지 않는데."

"이레귤러라는 건 원래 그런 존재다. 본인이 원하지 않더라도 정치와 연관될 수밖에 없어. 강한 힘에는 당연히 정치가들이 따라붙는다. 그건 어떤 세계든 마찬가지야. 너도 잘 알고 있을 텐데?"

에덴에서도 마찬가지긴 했지.

"널 처음 봤을 땐 뇌까지 근육으로 된 줄 알았다."

"대부족을 이끄는 것은 힘만으로는 불가능한 일이니까."

참고로 에이든은 마누스라는 세계에서 20년 동안 있다가 돌아왔다고 했다.

척박한 환경의 차원이었고, 생존을 위해 부족끼리 끊임없이 투쟁하던 차원이었다던가.

에이든의 몸에 새겨져 있는 흉터만 보더라도 녀석의 이계 생활도 쉽지만은 않았을 것이다.

"억울하진 않냐?"

"무엇이?"

"나한테 진 거."

내 물음에 에이든은 이상하다는 듯이 나를 쳐다보았다. 그리고 본인의 손에 들려 있던 위스키를 병째로 들이켜더니, 입을 닦으면서 답했다.

"내가 너보다 약했기 때문에 진 것이다. 근데 그게 왜 억울한 일이지?"

"그거야 당연히 나는 신의 힘을 빌렸으니까?"

"궤변. 네가 누구의 힘을 빌렸든, 너는 결국 너의 의지로 강해진 거다. 그리고 너의 몸에서 풍기는 피 냄새는 네가 수많은 전장을 넘어왔다는 것을 증명해 준다. 그렇기 때문에 나는 너한테 진 것이 억울하지도, 슬프지도 않다."

어쩌면 꽤 괜찮은 놈일지도 모르······.

"그나저나 함께 목욕은 언제 하러 가지? 부족의 전통은 지켜야만 한다."

그냥 미친 새끼인 게 틀림없다.

"레오야, 이 새끼 그냥 쫓아내."

"예, 성하. 최선을 다해 보겠습니다."

"오해가 있는 것 같은데, 나는 여자를 좋아한다. 저쪽에서는 부인이 열둘······."

"빨리 쫓아내!"

내 지시에 레오는 쓰레기봉투를 끌고 가듯이 에이든을 끌고 나갔다.

나는 그 모습을 바라보면서 크게 한숨을 뱉어 냈다.

귀국 일정은 2일 뒤다.

애초에 3일짜리 일정이기도 했고, 이번 기회에 일본 쪽에 우리 교단의 기반을 마련하는 것도 좋을 것 같았다.

피해 지역에 신성석을 배치하는 건에 대해서 일본 정부와도 이야기를 나눌 필요도 있고, 이래저래 처리할 일이 꽤 많다.

"음."

나는 창문 밖으로 펼쳐진 도쿄의 야경을 보면서 사과를 한 입 더 베어 물었다.

내일은 어디를 갈까?

일본에 온 김에 온천은 좀 즐기다 가고 싶은데…… 그리고 우리 시연이한테 줄 섬도 한번 구해 봐야 하고.

똑똑똑.

그때였다. 누군가 내 방문을 두드리더니, 곧 문 너머로 레오의 목소리가 들려왔다.

"성하, 손님께서 오셨습니다."

이렇게 늦은 밤에 찾아올 만한 손님이 누구려나?

"들어오시라 해."

"예, 성하."

그러자 곧 노년의 신사 한 명과 류진영 씨가 조심스레 방 안으로 들어왔다.

방 안으로 들어온 노신사는 꽤 어눌한 한국어로 나에게 말했다.

"처음 뵙겠습니다, 김시우 각성자님. 일본의 총리 사사키 히로토라고 합니다."

저번에는 대한민국 대통령이더니, 이번에는 일본의 총리라.

확실히 내가 거물이 되긴 한 모양이다.

나는 자리에서 일어나서 그에게 손을 내밀었다. 그리고 웃음을 지으면서 말했다.

"리멘 교단을 이끄는 김시우라고 합니다. 편하게 일본어로 하셔도 알아듣습니다."

"아, 그런가요? 정말 신비로운 능력입니다. 혹시 몰라서 우리 진영 군을 데려왔는데, 직접 이야기를 나눌 수 있다니 참 다행입니다."

"생각보다 한국어를 잘하시네요."

"제 어머니께서 한국분이셨습니다. 그래서 조금은 합니다. 그리고 틈틈이 진영 군에게 한국어를 배우고 있지요."

그 말에 류진영이 난색을 표하면서 말했다.

"각하. 단둘이 있을 땐 괜찮지만, 여기는……."

"사적인 자리지 않나? 안 그렇습니까, 시우 님?"

"총리님께서 진영 씨를 많이 아끼시는 것 같아 보기 좋습니다."

아까 베이스캠프의 각성자들을 류진영을 동지로 취급하지 않는 모양새였지만, 사사키 총리는 많이 달라 보였다.

그가 류진영을 바라보는 눈빛에서는 마치 아들을 바라보는 듯한, 따뜻함이 자리 잡고 있었다.

"무슨 일인지는 잘 모르겠지만 편하게 앉아서 이야기하시죠."

"허허, 그럴까요?"

사사키 총리는 내 권유에 중절모를 내려놓으면서 조심스레 의자에 앉았다.

차라도 있으면 대접해 주는 건데.

아쉬울 따름이다.

자리에 앉은 사사키 총리는 인자한 웃음과 함께 나를 바라보았다.

"휴식을 방해한 것 같아 마음이 무겁습니다."

"괜찮습니다. 안 그래도 야경을 보면서 내일 뭐 할지 생각하고 있었어요."

문득, 지난번에 서 대통령이 해 줬던 이야기가 생각난다.

한 집단의 수장이 하는 일이란 게 대부분 비공식적인 자리에서 이루어진다고 했던가?

"일본을 대표하여 야마타노오로치를 토벌해 주신 것에 감사를 표합니다."

감사 인사를 통해서 이야기를 시작한 사사키 총리가 나지막한 목소리로 이야기를 시작했다.

그렇게 10분 뒤.

나는 사사키 총리의 말을 끝까지 귀에 담은 다음, 고개를 끄덕이면서 말했다.

"저희야 당연히 좋죠."

사사키 총리의 제안은 간단했다.

결론부터 말하자면 일본에도 리멘 교단의 신전을 건설해 달라는 것이었다.

신전을 만들기 위해서는 결국 성유물 점수를 통해 성유물을 당겨 와야 하는 거라 즉답은 못 했다.

솔직히 말해서 저쪽에서 먼저 제의를 해 올 것이라곤 상상도 못 했다.

일본에 도착한 지 고작 하루였다.

내 이름이 퍼져 나가기 시작한 지는 불과 몇 시간이 채 되지 않았고 말이다.

그럼에도 사사키 총리는 한 치의 고민도 없이 신전 건설을 요청했다.

―종교는 믿음이라는, 국경을 초월한 가치를 공유하는 집단입니다. 리멘 교단의 신전은 경직된 한일 관계에 따뜻한 봄바람을 불러일으킬 거라고 생각합니다. 같은 믿음을 공유하는 사람이 생긴다면, 서로에 대한 혐오도 줄어들겠지요. 그렇지 않습니까?

사사키 총리가 떠나면서 나에게 남겼던 말이다.

정치인답게 역시나 달변가였다. 그는 한일 관계에 따뜻한 바람이 불기를 원했다.

몰랐던 사실인데, 욱일회가 일본 각성자 사회의 주류를 거머쥔 이후로 한일 관계는 심각하게 악화되었다고 한다.

게다가 류진영 씨가 일본으로 넘어온 사건은 거기에 기름을 부었다.

그 뒤에 전각련 놈들의 꿍꿍이가 숨어 있었으나, 아직까지도 국민들은 그 뒷배경을 모르고 있다.

2010년 이후로 한일 관계는 꾸준히 악화되어 왔지만, 디멘션 오프닝 이후로는 더 심각해진 상황.

그런 상황에서 리멘 교단을 통해 화해 무드를 조성한다는 건 어불성설에 가까웠다.

냉정하게 말해서 대한민국과 일본은 교단 하나로 해결될

수 없는, 아주 깊은 갈등의 골을 지니고 있으니까.

이를테면 역사 문제나 독도 문제라든지 말이다.

아무리 요새 우리 리멘 교단의 인지도가 급격하게 상승하고 있다고 한들, 그 갈등의 골을 단번에 좁힐 수 있을 리가 있나.

"각하의 말을 믿기 힘드신 듯합니다."

총리는 먼저 자리를 떴지만, 총리와 함께 온 류진영 씨는 내 방에 남았다.

류진영 씨가 내 방에 남은 건 온전히 총리의 의지였다.

미래를 함께 만들어 갈 젊은이들끼리 좋은 대화를 나눠 보라던가?

나는 류진영을 바라보면서 고개를 끄덕였다.

"제가 무슨 가톨릭의 교황도 아니고, 국가 간의 갈등을 해결할 정도의 영향력은 없잖아요? 그것도 특히 한일 관계인데, 쉬울 리가 있나. 진영 씨도 잘 아시잖아요?"

"가능할 겁니다."

"확신하시는 이유가?"

"시우 님께서는 미국이 인정한 이레귤러입니다. 즉, 미국이 인정한 동북아시아 최초의 이레귤러인 셈이지요. 반면에 일본에는 이레귤러가 없습니다. 야마타노오로치급의 마수가 또 나타난다면, 큰 피해를 입을 수밖에 없습니다."

류진영의 논리는 아주 간단한 힘의 논리였다.

"미국과 일본이 동맹 관계라고 한들, 미국이 지금처럼 항상 이레귤러를 파견해 준다는 보장이 없습니다. 게다가 이레귤러들은 보통 자국 영토 내에 위치합니다. 그들이 이레귤러를 파견해 준다고 한들, 이번 경우처럼 피해가 많이 누적된 상태일 가능성이 높습니다. 하지만……."

"저는 바로 옆에 있죠."

"그렇습니다."

나는 자리에서 일어나며 천천히 고개를 끄덕였다.

먼 곳의 친구보다는 당연히 가까운 곳의 친구가 더 듬직하다.

그건 초등학생도 이해할 수 있는 말이었다. 다만, 여기에는 전제 조건이 꽤 존재한다.

"욱일회 같은 놈이 일본 각성자 사회의 주류인데, 정말로 두 나라가 친구가 될 순 있는 겁니까?"

"가장 먼저 그 욱일회를 정리할 겁니다. 그리고 역사 문제에 있어서 각하께서 직접 대한민국과 대한민국 국민들에게 사죄를 드릴 겁니다. 배상도 동반될 테고요."

"그게 그렇게 쉽게 결정되는 거였나?"

내 물음에 류진영이 씁쓸하게 웃으면서 대답했다.

"국제정치란 원래 그렇잖습니까? 이레귤러란 게 원래 그런 존재입니다."

"리멘 교단의 신전을 지어 달라는 건 그냥 립 서비스셨네.

그냥 이레귤러인 제가 필요했던 것 같은데."

"마냥 그런 이유만은 아닙니다. 같은 종교를 공유하게 된다면 양국의 화합에도 분명 도움이 될 겁니다. 그리고……리멘 교단의 신전이 일본에 있다면, 시우 님께서 가만히 방치할 리는 없을 테니까요."

"아무래도 후자 쪽이 더 중요한 이유 같은데."

"제가 봐도 그렇긴 합니다만, 각하께서는 전자를 최대한 강요하라고 하시더군요."

류진영이 힘겹게 미소를 지었다. 그리고 나는 그의 미소를 따라 씨익 미소를 지었다.

"욱일회 놈들을 정리하는 게 쉽지 않을 것 같은데. 걔네가 일본의 전각련이라면서요."

"걱정하실 것 없습니다."

그는 단호한 목소리로 말을 이어 갔다.

"그들이 여태까지 세를 불릴 수 있었던 것은 어디까지나 저희 쪽에서 묵인해 준 덕분입니다."

"묵인을 해 줬다?"

"쓰레기 같은 놈들이지만, 일부 지역의 게이트 문제를 해결해 주고 있던 것도 사실이었으니까요. 비록 그로 인해서 통제할 수 없는 지경으로 치닫고 있었지만…… 이제는 쓸모없어졌으니, 당연히 제거해야지요."

"토사구팽이라."

쓸모없어진 사냥개는 삶아 버리는 것이 맞지.

나는 류진영을 바라보았다. 빈말을 할 것 같은 사람은 아니다.

신념과 책임감으로 뭉쳐 있는 눈. 이런 사람들은 거짓말을 하면 티가 난다.

가만히 그를 보고 있자니 개인적인 호기심이 고개를 드밀었다.

"류진영 씨."

"예."

"저도 전각련 놈들이랑 사이가 별로 안 좋거든요? 만약 제가 전각련 놈들 싹 정리해 버리면, 다시 대한민국으로 돌아올래요? 여론은 음…… 잘 설명하면 이해해 줄 것 같은데."

내 제의에 류진영은 희미하게 미소를 지었다. 그러더니 곧 창가로 다가간 다음, 밝게 빛나는 도쿄의 야경을 주시했다.

"2년째, 매주 월요일마다 저에게 감사 편지를 써 주는 아이가 하나 있습니다. 가족을 살려 줘서 고맙다고, 저처럼 되고 싶다고. 처음에는 글씨체가 알아보기 힘들 정도였는데, 시간이 갈수록 조금씩 나아지더군요."

그의 얼굴에 흐뭇한 미소가 감돌았다.

그리고 그는 나를 바라보면서 말했다.

"이곳에도 제가 지켜야 할 것들이 있습니다. 그리고 대한민국에는 이미 시우 님이 계시잖습니까? 제가 굳이 논란을 일으키면서까지 돌아갈 이유는 없습니다."

단단한 사람이다.

루나가 봤으면 되게 마음에 들어 했을 것 같은, 그런 사람.

나는 류진영을 가만히 보다가 넌지시 물었다.

"나이가 어떻게 되시죠?"

"지구 나이로는 31세입니다. 저쪽 세계의 나이로는……."

"시차도 다른 것 같으니 편하게 지구 나이로 따지시죠. 저 27살인데, 편하게 형이라고 불러도 됩니까?"

"아, 예. 편하신……."

그때였다.

콰아아아아아앙!

누군가 문을 부수면서 들어오더니, 곧 쩌렁쩌렁한 목소리로 소리쳤다.

"오, 일본의 마법사 양반도 함께 있었군. 눈빛이 마음에 들어서 인상적이었는데 말이야."

"레오야, 저 새끼 왜 또 여기 있냐?"

"죄송합니다, 성하. 제 힘으로도 좀 역부족이었습니다."

"……후우."

"술은 함께 마실수록 더 즐거운 법! 한국인, 일본인, 이계인, 미국인! 이것이야말로 인종의 용광로, 그야말로 미국의 정신이지. 자 자, 내가 위스키 넉넉하게 가져왔어. 일단 1인

우리 교황님 좀 말려 주세요

당 1병씩 가져가자고. 레오 동생한테 들었는데, 리멘 교단은
금주 교리 그런 거 없다며? 잔뜩 마시자고!"

오늘 밤도 잠자기 글렀다.

진짜 아까 실수한 척 보내 버릴걸.

쓰으읍.

귀국

길고 길었던 밤이 끝난 후, 다음 날 아침.

하룻밤 사이에 정말 많은 일이 일어났다.

〈속보. 일본의 사사키 히로토 총리! 1주일 뒤, 한일 정상 회담 발표. 주요 안건은 과거사 사죄와 재난 공동 대응!〉

〈일본을 구원한 검은 교황 김시우, 최악으로 치닫던 한일 관계를 바로잡다〉

〈일본, 극우단체 욱일회와의 전쟁 선포. 그 안에 숨은 뜻은?〉

〈백악관 공식 대변인, '한일 정상 회담을 적극적으로 환영하며, 긍정적인 성과를 기대한다〉

〈중국, '지금으로서는 할 말이 없다.'〉

사사키 총리와 일본에 있어서는 굉장히 길었던 밤이었을지도 모른다.

중요한 건 그 변화의 중심에는 내가 있다는 것.

어찌 되었든 나로 인해 양국 관계가 좋아진다면, 리멘 역시 흐뭇해하고 있을 것이다.

리멘은 언제나 평화를 사랑하기 때문이다. 나중에 리멘이랑 연락이 닿으면 자랑해야지. 예전에는 불쑥불쑥 튀어나오더니, 요새는 연락이 잘 안 돼서 살짝 섭섭하기도 하고.

아무튼. 위에 기사를 보면 알 수 있듯이 국제 정세는 하룻밤 사이에 저렇게 흘러가고 있었고, 나는 아침 일찍 일본의 총리대신 관저로 초청되었다.

물론.

"감사합니다, 에이든 하워드 님. 일본은 에이든 하워드 님의 도움을 잊지 않을 것입니다."

"하하! 미일 동맹은 여전히 굳건합니다. 환영해 주셔서 감사합니다, 총리님."

12시간 동안 위스키 240병을 마셔 댄 이 에이든 놈도 함께였다.

농담이 아니라 진짜 240병이나 마셨다. 5분에 1병을 비워 대는 페이스였거든.

그래도 한 나라의 정상을 만나는 자리라서 그런가? 늑대 가죽만 걸치고 있던 놈이 웬일로 양복을 입고 왔다.

2m 가까이 되는 큰 체구를 위한 맞춤 양복은 녀석으로 하여금 '신사'보다는 '조폭'에 가까운 인상을 자아내고 있었다.

좌르르르륵─!

기자들은 에이든이 사사키 총리와 악수를 하는 모습을 열심히 카메라에 담는다.

그리고 그다음, 사사키 총리는 나를 향해 손을 내밀었다.

"처음 뵙겠습니다. 사사키 히로토입니다."

어제 한 번 들은 듯한 인사.

'공식적인' 자리에선 처음 만나는 거였으니, 나는 웃으면서 그의 손을 마주 잡았다.

"김시우입니다."

"일본을 구해 주셔서 다시 한번 감사드립니다. 일본은 친절한 이웃 대한민국, 그리고 리멘 교단의 도움을 영원히 잊지 않을 것입니다."

기자들 앞에서 의도적으로 호의를 표시한 사사키 총리.

총리의 발언에 방금 전보다 더 격렬한 플래시라이트가 터졌다.

그렇게 기자들이 있는 자리에서의 잠깐의 사진 촬영이 끝난 후, 관계자들은 기자들을 뒤로 물렸다.

잠시 후, 방 안에는 나, 에이든, 그리고 사사키 총리. 이렇게 셋만 남게 되었다.

가장 먼저 입을 뗀 건 사사키 총리였다.

"편한 밤 되셨습니까?"

"숙소가 워낙 좋았던 탓에 굉장히 편했습니다. 제 옆에 있는 야만인 놈이 방해만 하지 않았다면 더 좋았을 것 같기도 합니다."

"섭섭한 말이야. 술잔을 나눌수록 친해지는 법. 좋은 온천이 하나 있다고 하던데, 함께 갈 생각 없나?"

"닥치고 있어. 뒈지기 싫으면."

"두 영웅분께서 사이가 좋아 보이십니다. 늙은이가 보기에 참 좋습니다."

역시, 연륜이란 건 무시할 게 못 된다.

사사키 총리는 그 한마디로 우리 둘을 제압해 버렸고, 우리는 멀뚱한 눈으로 총리를 바라보았다.

참 신기한 건 사사키 총리가 따로 통역을 안 두었단 거다.

즉, 지금 사사키 총리는 영어로 이야기를 하고 있다. 에이든이 말귀를 알아듣는 걸 보면 확실하다.

한국어도 조금 하고, 영어도 잘하는 총리라. 지식인 느낌이 물씬 풍겨 온다.

"제가 두 영웅분들을 이렇게 초청한 이유는 거창하진 않습니다. 정치적인 얘기는 정치가들끼리 할 이야기고, 저는 이 나라를 위기에서 구해 준 두 영웅 분께 감사 표시를 하고자 이리 모셨습니다."

"감사 표시 말씀입니까?"

"타국의 위기에 선뜻 와 주신 분들에게 뭐라도 들려 보내야 제가 욕을 먹지 않습니다. 혹시, 두 분께서 따로 원하시는 게 있으십니까?"

요컨대 퀘스트를 완료했으니, 보상을 주고 싶단 얘기다.

그 질문에 먼저 답을 한 건 에이든이었다.

"전사는 친구를 도울 때 보상 같은 건 신경 쓰지 않습니다. 물론 제가 일본의 사케를 꽤 좋아하는 편이긴 합니다."

"비서를 시켜 각 지역에서 유명한 사케를 넉넉하게 챙겨두라 하겠습니다. 정말 그 정도면 되겠습니까?"

"술만큼 좋은 건 없지요."

그래도 양심은 조금 있는지 장난스럽게 사케를 언급하는 에이든.

미국의 이레귤러라면 최고급 사케를 구하는 것 정도는 어렵진 않을 터.

그의 입장에선 성의만 받는 셈이었다.

사사키 총리는 고개를 끄덕인 다음, 나를 바라보았다.

"그럼 김시우 님께서는 혹시 원하시는 게 있습니까?"

그 말에 나는 잠시 고민을 했다.

내가 딱히 원하는 건 없다만, 일본으로 넘어오기 전에 시연이가 부탁했던 게 하나 있긴 하다.

"저한테 여동생이 하나 있습니다. 이곳에 오기 전에 여동생이 꽃이 많이 피는 섬 하나를 가지고 싶다고 했던 기억이

나네요."

"꽃이 많이 피는 섬…… 흐음."

"농담입니다. 제가 딱히 원하는 건…….."

"1주일 이내로 답변을 드리겠습니다. 꽃이 아름답게 피어나는 섬을 고르는 데 시간이 좀 걸릴 것 같습니다."

"……진심이십니까?"

"당연히 진심입니다."

이게 될 줄은 몰랐네.

사사키 총리의 대답을 가만히 듣고 있던 에이든이 씨익 웃으면서 고개를 끄덕였다.

"일본도 당분간 아주 시끄러워지겠군요."

"이웃 국가에 이레귤러가 등장했습니다. 그럼 당연히 판도도 바뀌어야겠지요."

"탁월한 선택입니다. 이건 총리께만 알려 드리는 건데, 미국이 보유한 다른 세 명의 이레귤러 중에서도 시우를 상대로 우위에 설 수 있는 사람은 없을 겁니다. 장담하지요."

"……조언 감사합니다."

"별말씀을."

여러 가지 속내가 담겨 있는 듯한 대화.

이 녀석이 갑자기 내 얼굴에 금칠을 하는 속내가 뭘까?

지난번에도 느꼈지만 에이든 이놈 안에는 뱀 수십만 마리가 살고 있을지도 모르는 일이다.

나는 떨떠름한 표정으로 그 둘을 바라보았고, 그렇게 총리와의 면담이 마무리되어 갔다.

❧

총리와의 면담이 끝난 후부터는 자유시간이었다.

에이든이 끈덕지게 달라붙으려 했지만, 다행스럽게도 미국 측에서 에이든을 끌고 갔다. 아직 일본에서 해야 하는 일이 남아 있다던가?

덕분에 야만인으로부터 벗어났고, 나는 그 길로 레오와 김팀장과 함께 잠시 자유 시간을 즐겼다.

일본 정부에서 헬기까지 제공해 준 덕분에 꽤 거리가 있던 쿠사츠온천에도 다녀와 보고, 저녁에는 어렸을 때부터 들었던 도쿄의 유명한 스시야도 다녀오고.

원래는 당일 예약 따위는 어림도 없는 스시야였는데, 내가 그곳에 가고 싶다는 이야기를 들은 누군가가 본인의 예약을 양보해 줬다더라(심지어 먹고 싶은 거 다 먹으라면서 500만 원을 미리 결제해 두었다.).

하여간에 꽤 알찬 하루가 지나갔고, 귀국하는 날이 밝았다.

나에게 자꾸 선물을 주려던 호텔 지배인으로부터 벗어나는 것으로 하루를 시작.

역시나 도쿄 시민들의 환호를 받으면서, 내가 처음 일본에 입국했던 나리타 국제공항에 도착했다.

마음만 같아서는 며칠 더 관광을 다니고 싶긴 했지만 혼자서 병아리들을 훈련시키고 있을 루나가 마음에 걸렸다.

"더 쉬다가 가고 싶다. 안 그러냐, 레오야?"

"레벤톤 경 혼자서 고생하고 있을 겁니다."

"나는 다른 사람 고생하는데 꿀 빨 때가 제일 좋더라."

돌아가면 고생길이 훤하다.

우리 교단에 들어온 신성 계열 플레이어들도 관리해야지, 그라운드 제로 정화 작업도 마무리해야지.

골치 아픈 일뿐이다.

그래서 어제 아무 생각 없이 잔뜩 쉬었다.

그래도 이번 일본 파견은 성과가 아주 많았다. 야마타노 오로치도 처리했지, 일본에도 리멘 교단의 명성이 널리 퍼졌지.

게다가 일본 정부 측과 센다이 시 정화 작업에 사용할 신성석에 관한 이야기도 나눴다. 야마타노오로치 그놈의 마기와 독을 중화시키는 데에는 신성석만 한 게 없었고, 당연히 총리는 큰 관심을 보였다.

돌아가는 대로 채굴된 신성석의 양을 확인한 뒤, 여유분이 있다면 일본 측에 팔아 주기로 했다.

그것도 아주 만족스러운 가격에 말이다. 최소 수백억은 확보할 수 있지 않을까? 잘하면 천억 단위도……

"성하? 왜 갑자기 그런 표정을……."

"아니, 그냥 내 상황이 좀 웃겨서. 옛날에는 백만 원 단위에도 가슴이 철렁거렸는데, 단위가 좀 많이 달라지긴 했다."

지난번에 최 대표한테 건강 팔찌 팔았을 때도 실감이 잘 안 나긴 했었지만 말이야.

에덴에서야 재정을 관리했던 게 내가 아니었으니까 잘 몰랐기도 했고.

아무튼.

3일 만에 이뤄 낸 성과치고는 말도 안 되는 성과인 건 틀림없었다.

돌아가면 재정을 관리해 줄 사람도 빨리 구해야겠다.

나는 웃으면서 고개를 끄덕인 다음, 내 옆에서 싱글벙글 앉아 있는 김 팀장을 바라보면서 말했다.

"그렇게 좋으세요?"

"물론입니다. 이참에 조금 더 쉬다가 갈 수 있겠네요. 역시, 시우 님은 제 평생의 은인이십니다."

김 팀장이 저렇게 좋아하는 이유는 단순했다.

내가 유선호 장관한테 전화해서 김 팀장에게 따로 맡긴 일이 있으니, 나중에 귀국할 수 있도록 조치해 달라고 부탁했기 때문이다.

당연히 유선호 장관은 내 부탁을 들어주었고, 그렇게 김 팀장은 3일 뒤에 귀국하게 되었다.

물론 내가 진짜로 김 팀장에게 맡긴 일은 없었다. 이를테면 3일짜리 유급휴가라고 해야 할까?

나 때문에 주말 가릴 것 없이 고생했던 그에게 내가 줄 수 있는 선물이기도 했다.

"잘 놀다가 오세요. 귀국하시면 또 저 때문에 머리 빠지시잖아요."

"10개월 만에 처음으로 쉬어 보는 것 같습니다. 후회 없이 있다가 가겠습니다."

3일간의 자유 시간이 그렇게나 좋은 걸까?

아주 그냥 입이 귀에 걸렸다. 지난번에 자기 승진했다고 말할 때보다 더 좋아하는 것 같다.

그렇게 내가 김 팀장님과 이야기를 주고받고 있을 때쯤, 강채아가 우리에게로 다가왔다.

"김시우 각성자님, 비행기에 탑승하실 시간입니다."

"채아 씨도 이곳에 남죠?"

"예, 그렇습니다. 내일부터 한일 정상 회담 전, 일본 이능청과 교류에 관한 사전 협상을 준비하라는 명령입니다."

딱딱하고 사무적인 말투.

나는 강채아를 바라보면서 조용히 미소 지었다.

그저께 밤을 새우면서 술을 마실 때쯤, 넌지시 진영이 형에게 물어봤다. 강채아와 어떤 사이였냐고.

술이 꽤 달아오른 진영이 형은 내 질문에 순순히 대답했다.

—많이 사랑했다. 나도, 채아도.

술 취한 남자의 넋두리.

그가 일본으로 넘어온 이후로 한일 관계는 더 악화되었고, 매국노가 된 그의 뒤를 이어 정부의 마스코트가 된 강채아와는 당연히 멀어질 수밖에 없었다.

서로가 원하지 않았지만, 동시에 서로가 이해할 수밖에 없던 결말.

그의 넋두리가 떠오르니 나도 모르게 오지랖을 부리고 싶어졌다.

"그저께 제가 진영이 형이랑 술을 마셨는데, 자꾸 핸드폰을 보더라구요. 누구한테 연락 안 오나 기다리는 눈치였어요. 일본 넘어온 이후로 여자 친구도 못 사귀었다는데……아, 제가 요새 쓸데없이 말이 많아져서. 미안합니다."

"……저도 마찬가지였습니다."

"예?"

"감사합니다, 김시우 각성자님."

다행히도 오지랖은 아니었나?

나는 나를 향해 조용히 고개를 숙이는 강채아를 향해 고개를 끄덕였다.

"별말씀을."

짧게 인사를 건넨 후, 몸을 돌려서 계단을 내려가려던 순간이었다.

"김시우 각성자님께 대하여 경례!"

"충성."

누가 국방부 소속 각성자들 아니랄까 봐.

나는 나를 향해 경례한 그들에게 가볍게 손을 흔들어 줬다.

"한국에서 또 봅시다."

짧았지만 새로운 인연도, 얻어 가는 것도 많았던 해외여행이었다.

"레오야, 가자."

"예, 성하."

레오와 함께 가볍게 발을 앞으로 내디뎠다.

이제는 신전으로 돌아갈 시간이었다.

❖

3시간 뒤.

대한민국, 인천국제공항.

나는 내 앞에서 벌어지고 있는 일을 바라보면서 난감하게 웃을 수밖에 없었다.

"와아아아아!"

"김시우! 김시우! 김시우!"

"꺄아아아아아아아!"

"여기요! 여기 좀 봐 주세요!"

"폴더좌도 같이 있어!"

"오빠아아아아아아! 꺄아아아아악!"

"웃어 주세요!"

온갖 알 수 없는 광기로 혼란한 이곳.

나는 나를 향해 쏟아지는 스포트라이트와 괴성을 들으며 조용히 중얼거렸다.

"……이세계인가?"

적어도 내가 알고 있던 대한민국은 아닌 게 틀림없었다.

확실히.

❧

이쯤 되니 우리가 마치 아이돌 그룹이라도 된 기분이다.

그것도 혼성 3인조 아이돌 그룹.

나랑 레오 단둘이 귀국했는데 왜 3인조 혼성이냐고?

그것은.

"성하야. 혼자만 재밌게 놀다가 오신 것 같던데, 제 선물은 분명히 사 오셨겠죠?"

공항에서 우리를 기다리고 있던 루나가 합류했기 때문이다.

선글라스를 낀 채로 우리를 기다리고 있던 루나.

그래, 여기까진 우리를 마중 나왔다고 치자.

그런데 말이다.

"오셨습니까! 교황 성하!"

"오셨습니까!"

남녀노소를 불문하고 검은색 양복을 입고 있는, 저 40명은 도대체 무엇이란 말인가?

교황 성하 자리에 큰 형님이 들어가 있었어도 어색하지 않은 분위기였다.

나는 나를 향해 허리를 숙여서 인사를 하고 있는 그들을 바라보며 작게 한숨을 내쉬었다. 그리고 루나를 바라보면서 넌지시 물었다.

"네 짓이지?"

"교단에 몸을 담은 순간, 리멘의 대리자이시자 첫 번째 사도이신 교황 성하를 목숨 걸고 지키는 것은 당연한 일! 에덴이었다면 그 누구도 쉽게 얻지 못할 영예로운 일인 셈이죠."

"도대체……."

내가 없는 사이에 무슨 일이 벌어졌던 걸까?

나는 꺼림칙한 표정으로 우리의 신입들을 살폈다. 개중에는 예전에 내가 직접 우리 교단으로 꼬셨던 초기 멤버 중 하나인 재민이가 있었는데, 재민이는 나와 눈이 마주치자마자 냅다 엎드리면서 소리쳤다.

"교황 성하 만세! 만세! 리멘께 영광 있으라!"

"……후우."

"사상 교육 위주로 진행했거든요? 3일 내내 교리를 몸으로 체득할 수 있도록 굴렸죠. 마음에 드시나요?"

"도대체 어떻게 하면 저렇…… 아니다. 널 믿은 내가 잘못이지, 루나야."

며칠 더 있다가 왔으면 진짜 큰일 날 뻔했을지도 모른다.

내가 기대했던 건 파릇파릇한 신입들이었는데, 불과 3일 만에 이 정도의 광기를 받아들이다니.

대한민국에 독을 풀 뻔했구만.

그래도 루나가 신입들을 많이 끌고 온 덕분에 어느 정도의 치안은 유지되는 것 같다.

사람들은 멀리서 내 사진을 찍을 뿐, 그 누구도 나에게 달려들 생각을 못 했다.

나는 애써 웃음을 지으며 사람들을 향해 손을 흔들어 줬다.

그리고 조용히 중얼거렸다.

"벌써 기가 빨리는 기분이네."

"아니, 그래서 성하. 제 선물은요?"

"맞다. 깜빡하고 일본에 두고 왔네. 가서 가져올래?"

"에이, 선물을 받으러 직접 가는 사람이 어디에 있어요? 사랑스러운 부하는 자유 시간 다 포기하고 신입들 교육에 매진하고 있었는데…….."

루나가 엄청난 속도로 내 생기를 빨아들이기 시작하려던 찰나.

나를 향해 뜨거운 호응을 쏟아 내고 있던 사람들이 다시 한번 웅성거리기 시작했다.

사람들이 왜 갑자기 그러나 싶었는데, 나는 곧 그 이유를 알아차릴 수 있었다.

인파가 잠시 갈라지더니, 그 사이에서 한 남자가 꽃목걸이를 든 채로 걸어 나왔다.

여기까지는 평범한 환영 인파라고 생각할 수 있다.

하지만 남자의 정체는 도저히 '평범하다'라고 부를 수 없는 사람이었다.

"귀국을 진심으로 축하드립니다, 김시우 각성자. 당신이야말로 대한민국의 영웅입니다!"

"그래도 여기가 나름 유동 인구가 많은 공항이기도 하고, 안전을 위협하는 요소가 있을지도 모르는데…… 대통령이란 분이 이렇게 갑자기 등장하셔도 됩니까?"

"하하! 뭐가 그리 걱정이겠습니까? 미국마저 인정한 이레귤러가 바로 제 앞에 있잖습니까. 대한민국에서 이보다 안전한 곳이 또 어디 있겠는지요."

대한민국의 국가 원수, 서신우 대통령이 직접 나를 마중 나온 것이다.

그는 내 목에 꽃목걸이를 걸어 주었다. 그리고 나에게 손을 내밀면서 쾌활하게 말을 이어 나갔다.

"정상 회담이 끝나는 대로 청와대에 공식으로 초청하겠습니다. 아, 사사키 총리와 구면이시니 아예 정상 회담 때 함께 하시겠습니까?"

"그랬다가는 대통령께서 나라를 종교에 팔아먹었다, 리멘 교단이 실세다, 이런 소리 듣기 딱 좋지 않을까요?"

"그만큼 제가 김시우 각성자를 믿고 있다는 뜻입니다. 자자, 저 카메라입니다. 저쪽을 보고 함께 웃으실까요?"

정치인답게 능숙한 쇼맨십까지 탑재하고 있는 서 대통령이었다.

나는 서 대통령과 악수를 한 채로 다시 한번 미소를 지었고, 그런 우리를 향해 카메라의 스포트라이트가 쏟아져 내리기 시작했다.

번쩍거리는 불빛들.

그 속에서 서 대통령은 여유로운 목소리로 나에게 말했다.

"부탁을 들어주셔서 감사합니다. 덕분에 대한민국이 새로운 판을 짤 수 있게 되었습니다."

"사람들을 구하려고 갔을 뿐인걸요. 더 일찍 가지 못해서 안타까웠을 뿐입니다."

"김시우 각성자께서 만들어 내신 물결은 앞으로 수많은 것을 바꿀 것입니다. 실망하지 않으시도록 최선을 다하겠습니다."

무언가 결심한 듯한 표정.

나는 서 대통령의 얼굴을 바라보면서 작게 고개를 끄덕였다. 내가 이레귤러로서 해야 할 일은 전부 끝났다.

여기서부터는 그들이 해결해야 하는 문제일 뿐.

"그럼 이제 가족분들이 기다리고 있는 집으로 가십니까?"

서 대통령의 질문에 나는 나지막하게 한숨을 내뱉었다.

"그러고 싶지만, 교황으로서 해야 할 일들이 좀 밀려 있어서."

"저런. 지도자들은 원래 쉴 새 없이 바쁜 법이지요."

"공감합니다."

신전으로 돌아가자.

아직 해결해야 할 문제들이 산더미처럼 쌓여 있었다.

∗

"교황 성하를 뵙습니다!"

"교황 성하를 뵙습니다!"

3일간의 외출이었지만, 다시 돌아온 우리 신전의 분위기는 3일 전과는 비교도 할 수 없이 달라져 있었다.

먼저 100명은 족히 넘어 보이는 인원들이 그라운드 제로의 입구서부터 우리를 마중 나왔다.

루나가 공항에 데려왔던 인원들은 빙산의 일각에 불과했던 것이다.

나는 나를 향해 90도로 인사를 건네는 신입들을 바라보면서 애써 웃음을 지었다. 그리고 손을 흔들면서 루나를 쳐다보았다.

"도대체 애들을 어떻게……."

"사랑과 자비. 그저 리멘께서 일러 주신 대로만 가르쳤을 뿐이옵니다. 아, 그리고 신입들에 대한 간략한 보고를 진행하겠습니다, 성하."

"가면서 듣자. 말해."

루나는 슬며시 미소를 지으면서 말을 이었다.

"일단, 현재 이곳에 모인 교육생의 총 숫자는 142명이에요. 최연장자는 36세, 최연소자는 15세고, 평균 연령은 26.6세. 제가 다른 쪽도 슬쩍 살펴봤는데, 확실히 저희 쪽이 압도적으로 평균 연령이 낮아요. 물론 저희와 비교할 수 있는 건 기껏해야 백명교 정도?"

"그거야 당연한 거지. 대한민국이니까."

기성 종교들은 그 종교에 대한 신앙심으로 각성한 사람들이 대부분이다. 그리고 대한민국의 특성상 젊은 층에서 무신론자 비율이 압도적으로 두드러진다.

복잡하게 생각할 것도 없었다.

순순히 잠재력만으로 각성한 플레이어들은 신흥 종교 쪽으로, 올곧은 신앙심으로 각성한 플레이어들은 기성 종교 쪽으로.

그나저나 142명이라.

"백명교 애들은?"

"놀랍게도 190명. 저희보다 48명 많아요."

"딱히 놀랍지는 않네."

백명교 놈들은 이래저래 준비를 많이 했던 모양새였다. 다들 어리바리하고 있던 와중에 빠르게 인재를 포섭하기도 했고, 전각련과 연계를 통해 확실한 출세의 길을 보장해 줬다.

그런 놈들을 상대로 이만큼이나 인력을 끌어왔으면 충분히 만족스러운 결과였다.

이 정도면 선방은 했다고 생각한다.

게다가 이번에 일본에서 인지도를 높혀 둔 덕분에 한국뿐만 아니라 일본에서도 대량의 인력을 수급할 수 있게 될 테니까, 시간이 흐를수록 우리 쪽으로 무게 추가 많이 기울게 될 것이다.

"전각련 쪽도 손보면 훨씬 효과가 좋을 것 같기도 하고…… 좋아, 교육은 어떻게 진행했어?"

"국립 각성자 아카데미에서 나온 교수들이 2일 전부터 각성자의 의무와 권리에 대해서 교육하고 있고, 레오가 번역해 둔 성서를 통해서 핵심 교리부터 알려 주고 있어요."

"다들 어떤 것 같아?"

"아직은 잘 모르죠. 성하의 말대로 무신론자였던 삐약이들이 대부분이잖아요?"

무신론자가 하루아침에 신을 받아들이는 건 어려운 일.

그것은 시간이 차근차근 해결해 줄 문제다. 리멘이 직접 나타나서 기적을 보여 주면 간단하게 끝날지는 모르겠다만, 리멘 성격이면 그런 이유로 현신할 것 같진 않단 말이지.

내가 그렇게 이런저런 생각을 하고 있을 때쯤, 오랜만에 눈앞에 시스템 메시지가 떠올랐다.

〈DLC - 교황〉의 새로운 카테고리가 해금됩니다.
현 시간부로 〈교육〉 카테고리를 사용할 수 있습니다. 당신은 해당 카테고리를 이용하여 당신 교단 소속의 플레이어들이 어떻게 성장해 나갈지를 조율할 수 있습니다.
현재 당신이 선택할 수 있는 교육 중점은 〈교리 중점〉, 〈전투 중점〉입니다.
〈교리 중점〉: 교리를 공부할 때 추가 경험치를 지급합니다. 〈건물: 수도원〉의 기능이 대폭 강화되며, 〈축성〉의 효율이 증가합니다.
〈전투 중점〉: 전투로 획득하는 추가 경험치가 증가합니다. 〈건물: 성기사단 본부〉의 기능이 대폭 강화되며, 전투를 통한 신성력 획득이 가능해집니다.

전략 게임의 느낌이 물씬 풍기는 카테고리.

각 중점이 장단을 지니고 있는 듯했지만, 지금의 나로서는 사실상 답이 하나라고 느껴졌다.

나는 길게 고민하지 않았다.

"전투 중점."

교육 중점이 〈전투 중점〉으로 선택됩니다. 교육 중점은 일정 신성 점수를 지불하여 변경할 수 있습니다.

마왕을 소탕하고 평화를 되찾은 에덴이었다면 〈교리〉에 초점을 맞추는 것이 좋았을 거다. 지구에 비하면 비교적 전투가 적게 일어나고 있으니까 말이다.

하지만 지구는 아주 뜨겁다.

내일 당장 전투에 투입되어도 이상할 것 없을 정도란 뜻이다. 그렇기 때문에 고민의 여지가 없었다.

그들의 신앙심의 주축이 될 성서와 핵심 교리를 교육한 이후, 전투를 통해서 담금질하는 방법.

사선을 넘나들고 수많은 죽음을 마주할수록 그들의 신앙심은 시험받을 것이며, 동시에 그 시험을 통해서 단단해질 것이다.

다만.

"이러다가 교단에 성기사들만 넘치는 거 아니야?"

그 방식을 통해 성장하는 성직자들은 대부분 성기사들이란 점이지.

사제와 성기사가 균형을 이루는 것이야말로 이상적인 모

양새거늘, 살짝 우려스럽긴 했다.

하지만 나는 뒤이어진 레오의 말에 표정을 풀 수밖에 없었다.

"성하, 크게 걱정하실 건 없습니다. 사제들 역시 전투와 같은 고행을 통하여 성숙해질 수 있습니다. 저 역시 마찬가지였지 않습니까?"

"그렇긴 해."

"후후, 그래 봤자 성서만 읽는 샌님들이지. 그렇죠, 성하?"

맞다.

에덴에서도 대주교들이랑 성기사단장들이랑 라이벌 의식이 있었지?

레오랑 루나 둘이 같은 선지자 출신이라 깜빡하고 있었다.

루나의 말에 레오는 고개를 가로저으면서 대답했다.

"성서도 암송하지 못하는 방패쟁이보다는 낫지요."

"우리 동생. 간만에 그 방패쟁이한테 서열 교육 좀 당해 볼래?"

"성하께서도 엄연히 사제시란 걸 기억하셔야 합니다, 레벤톤 경."

"그와 동시에 모든 성기사단을 지휘하시는 총 성기사단장의 직위도 가지고 계시지. 그렇죠, 성하?"

둘이 동시에 나를 쳐다본다.

마치 자기를 편들어 달라는 눈빛.

그 말에 나는 재빠르게 화제를 돌려 버렸다.

"내가 없는 동안 신전에는 별다른 일 없었어? 신탁이라든가."

"없었는데요."

"그래?"

리멘으로부터 연락이 좀 늦어진다. 저쪽 세계에서 무언가 일이 진행되고 있는 것 같은데, 자세히 알아볼 수가 없으니 답답할 지경이다.

지금쯤이면 슬슬 연락할 때가 되었을 텐데 말이지.

"아, 맞다."

대신 루나는 나에게 다른 소식을 전해 주었다.

"오늘 도깨비 길드의 최서진 대표가 온다고 했는데, 아마 지금쯤이면 도착해 있겠네요."

"……에이든 놈이 사라지니까, 이번에는 최 대표가? 마초 보존의 법칙, 뭐 그런 건가?"

"아, 마침 저기 계시네요."

루나의 말에 나는 고개를 돌려 전방을 바라보았다. 그곳에는 최 대표가 얼굴 가득 웃음을 품은 채로 나를 향해 걸어오는 중이었다.

부하 한 명 대동하지 않은 채로 걸어오는 최 대표.

겨울에 접어든 계절 따윈 아랑곳하지 않는 하와이안 셔츠는 그의 사나이다움을 강조해 주……기는 개뿔.

주책이다, 정말.

"전 세계 공인 이레귤러! 우리 김 교황님 아니십니까? 기다리느라 잠들 뻔했지 뭡니까."

"저, 최 대표님."

"예!"

"되도록이면 미국의 바바리안을 피해 다니세요."

"바바리안이요? 안 그래도 한 번쯤 보고 싶었던 인물이었습니다."

"둘 중 하나는 죽을 것 같아요."

왜, 똑같은 사람끼리 만나면 한 명은 죽는단 말이 있지 않은가?

이런 경우에는 보통 약한 쪽이 죽기 마련이다.

아무리 최 대표가 대한민국에서 날고 기는 각성자라고 하더라도, 바바리안을 이길 급은 아니거든.

진심이 반쯤 담긴 내 농담에 최 대표는 머리를 긁적이더니, 아랑곳하지 않는 목소리로 말했다.

"산책이라도 잠시 하시겠습니까? 드리고 싶은 말씀이 있습니다."

"전화로 하셔도 괜찮은데."

"비즈니스는 직접 얼굴을 맞대야 한다는 게 철칙이라."

무슨 비즈니스를 하려고 내가 귀국하자마자 이렇게 찾아오셨으려나?

나는 고개를 끄덕이면서 대답했다.

"마침 보여 드리고 싶은 산책로가 있습니다. 같이 가시죠."

느낌이 좋은 걸 보니, 최 대표가 괜찮은 건수를 하나 잡아온 듯싶었다.

벌써 기대되는걸?

❦

내가 최 대표에게 안내해 주고 싶었던 산책로는 정화 작업이 막바지에 다다른, 그라운드 제로의 외곽 지역이었다.

최 대표는 폐허 속에서 자라나기 시작한 풀들을 바라보면서 감탄사를 내뱉었다.

"부산과 대전도 이렇게 풀이 자라나겠군요. 정말 대단합니다. 신성석의 효능입니까?"

"보시다시피 그렇습니다."

정화가 진행되는 구역 곳곳에는 최상급 신성석이 배치되어 있었다.

채굴되는 대부분의 신성석을 이쪽으로 돌려 두었기 때문이다. 여기에 신전에서 뿜어져 나오는 신성력과, 신목의 힘까지 더해지니 속도가 더더욱 빨랐다.

5일 이내 모든 정화 작업이 끝날 것으로 예상되는 수준이었다.

"마력 오염을 이렇게나 빨리 정화할 수 있다면 각국에서 침을 질질 흘리겠습니다."

"안 그래도 이번에 일본 정부 측과도 거래를 진행하기로 했습니다."

"이런. 제 스스로가 부끄러워지는군요."

"갑자기요?"

"처음에 기부를 안 받는다고 하셨을 때, 솔직히 말도 안 된다고 생각했습니다. 기부를 안 받는 종교 집단이 유지가 될 리 있나, 그렇게 생각했기 때문이지요. 하지만 역시 김 교황님께서는 다 계획이 있으셨군요."

최 대표의 말에 나는 피식 웃으면서 대답했다.

"보시다시피 저희 교단은 자급자족이 방침이라."

"제가 돈 냄새 하나는 잘 맡는 편인데, 이쯤 되면 자급자족 수준에서 끝날 것 같진 않은데요."

지금이야 아직 교단의 규모가 작아서 괜찮지만, 시간이 흐르면 흐를수록 돈은 더 많이 필요해질 것이다.

나는 최 대표의 능청에 씨익 웃으면서 고개를 끄덕였다.

"교단의 재정을 관리해 줄 사람을 구해 볼까 합니다. 우리 최 대표님께서 혹시 도와주실 의향이라도 있겠습니까?"

"저한테 맡기셨다가는 다 술값으로 쓸 것 같습니다."

"……아니, 최 대표님이 직접 해 달라는 게…….."

"압니다, 알아요. 장난 한번 쳐 봤습니다. 재정을 관리해 주는 사람이라. CFO가 필요하신 모양이군요. 확실히 재단이나 사업체를 운영하시려면 재무관리자를 포함한 전문 인력이 필요하긴 합니다."

가만 보면 에이든도 그렇고, 최 대표도 그렇고. 살벌한 덩치에 걸맞지 않은 인텔리함을 보유하고 있다.

에이든은 외교에 특화되어 있다면, 이쪽은 진짜 '대표'로서의 분위기가 여실히 드러난다.

요새 트렌드가 힘을 숨기는 것보단 지능을 숨기는 쪽인가?

"마침 적당한 인물이 하나 있습니다. 빠른 시일 내에 이곳에 방문하라고 전해 두겠습니다."

"부담을 가지실 필요는 없습니다. 아시죠?"

"그놈이 먼저 관심을 보이는 상황입니다. 성격은 몰라도 능력 하나만큼은 괜찮은 놈이니, 직접 만나 보고 결정하시면 될 것 같습니다."

그렇게 말하면서 웃는 걸 보니 친한 사이인 모양이다.

친구, 아니면 가족인가.

최 대표가 인정하는 사람이라면 능력은 보장되어 있는 셈이다. 만나 보지 않을 이유가 없지.

최 대표는 호탕한 웃음을 터뜨리면서 말을 이어 갔다.

"일본에 다녀오시더니 결심이 서신 듯합니다. 리멘 교단이 본격적으로 움직이겠군요."

"일본에서 류진영 각성자와 많은 이야기를 나눴습니다."

사실, 지구에 처음 돌아올 때까지만 하더라도 나랑 내 가족끼리만 잘 먹고 잘 살면 된다고 생각했다.

전도를 위해 돌아온 게 아니라, 편하게 쉬기 위해 집으로 돌아온 거니까.

하지만 양화대교를 배경으로 와이번이 날아다니는 장면을 본 순간, 그건 단순히 희망 사항에 불과했다는 걸 깨달아 버렸다.

그리고 그날부터 목표가 바뀌었다.

"리멘 교단은 가족들과 내 사람들에게 가장 강력한 울타리가 되어 줄 겁니다."

"리멘 교단이라면 울타리가 아니라 요새입니다."

"요새는 너무 고압적이고 고립된 이미지잖아요. 누구라도 자유롭게 드나들 수 있는 울타리. 그게 좋습니다."

"혹시 적대적인 누군가가 울타리를 넘는다면요?"

"글쎄요. 그런 일이 벌어지질 않길 바랍니다만."

나는 잠시 걸음을 멈췄다. 그리고 나를 향해 질문을 던진 최 대표를 바라보면서 조용히 말했다.

"그런 불행한 일이 발생한다면, 다시는 그런 일이 발생하지 않도록 본보기를 보여 줘야겠죠."

최 대표는 내 대답에 자신의 턱을 쓰다듬었다.

"미리 본보기를 보여 주면, 불행한 일을 처음부터 예방할 수 있는 것 아닙니까?"

"우리는 보통 그걸 협박이라고 부릅니다, 최 대표님. 그나저나 아까 제게 말씀하셨던 비즈니스는 뭡니까?"

"유통에 관련해서 드릴 말씀이 좀 있습니다."

건강 팔찌를 비롯한, 향후 축성소에서 제작될 성물들의 판매처.

최 대표는 내가 예상했던 것보다 빠르게 답을 가져왔다.

"저희 아버지께서 김 교황님을 뵙고자 하십니다."

"아버지라고 하신다면……."

"유선 그룹의 회장이시기도 하지요. 제가 아들이라서 높이는 건 아닙니다만, 정말 좋으신 분입니다."

한 나라의 정부 수반들도 만나고 다닐 정도인데, 재벌 그룹의 회장을 만나는 것 정도야 이상할 건 없다.

그러나 본능적으로 살짝 꺼려지는 것도 사실이다.

"종교인은 정치인만큼이나 기업인도 피해 다녀야 한다는 거, 알고 계시는 건 맞죠?"

"비밀리에 회동하시면 되겠군요. 솔직히 기자나 파파라치 정도는 마음만 먹으시면 따돌릴 수 있지 않습니까?"

그 말에 잠시 나는 머릿속으로 이런저런 계산을 더했다.

유선 그룹이라.

도깨비 길드나 최 대표와는 좋은 관계를 맺어 나갈 생각이긴 하지만, 유선 그룹은 별개의 문제다.

그러나 굳이 부정적인 자세로 나설 필요는 없다.

현재 리멘 교단과 정부의 관계처럼 기업과 상생하는 관계 정도는 가능할 것이다.

서로 필요한 것이 있으면 정당한 대가를 통해 거래를 하면 된다.

적어도 우리 교단은 그런 부분에 있어서 만큼은 상당히 개방되어 있으니까.

"좋습니다."

잠시간의 고민을 끝낸 나는 고개를 끄덕이면서 대답했다.

"날짜는 언제쯤이 괜찮겠습니까?"

"빠르면 빠를수록 좋다고 하셨습니다."

누가 최 대표네 아버지 아니랄까 봐, 성격 한번 화끈하시다.

리멘 교단의 교황은 신도들을 잘 관리하는 것뿐만 아니라 사업체 역시 발전시켜야 하는 의무를 지니고 있다.

그래야 구휼 사업을 적극적으로 펼쳐 나갈 수 있기 때문이다.

즉, 기업인을 만나러 가는 건 교리에 어긋나지 않는 셈이다.

"기왕이면 한일 정상 회담이 종료되고 뵙는 게 괜찮을 것 같은데, 안 그렇습니까?"

"변수가 많이 생길 회담이니까요. 동의합니다."

"다음 주쯤에 찾아뵌다고 전해 주세요. 이번 주는 이래저래 바쁠 예정이라."

내 명쾌한 대답에 최 대표는 만족스럽다는 듯이 고개를 끄덕였다.

그리고 호쾌하게 웃음을 터뜨리면서 말을 맺었다.

"좋습니다! 비즈니스도 성공적으로 끝냈으니, 귀국 기념으로 시원하게 한잔 어떻겠습니까?"

"……다시 한번 말씀드리지만, 바바리안은 꼭 피해 다니세요."

"예?"

"그런 게 있다니까요."

도플갱어를 만나면 죽는…… 아, 두 사람의 경우는 오히려 도플갱어를 생으로 잡아먹겠구나.

어쨌든.

빨리 집으로 돌아가서 쉬고 싶다.

시연이랑 백설이 데리고 잔뜩 농땡이 피우고 싶거든.

나는 마지막까지 나에게 달라붙으려던 최 대표를 밀어 내면서 한숨을 내쉴 뿐이었다.

오늘 집에 가면 아무것도 안 할 거다.

아무것도.

우리 교황님 좀
말려주세요

바로 퇴근하겠다는 내 의지는 금세 꺾여 버렸고, 결국 신전에 남아서 이런저런 업무를 처리할 수밖에 없었다.

그렇게 나는 저녁 10시가 되고 나서야 집에 돌아올 수 있었다.

냐아아아아−.

집으로 돌아온 나를 맞이해 주는 백설이.

백설이는 마치 이산가족이라도 상봉한 것처럼 내 다리에 얼굴을 잔뜩 비볐다. 신수가 이렇게 귀여워도 되나 싶을 정도였다.

"형, 왔어?"

"큰오빠아!"

인욱이랑 시연이 역시 현관으로 나와서 나를 반갑게 맞이해 주었다.

"오빠! 나 선물은?"

"응, 다음 주에 일본 총리 아저씨가 섬 하나 챙겨 주시겠대. 그거면 될까?"

"꽃 많이 피는 섬으로 달라 했지?"

"당연하지."

"좋아!"

시연이는 섬이라는 선물의 값어치가 뭔지는 알고 있

을…….

"그럼 거기다가 리조트 지어서 우리 돈 많이 벌자, 큰오빠. 막 해양 레저 시설 같은 것도 짓고!"

"응?"

"우리 집은 이제 부자야! 헤헤!"

……선물의 값어치를 너무나도 잘 알고 있는 것 같다. 그것도 내가 당황스러울 정도로 말이야.

시연이는 한참 동안 내 앞에서 끼를 부렸다. 그리고 곧 백설이를 데리고 본인의 방 안으로 들어가 버렸다.

인욱이는 시연이의 뒷모습을 바라보면서 넌지시 나에게 말했다.

"혹시 투자 받아 주나?"

"무슨 투자."

"리조트 건설하는 거. 나 꽤 알차게 돈 모아 뒀거든? 여차하면 대출이라도 받아서 투자를…….."

어째 내 동생들은 하나같이 정상이 아닌 것 같다.

나는 인욱이의 등을 후려친 다음, 식탁 위에 있던 식빵 하나를 집어 먹으면서 말했다.

"가족끼리 돈거래 하는 거 아니다."

"아니, 그럼 내 선물은?"

"계좌 보든가."

내 말에 인욱이가 급하게 본인의 스마트폰을 들여다보더

니, 곧 나를 바라보면서 눈물을 글썽였다.

"1,000만 원? 형!"

"네가 미튜브 관리 잘해 줬으니까 주는 특별 상여금. 우리 교단이 원래 금전 관계만큼은 확실히 하는 편이야."

"앞으로도 열심히 할게! 형! 먹고 싶은 거 뭐 없어? 집에 재료만 있으면 다 만들어 줄게!"

역시, 우애를 증진시키는 데에는 돈만 한 게 없다.

나는 열정으로 불타오르기 시작한 인욱이를 바라보면서 피식 웃음을 지었다.

"미튜브 관리는 잘되고 있나?"

"100만 돌파한 지는 꽤 되었고, 이 정도 속도면 반년 안에 천만 찍을 것 같은데? 해외 트래픽이 엄청 늘었고, 특히 그 저께부터는 일본 쪽 유입이 장난 아니었어. 맞다, 형. 팬 카 페 생겼다?"

"팬 카페까지?"

"이상할 것도 없긴 하지. 대한민국도 구하고, 일본도 구하고. 안 그래?"

아까 공항에서도 느끼긴 했지만, 확실히 내 인기가 많이 올라오긴 한 모양이다.

참고로 우리 집 앞에도 기자들이랑 인파가 몰려 있더라.

빨리 보안 좋은 곳으로 이사라도 가야지 싶다. 우리 가족 도 우리 가족인데, 아파트 이웃 주민들에게 민폐다.

"맞다, 형. 혹시 오피셜 리멘 채널에는 예배 영상이나 설교, 그런 영상들만 올릴 거야?"

"그건 아니지. 애초에 소통이 주목적이니까, 다른 컨텐츠도 몇 개 추가하지 않을까?"

"나 괜찮은 아이디어가 하나 생겼는데 한번 들어 볼래?"

머리에 연료가 들어가니 의욕이 활활 불타오르는 것 좀 봐라.

좋은 변화다.

"말해 봐."

"잘 들어 봐, 형. 그러니까……."

나는 흐뭇하게 웃으면서 인욱이의 이야기를 한참 동안이나 가만히 듣고 있었다.

역시, 집에서 가족들이랑 보내는 밤이 제일 편안하다, 그런 생각을 하면서 말이다.

⚜

–에이든, 네 말은 블랙 포프라면 우리에게 충분한 도움이 되어 줄 것이다. 그 말인가?

"그렇다니까? 게다가 이미 정화자, 그 정신 나간 빌런 새끼들이랑도 적대 관계라고. 딱 우리에게 도움이 되어 줄 친구야. 장담하지, 보스."

-그들이 한국 이능관리부 청사 테러, 그 배후에 있어서인가.

"마기. 김시우는 이미 마기에 대해서 알고 있었어. 내가 말했지? 김시우 그놈, 평범한 사이비 교주가 아니란 말이야."

에이든 하워드는 해변가의 선베드에 누운 채로 위스키 한 모금을 목으로 넘겼다.

그리고 입술을 닦아 내면서 말했다.

"진짜야. 그놈은 진짜라고. 서쪽의 교황과는 달리, 동쪽의 교황 놈은 그냥 망나니 같은 놈이야. 알겠어?"

-서쪽의 교황?

"바티칸에 있는 그 할아버지 있잖아. 아, 지금은 없나?"

-……바티칸은 무너지지 않았다, 에이든. 세력이 많이 약해졌을 뿐이야. 그나저나 동쪽의 교황이라. 괜찮은 표현이군. 그리고 망나니라는 표현은 네놈이 더 어울린다는 생각은 안 하나?

"신사에게 망나니라니. 아무리 보스라지만 너무 실례인걸."

태블릿 PC 너머로 한숨이 들려왔다. 그리고 잠시 후, 다소 경직된 목소리가 이어졌다.

-중국 측에서 압록강 쪽으로 각성자 전력을 움직이고 있다. 단순한 훈련 규모가 아니야.

"북한 쪽을 강제로 점거하기라도 할 생각인가?"

-한국 정부 측에서 본격적으로 북진을 논의할 가능성이 있다. 이러니저러니 해도 북한 땅에 마정석을 비롯한 다양한 자원들이 매장되어 있

는 건 사실이거든. 한국 측이 이레귤러를 보유하게 된 이상, 가만히 있을 리는 없지.

마정석을 비롯한 이계의 광물들은 현재의 지구에서 가장 귀중한 전략 자원으로 분류된다.

에이든은 귀환자였지만, 그러한 이해관계를 모를 정도로 둔감한 사내가 아니었다.

"좋아, 그래서 내 역할은?"

―한일 정상 회담에서 논의될 사항이 하나 있다. 회담 내용이 발표되는 대로 너는 한미 연합사령부로 향해라.

"듣던 중 반가운 소식이야. 한국에서는 뭘 하면 되나?"

―추후에 지시를 내리도록 하지. 그 전까진 김시우와 친분을 계속 쌓아 나가도록. 대한민국 내부의 빌런들에 관한 정보도 제공해 줄 테니, 네가 알아서 잘 써먹어라. 정화자와 관련된 놈들도 꽤 많을 거다. 이상.

[통화가 종료되었습니다.]

통화가 끝나자 에이든은 들고 있던 술병을 내려놓고 자리에서 일어났다.

그리고 뜨거운 햇빛을 만끽하면서 가볍게 기지개를 켰다.

"한국이라."

그는 얼마 전에 만났던 미친 교황을 떠올렸다.

자비 없이 창을 던져 대던 그 미친놈. 그야말로 공포스러운 놈이 아닐 수 없었다.

하지만 그렇기 때문에 더욱 좋았다.

미친놈은 미친놈에게 끌리는 법이니까.

"당분간은 재밌겠어."

혀로 입술을 핥은 에이든은 성큼성큼 걸어가기 시작했다.

김시우에게 또 다른 골칫거리가 탄생한 순간이었다.

귀국 이후의 시간은 정말 눈 깜짝할 사이에 흘러갔다.

신입들도 교육하랴, 세례식을 진행하랴. 거기에 새로운 미튜브 컨텐츠를 기획하는 것까지.

정말 정신없던 일주일이었다. 동시에 보람찬 일주일이기도 했다.

교단에 입교를 신청한 정식 신도가 무려 32만 명을 돌파했고, 우리 교단을 선택한 신성 계열 플레이어도 어느새 300명을 넘어섰다.

덕분에 신성 점수도 넉넉하게 쌓여서 기존의 특성들과 시설을 업그레이드할 수 있었다.

가장 먼저 신성 점수를 투자한 건 당연히 〈축성소〉였다.

보급형 성수, 신성석 팔찌같이 미미한 효과를 지니고 있던 성물들에 비교하면 중급형 성수부터는 실전에서 사용해도 무방한 단계였다.

내가 직접 확인한 결과, 현재 지구에서 거래되고 있는 '회복 포션'은 중급형 성수를 따라갈 수 없는 물건이었다.

생산 계열 플레이어들이 제작한다는 지구의 '회복 포션'은 효과가 그리 뛰어나진 않았고, 기껏해야 현대 의학을 보조해 주는 역할을 맡고 있다고 한다.

만약 그것의 효과가 탁월했다면 회복 능력을 지닌 플레이어들이 이렇게나 귀했을 리가 없다.

물론 에덴의 연금술사들 중 일부만이 제작할 수 있던 '엘릭서' 같은 회복제였다면 중급 성수가 아니라 최상급 성수에 비견될 만한 회복력을 지녔겠지만…… 기껏해야 5년밖에 안 된 지구의 플레이어들이 그런 걸 만들 리가 없잖아?

연금술에 해박한 귀환자가 아니라면 말이지.

게다가 다양한 재료가 필요한 '회복 포션'에 비해서 '중급

형 성수'는 별다른 재료가 필요 없었으니, 가성비 면에서도 압승이다.

유일한 단점은 시간당 생산량이 정해져 있다는 것 정도?

하여간에 나는 〈축성소〉부터 시작해서 기존에 보유하고 있던 〈계몽〉, 〈세례〉 특성의 레벨까지 올려 버렸다.

덕분에 신성 계열 플레이어만 더 모집하면 오래전에 받았던 메인 퀘스트, 〈교세 확장 - 대비〉를 완료할 수 있게 되었다.

그렇게 알찬 1주일이 흘렀고, 그사이에 교단뿐만 아니라 대한민국에도 아주 거대한 변화가 찾아왔다.

그것은 바로 나로 인해서 성사된 〈한일 정상 회담〉이었다.

〈사사키 히로토 일본 총리, '대한민국과 일본 사이의 오랜 대립을 끝내기 위해서는 우리가 먼저 역사 앞에 바로 서야만 한다. 양국 간의 비극적인 과거사에 대하여 진심으로 사죄드린다.'〉

〈서신우 대통령, '양국을 가로막던 혐오의 장벽이 무너질 때가 왔다.'〉

〈역사적인 한일 정상 회담! 이레귤러 〈김시우〉가 만들어 낸 또 하나의 기적!〉

〈한일 양국을 이어 준 〈김시우〉와 〈리멘 교단〉, 그들에 대해서 알아보자〉

"역시 힘이 최고예요. 그렇죠, 성하?"

"국제 정치란 게 원래 야생이지."

"사람 사는 곳은 다 똑같네요."

나는 루나의 말에 고개를 작게 끄덕였다.

성직자로서 할 말은 아니지만, 정말로 저쪽이 평화를 원해서 저렇게 나온다는 생각은 한 적 없다.

아마도 서 대통령과 사사키 총리의 정치적인 거래가 숨어 있을 것이다.

즉, 내 존재가 이번 회담 성사의 가장 큰 원동력이었던 셈이다. 그리고 나는 그것을 부정할 생각은 없었다.

"앞으로 우리가 더 노력해야지."

"사람의 감정이란 게 하루아침에 사라지는 건 아니죠. 맞는 말씀이에요."

"이제 한 걸음 내디뎠을 뿐이니까."

계기가 어떻다고 한들, 양국이 한 걸음씩 내디딘 건 사실이다. 그렇기 때문에 우리는 앞으로도 계속 평화를 위해 노력하면 된다.

현재 우리 교단의 온라인 신청을 관리해 주고 있는 민수 씨의 말에 따르면, 일본인들의 입교 신청이 날이 가면 갈수록 많아지는 중이라고 한다.

정치적인 계산을 떠나서 같은 교단의 신도로서 서로 교류를 이어 간다면, 한일 관계에도 결국 도움이 되어 줄 것이다.

그리고 그것이 리멘이 흡족해할 만한 변화인 것은 틀림없었다.

"당분간 신입들을 교육하는 데 신경을 써야 하는 건 맞지만, 슬슬 우리도 다음 단계로 넘어가 보자고. 가장 먼저 정화자."

지난번 이능관리부 청사를 테러했던 조직, 정화자.

마왕의 화신체를 회수하기 위해 일을 벌였을 정도였고, 이세희를 통해서 이미 국내에 그들의 하부 조직인 〈제단〉이 퍼져 있는 상태라는 것도 확인했다.

그 부분에 대해서는 이미 정부 측과 많은 이야기를 나눈 상태였다. 게다가 생각하지 못했던 곳에서 도움까지 받았다.

"여차하면 전국을 돌아다니면서 일일이 찾아볼 생각이었는데, 생각보다 운이 좋았어. 조력자가 생겼다."

"조력자?"

"내키지는 않지만…… 들어와, 야만인."

집무실의 문이 열리더니, 곧 늑대 가죽을 걸친 거구의 남자 한 놈이 안으로 들어왔다.

설명하기도 입 아프다. 당연히 에이든이었다.

에이든은 집무실로 들어서자마자 호탕하게 웃으면서 말했다.

"축하 파티는 언제지?"

"너 죽을 때 같이 해 줄게."

"우리 교황께서는 여전히 까탈스러우셔라."

에이든은 빠르게 집무실 내부를 탐색했다. 그리고 녀석의 시선이 곧 루나로 향하더니, 녀석은 징그럽게 웃으면서 말했다.

"오, 이렇게나 아름다운 숙녀분이 계실 줄이야! 이럴 줄 알았으면 한껏 멋이라도 부리고 올 걸 그랬어. 하하!"

루나는 첫 만남부터 추파를 던져 대는 에이든을 향해 눈살을 잔뜩 찌푸렸다. 그러더니 짜증을 참는 목소리로 말했다.

"성하. 이 머저리랑 친해요?"

최 대표를 처음 만났을 때와는 사뭇 다른 반응.

할 말은 한다, 루카콜라.

나는 루나의 질문에 고개를 가로저었다.

"그럴 리가. 그냥 쟤가 일방적으로 나랑 친해졌다고 생각하고 있어."

에이든 놈의 성격이라면 루나의 돌직구 발언에 화를 낼 법도 했는데, 의외로 에이든은 호탕하게 웃음을 터뜨렸다.

"숙녀분께서 뭐라고 하시는 건가?"

아, 그냥 알아듣질 못한 거구나.

방금 전에 루나가 사용한 언어는 에덴 공용어였다. 이 녀석이 얼굴을 찡그리는 걸 보고 싶으니 친히 통역해 주도록 하자.

"너보고 땀 냄새 나는 머저리라는데."

"아름다운 장미는 가시를 지니고 있는 법. 영웅은 아름다운 미녀를 두고 그냥 지나치지 않는다. 내가 한국에 온 이유를 드디어 발견한 것 같군."

그것은 내가 지구로 귀환한 이후 들었던 멘트 중 단연 최악이라고 할 수 있었다.

그리고 루나는 저딴 멘트를 듣고도 그냥 넘기는 성격도 아니었다.

우우우웅-!

나는 어느새 철퇴를 소환한 루나를 바라보면서 조언을 건넸다.

"쟤 어차피 잘 안 죽으니까 마음 놓고 후려. "

❖

이레귤러는 역시 이레귤러였다.

에이든은 루나의 철퇴에 다섯 번이나 직격되었음에도 멀쩡한, 그야말로 차력 쇼에 가까운 묘기를 선보였고, 그 모습에 광분한 루나를 레오가 가까스로 신전 밖으로 끌어냄과 함께 상황이 일단락되었다.

-선물을 하나 준비해 왔다.

에이든이 준비해 온 '선물'은 녀석의 말대로 마침 나에게 필요한 것이었다.

그것은 바로 정보.

미국 정부가 에이든을 통해서 제공한 정보는 이능관리부가 보유한 정보와 비교할 수 없을 정도로 고품질이었다.

〈정화자〉와 관계되어 있을 가능성이 높은 길드부터 시작해서, 그들에게 포섭되어 있는 정재계 인사들까지.

놈들은 내가 예상했던 것보다 훨씬 다양한 곳에 마수를 뻗어 둔 상태였다.

전각련에 소속되어 있는 일부 대형 길드들과 연관되어 있는 것은 물론이며, 정계 쪽으로는 여야를 가리지 않고 영향력을 행사하고 있는 수준이었다.

하지만 아직 미국 쪽의 정보를 곧이곧대로 믿을 수는 없던 상황.

이런 상황에서 내가 선택한 방법은 아주 단순했다.

"시우. 너는 내가 아는 교황 중 가장 화끈한 놈이다. 내가 장담하지."

"직접 확인하는 것만큼 정확한 건 없어."

"우리의 우정을 의심하는 것 같아서 마음이 아프지만, 어쩔 수 없지. 사랑과 우정은 시험받으면서 단단해지는 법이다."

"지랄을 해요, 지랄을."

넘겨준 정보 중 하나를 무작위로 골라서 직접 확인하는 방법이었다.

나는 에이든의 개소리에 가운뎃손가락을 올린 다음, 천천히 시선을 정면으로 향했다.

이곳은 천안에 위치한 어느 주택가.

게이트나 던전이 한 번 폭주했던 지역이었는지, 드문드문 공사가 진행 중인 건물들이 보였다.

사실, 그리 어색한 풍경은 아니었다.

수도권에도 이처럼 복구 작업이 진행 중인 곳이 많았기 때문이다.

"저긴가."

나는 그 풍경 속에서 보육원 하나를 발견해 냈다.

작은 운동장이 보이는 그곳에는 '희망 보육원'이라는 명패가 걸려 있었다.

현재 시각은 오후 4시, 아이들이 한창 놀고 있을 시간답게, 운동장에는 몇몇 아이들이 뛰어다니고 있는 모습이 눈에 들어왔다.

지어진 지 꽤 된 것 같은 주위의 주택가들에 비해서 건물도 굉장히 깔끔했다. 지어진 지 얼마 안 되었다는 게 육안으로도 보인다.

겉으로 보기에는 아주 평범하고 깔끔해 보이는 보육원이었다.

하지만.

"너희가 넘겨준 정보에 따르면, 여기가 그 제단이라는 놈들과 관련되어 있다는 거지?"

미국 측의 정보에 따르면 이곳은 제단, 그러니까 정화자의 지부와 미묘한 연관성을 지니고 있다고 했다.

제단에 소속된 것으로 추정되는 인원이 주기적으로 방문하는 장소, 그렇게 적혀 있었다.

내 질문에 에이든은 두루뭉술하게 대답했다.

"그렇지. 하지만 틀리더라도 나한테 따지진 마라. 어차피 그 정보를 조사한 건 내가 아니니까. 나는 그저 정보를 전달했을 뿐이다."

"왜, 정보가 틀렸을까 봐 겁나냐?"

"……그럴 리가. 나는 태어나서 겁을 내 본 기억이 없다. 수천, 수만의 적 앞에서도 항상 자신감이 넘쳤었던 나다. 그런 내가 두려워할 게 뭐가 있겠어?"

그렇게 말하면서 내 눈치를 보는 걸 보니, 아무래도 그때 맞았던 성창이 꽤 아팠던 모양이다.

그래도 아직까지는 진위 여부를 제대로 확인하지 않았으니 넘어가 주도록 하자.

따끔하게 손봐 주는 건 정보를 확인한 이후에 하더라도 늦지 않으니까.

"그런데 어떻게 할 계획이야? 잠입이라도 할 건가?"

"잠입은 무슨. 나 혼자면 모를까, 너 같은 덩치를 데리고 잠입을 어떻게 해?"

우리 교황님 좀
말려 주세요

"그러면 어떻게 정보를……."

"그냥 당당하게 걸어 들어가면 되는 거지. 몸을 사릴 이유가 없잖아."

나는 보육원의 정문을 통해서 당당하게 안쪽으로 걸어 들어갔다.

그러자 운동장에서 놀고 있던 아이들이 일제히 나를 바라보기 시작했다.

그것은 어린아이들이 으레 보이는, 호기심 가득한 눈빛과는 다른 눈빛이었다.

오히려 경계심이 잔뜩 담긴 눈빛.

도대체 무엇을 그렇게 경계하고 있는 걸까.

그렇게 나와 에이든은 아이들의 눈빛을 받으며 조용히 건물 안으로 들어섰다. 그러자 곧 안쪽에서 한 중년 남성이 모습을 드러냈다.

흰머리가 살짝 섞여 있는 머리.

검은 뿔테 안경 뒤에 자리 잡고 있는 온화한 인상이 인상적인 남자였다.

"갑작스럽게 손님이 찾아온 것은 정말 오래간만의 일입니다. 보통은 미리 전화를 주고 오시거든요. 이곳의 원장을 맡고 있는 신형섭이라고 합니다."

그는 부드러운 목소리로 나에게 말했고, 나는 그를 따라 웃으면서 답했다.

"김시우입니다. 그런데 혹시 이곳은 약속 없인 오면 안 되나요?"

"그럴 리가 있겠습니까. 무슨 일로 오신 건지는 잘 모르겠지만, 일단 앉아서 이야기 나누시지요."

그는 그렇게 말하며 우리를 '원장실'이라는 팻말이 달려 있는 방으로 안내했다.

원장실 내부는 은은한 커피 향이 흐르고 있는 것을 제외하면 별다른 특이 사항이 없었다.

벽 쪽에 배치된 책장에는 교육에 관한 도서들과 아이들에게 읽어 주는 듯한 동화책이 꽂혀 있었고, 넓진 않았지만 상당히 포근한 분위기가 느껴지는 장소였다.

"차는 무엇으로 드릴까요?"

"불청객이 차까지 얻어 마실 순 없죠. 괜찮습니다."

나는 웃음을 지으며 의자에 앉았고, 에이든 역시 나를 따라서 내 앞자리에 앉았다.

"TV에서나 뵀었던 분이 이렇게 불쑥 찾아오니 많이 당황스럽습니다."

"아, 저를 아십니까?"

"모르려야 모를 수가 없지요. 뉴스만 틀었다 하면 나오시는 분이신데, 제가 어떻게 김시우 님을 모를 수가 있겠습니까?"

신형섭은 그렇게 말하며 자신의 잔에 남아 있던 식은 커피를 한 모금 들이켰다.

"저를 알고 계신다니 이야기가 조금 더 쉽겠네요. 저희 리멘 교단에서 직접 후원할 만한 곳을 찾고 있습니다."

"저희는 후원자분들을 언제나 환영합니다. 아실지 모르겠지만 보육 시설을 운영하기 위해서는 돈이 많이 듭니다. 정부의 지원 규모도 디멘션 오프닝 이전보다 많이 줄어들었고…… 그런데 혹시 저희 보육원에 어떻게 찾아오셨는지 여쭈어도 되겠습니까? 다양한 분들이 저희 시설을 후원해 주시고 있기는 하지만, 저희 보육원은 그리 유명한 곳이 아니거든요."

그의 말에 나는 조용히 그를 바라보았다. 정확히는, 그의 머리 위에 떠 있던 무언가를.

패시브 스킬 〈멸악의 의지〉가 상대방을 악인으로 규정합니다!
플레이어 〈신형섭〉의 악행을 나열합니다.
〈인신매매〉, 〈폭행〉 등 42건

나는 메시지 창을 바라본 다음, 입꼬리를 슬쩍 올리면서 말했다.

"내가 어떻게 왔는지보다는 무엇을 하러 왔는지가 중요하지 않을까?"

빛이 있으면 당연히 어둠도 존재한다. 그것은 너무나도 당연한 법칙이다.

따라서 어둠이 없는 세상이란 없다.

빛이 잘 드는 양지는 누구에게나 잘 보이지만, 그 뒷면에 존재하는 음지는 신경 쓰지 않으면 보이지 않는다.

그렇기 때문에 악한 것들은 음지에 몸을 숨긴다. 양지를 집어삼킬 수 있는 힘이 생기기 전까지, 그곳에 숨어 세력을 불린다.

마치 지금처럼.

"도대체…… 도대체 나한테 왜 이러…… 끄아아아악!"

"누가 보면 내가 악당인 줄 알잖아? 아이들 들을라. 한 번만 더 네 맘대로 비명을 내지르면, 성대를 끊어 버릴 거야."

"크흐흡."

나는 내 발밑에서 버둥거리는 신형섭을 바라보며 싸늘한 목소리로 말했다.

신형섭 이 녀석은 플레이어였지만, 전투에 특화된 플레이어는 아니었다.

전투보다는 본인만의 기지를 구축하는 데 능한 플레이어였던 것이다.

아까부터 느껴지던 불쾌한 마력들은 모두 이 녀석 이 시설을 중심으로 전개한 조악한 결계로부터 기인하고 있었다.

그리고 그것은 마법이라기보다는 주술에 가까운 형태로, 적을 방어해 내기보다는 무언가를 숨기는 데에 특화되어 있는 듯했다.

"당신, 나한테 이러는 건 실수하는 거야."

"실수?"

"내가 정말 혼자서 이곳을 운영하고 있었던 것 같아?"

신형섭은 예상했던 것 이상으로 추악한 놈이었다.

도망가지 못하게 다리를 분질러 놓았음에도 주둥이가 살아서 끝없이 나불거리는 모습이 아주 가관이었다.

일단, 미국 측에서 제공한 정보에 따르면 이 시설은 아이들을 보육하는 시설이 아니라 아이들을 사고파는 시설이었다.

각종 사고로 인해서 부모를 잃어버린 아이들을 데려와서 수요자들에게 공급하는, 쉽게 말하자면 인신매매를 위해 존재하는 장소였던 것이다.

언제나 느끼는 거지만 현실은 드라마나 영화보다 더 끔찍하다.

디멘션 오프닝으로 인해 대폭 약화된 정부의 힘은, 이런 쓰레기들에게 유리한 상황을 만들어 줬다.

그나마 정부의 힘이 남아 있다는 대한민국이 이 정도라면, 도대체 다른 곳은 얼마나 지옥 속을 살아가고 있다는 걸까.

그 생각을 하니 입이 썼다.

"아까 너희가 이곳에 발을 들여놓았을 때, 그때 이미 경찰을 불렀어."

"아이들을 사고파는 새끼치고는 공권력에 대한 믿음이 상당하네."

"이레귤러라고 하더라도 증거 없이 사람을 이렇게 매도해도 되는 거냐? 네가 다른 세계에 있다가 와서 잘 모르나 본데, 대한민국은 힘만 가지고 뭘 할 수 있는 나라가 아니야."

당장 죽어도 무방한 상황이었음에도 이 녀석이 이렇게 기고만장한 이유란 뻔했다.

자기 딴에는 든든한 뒷배가 있다고 생각하고 있는 것이다.

굳이 길게 생각하지 않고서라도 이 녀석의 뒷배가 어떤 놈들일지는 예상할 수 있었다.

고위 공무원이나 정치인, 그런 놈들이겠지.

그렇기 때문에 인신매매범이 경찰을 부른다는 희대의 개소리를 지껄일 수 있는 것이다.

"나는 단 한 번도 범죄를 저지른 적이 없는 사람이야. 그런 나를 인신매매범으로 몰–."

콰드드득–

더 이상 들었다가는 귀가 더러워지는 기분이라서 그냥 성대를 찌그러뜨려 버렸다. 그리고 서비스로 턱뼈까지 으스러뜨렸다.

그제야 신형섭의 입이 조용해진다.

녀석의 얼굴은 고통으로 잔뜩 일그러졌지만, 녀석의 비명 소리는 밖으로 새어 나오지 못했다.

"네가 지금 착각을 하고 있나 본데, 내가 여기에 온 이유는 너한테 무언가를 물어보려고 온 게 아니야."

나는 한결 조용해진 신형섭의 멀쩡한 오른팔을 발로 짓이기면서 말을 이어 갔다.

"정보의 진위를 두 눈으로 확인하려고 왔을 뿐인데, 뭘 그렇게 자꾸 혀가 길어져? 처음부터 너한테 뭔가를 물어볼 생각은 없었어."

이 녀석이 말해 줄 수 있는 정보 대부분은 이미 미국이 건네준 서류 안에 들어 있었다.

제단과의 연관성?

굳이 그건 직접 확인해 볼 것도 없었다.

"네가 정말 뭔가 되는 놈이었다면 무슨 수를 써서라도 너에게 마기를 주입했겠지."

정화자는 같은 조직에 속한 인원들끼리도 지부가 다르면 아지트의 위치를 공유하지 않을 정도로 폐쇄적인 조직이다.

그런 마당에 마기조차 내려 받지 못한 놈 따위가 핵심적인 정보를 알고 있을 리가 없다.

기껏해야 아이들을 팔아넘긴 고객들 중 하나.

그 정도가 아마 이 녀석과 제단의 연관성일 터였다.

"그래도 네 덕분에 몇 가지 사실은 확실하게 깨달았다."

미국이 나에게 건네준 정보의 신뢰도가 높다는 점.

그리고 내가 생각했던 것 이상으로 대한민국의 내부가 썩어 있었다는 점.

교세 확장을 위해서 해외로 눈을 돌릴 때가 아니었다.

"일단 국내의 쓰레기들부터 청소하는 게 먼저였어."

리멘은 자신의 아이들이 불의를 보고 그냥 지나치지 않기를 바랐다.

어둠으로 가득 찬 세상일지라도, 그 어둠을 밝힐 수 있는 등불이기를 원했다.

그런 리멘이 지금 이 상황을 보면 뭐라고 말했을까?

길게 생각할 것도 없었다.

나는 어느새 팔다리가 너덜거리는 신형섭의 목을 잡아 올리면서 조용히 말했다.

"걱정하지 마. 너 안 죽어."

"으거거거걱."

"아이들이 저렇게 즐겁게 놀고 있는데, 옆에서 내가 사람을 죽일 리가 없잖아?"

나는 창문 밖에서 에이든과 함께 뛰어놀고 있는 아이들을 턱짓으로 가리키며 말했다.

경계의 시선을 보냈던 것도 잠시, 아이들은 해맑은 표정으로 에이든과 놀고 있었다.

2m에 육박하는 거구의 아저씨가 무서울 법도 하지만, 어

린아이들은 아랑곳하지 않고 에이든에게 주렁주렁 매달려 있었다.

"널 그냥 두면 나에 대해 안 좋은 이야기를 하고 다닐 게 분명하잖아? 그러면 좀 곤란해지거든. 우리 종교인들도 이미지로 먹고사는 편이라 이미지 관리가 아주 중요하단 말이야."

고통스러운 와중에도 신형섭은 필사적으로 고개를 가로저었다. 턱뼈가 으스러진 탓에 녀석의 입에서는 침이 줄줄 흘러내렸다.

나는 그 볼품없는 모습을 바라보면서 비릿하게 입꼬리를 올렸다.

"척추 하나만 양보하자. 적어도 죽는 것보단 낫지. 개똥밭에 굴러도 이승이 낫다잖냐. 안 그래?"

❧

신형섭이 그토록 기다렸던 경찰은 30분이 지나고 나서야 현장에 도착했지만, 그들은 아무것도 할 수 없었다.

경찰의 뒤를 따라 또 다른 공무원들이 도착했기 때문이다.

또 다른 공무원들이란 당연하게도 이능관리부 소속의 인원들이었다.

거기에 상황이 상황인지라, 예상하지도 못했던 거물이 직접 행차하셨다.

"유 장관님께서 직접 오실 줄은 몰랐습니다."

"뭐라 드릴 말씀이 없습니다."

지금쯤이면 한일 정상 회담에 참석하고 있어야 할 유선호 장관이 직접 찾아온 것이다.

연락한 지 얼마 되지 않아 이렇게 찾아온 것을 보면 헬기를 타고 급히 이동한 것 같았다.

그리고 그것은 유선호 장관이 현재 상황을 심각하게 받아들이고 있다는 뜻이기도 했다.

유선호 장관의 표정이 심각해 보이는 건 어쩌면 당연한 일일지도 모른다.

이능관리부가 파악하지 못한 곳에서 버젓이 흉악 범죄가 일어나고 있었다는 건, 다르게 말하자면 이능관리부의 무능을 의미하니까.

게다가 진짜 문제는 이 보육원은 빙산의 일각이란 점이었다.

"여기, 미국에서 저에게 건네준 자료입니다. 보시면 이번 사건과 관련되어 있을 가능성이 높은 사람들의 명단이 적혀 있습니다."

유선호 장관은 내가 건네준 서류를 약 10분 정도 아무 말 없이 읽어 내려갔다.

미국 쪽에서 추가로 제공한 정보에는 이곳과 관련되어 있는 기업, 공무원, 정치인들의 명단이 담겨 있었다.

서류를 읽어 내려가던 유선호 장관의 손이 떨리기 시작했다.

항상 포커페이스를 유지해 왔던 유선호 장관의 얼굴에는 치욕감, 분노 등의 감정이 빠르게 스쳐 지나갔다.

서류를 끝까지 읽어 내려갔음에도 그의 분노는 쉽게 사라지지 않았다. 그는 창문 밖을 바라보면서 가까스로 숨을 골랐다. 그리고 내 옆에 서 있던 에이든을 향해서 조용히 말했다.

"미국의 도움에…… 진심으로 감사를 표합니다."

그 말에는 왜 이런 정보를 지금에서야 알려 줬는지에 대한 원망 같은 건 섞여 있지 않았다.

그것은 유선호 장관 스스로가 이 사태의 본질을 깨닫고 있었기 때문일 것이다.

"유선호 장관님. 당신이 뛰어난 관료라는 것은 우리 미국에서도 알고 있습니다. 다만, 이건 별개의 문제입니다. 한국은 빌런들로부터 자유롭지 못합니다. 이미 그들은 한국의 각 성자 사회와 깊숙하게 연관되어 있습니다."

에이든은 지난번에 일본 총리와 정중하게 이야기를 나눴던 것처럼 아주 정중한 목소리로 말했다.

"저희 미국은 여태까지 한국이 이 문제를 스스로 해결하지 못할 것이라 판단하고 있었습니다. 자칫하면 내정간섭으로 번질 수 있는 문제였기에, 조심스러울 수밖에 없었습니다."

"충분히 이해하고 있습니다."

"이해해 주신다니 고맙습니다, 유선호 장관님."

곰의 탈을 쓴 능구렁이 야만인은 고개를 돌려 나를 바라보았다.

"하지만 지금의 한국은 그 어떤 것보다 날카로운 칼을 손에 넣은 상태입니다. 환부를 도려내기에 충분하고도 남는, 아주 성능 좋은 칼이죠. 게다가 그 칼은 올바른 길을 추구하려 합니다. 한미 동맹에 있어서 이만한 행운이 어디 있겠습니까?"

성능 좋은 칼이란 당연히 나를 두고 하는 소리다.

나는 능글맞게 웃는 에이든을 바라보면서 작게 한숨을 내뱉었다.

정중한 말들로 포장되어 있지만, 에이든의 말에 담긴 뜻은 하나였다. 그리고 그것은 내가 유선호 장관에게 하고 싶었던 말과 일치한다.

"동양에는 이런 말이 있더군요. 새 술은 새 부대에 담아야 한다. 참 좋은 말 아닙니까?"

에이든의 말에 유선호 장관은 쓴웃음을 지으면서 고개를 끄덕였다. 그리고 나를 향해 물었다.

"한일 정상 회담이 급한 문제가 아니었단 걸 이제야 깨닫습니다. 이 늙은이의 무능이 참으로 부끄럽습니다. 죄송하니다. 시우 님."

"장관님께서 사과하실 일이 아닙니다."

이능관리부의 힘이 한계에 다다른 상태라는 건 꽤 오래전부터 알고 있었다.

정부가 충분한 억제력을 상실한 상황에서는 당연히 암적인 존재들이 자라나기 마련이다.

이딴 걸 보고도 아무런 행동을 하지 않는 것은 우리의 교리에 어긋난다.

지금까지는 리멘 교단이 문제없이 자리 잡게 하기 위해서 최대한 소극적으로 대응했지만, 이런 범죄 현장을 두 눈으로 직접 목격하게 되니 생각이 바뀌었다.

교단이 걸어 나가야 할 방향성을 다시 잡아야만 했다.

우리가 가만히 있어서는 아무것도 바뀌지 않는다. 그렇기에 우리가 리멘을 위해서 해야 할 일은 이미 정해져 있었다.

"이제부터는 제가 오지랖을 좀 부려 볼까 합니다."

내 말에 담긴 뜻을 이해한 유선호 장관이 눈을 감으면서 침음을 흘렸다.

그리고 쓸쓸한 목소리로 대답했다.

"돌아가는 대로 대통령님과 본격적으로 의논을 시작하겠습니다. 그리 오래 걸리진 않을 겁니다."

그렇게 말하는 유선호 장관의 표정은 의외로 덤덤해 보였다.

마치 이런 일이 벌어질 것이란 걸 미리 예상했다는 듯이.

나는 그런 유선호 장관을 바라보면서 조용히 고개를 끄덕일 뿐이었다.

⁂

세종특별자치시에 위치한 신청와대.

유선호 장관은 숨을 가다듬은 다음, 대통령 집무실의 문을 두드렸다.

"대통령님, 유선호 장관입니다."

"들어오세요."

문을 열고 들어서자 피로한 기색이 역력한 서신우 대통령의 모습이 눈에 들어왔다.

유선호 장관은 대통령을 향해 묵례를 취한 뒤, 조용히 그를 향해 다가갔다.

"보고는 받았습니다. 미국이 제공해 준 정보는 확실한 겁니까?"

"미국이 저희에게 잘못된 정보를 주었을 확률은 극히 낮습니다."

"우리만 이 정보를 모르고 있었다는 건 참 부끄러운 일입니다. 차마 고개를 들고 다닐 수가 없을 것 같군요. 이 정도로 부패가 만연해 있을 줄은…… 후우."

서신우 대통령은 쓰고 있던 안경을 벗어서 책상 위에 내려놓았다. 그리고 손으로 얼굴을 쓸어내렸다.

"김시우 각성자가 원하는 건 정확히 무엇입니까?"

"사회문제에 적극적으로 개입할 수 있기를 원하고 있습니다. 이를테면 이번 보육원 사건처럼 빌런을 직접 처벌할 수 있는 권한을 요구하고 있습니다."

"유선호 장관님은 어떻게 생각하십니까?"

대통령의 질문에 유선호 장관은 곧바로 대답했다.

"유럽이나 미국의 경우를 고려한다면 가능하다고 봅니다. 특히 미국의 이레귤러들에게는 불소추특권에 준하는 면책특권이 주어집니다. 우리 역시 이능특별법에 의거하여 관련 법령을 제정할 수 있을 걸로 보입니다."

"어마어마한 특권입니다. 억울한 피해자가 생길 수도 있어요."

"이레귤러란 본디 그런 존재들입니다. 미국은 이레귤러들을 이용하여 빌런들을 철저하게 분쇄해 왔습니다. 그런 점에서 봤을 때, 우리의 이레귤러가 김시우 각성자라는 점은 큰 행운일지도 모릅니다. 그는 이미 리멘 교단이라는 단체를 이끌고 있습니다. 따라서 권한이 주어진다고 하더라도 마구잡이로 남용하진 못할 겁니다."

지킬 게 많은 사람은 함부로 움직이지 못한다.

서 대통령은 단순명료한 유선호 장관의 논리에 천천히 고개를 끄덕였다. 그리고 머릿속으로 김시우를 떠올렸다.

종교적인 색채를 떠나서, 김시우는 여론에 굉장히 민감한 모습을 보여 줬다. 또한 본인의 행동과 발언이 대중들에게 어떤 영향을 끼치는지도 정확히 인지하고 있었다.

막강한 권한에는 그에 준하는 책임이 뒤따른다. 그리고 김시우는 그걸 모를 정도로 멍청한 남자가 아니었다.

'잘만 조율한다면…….'

뿌리부터 얽혀 있는 부정부패는 물론이며, 국내 정세를 아예 새롭게 재편할 수 있는 좋은 기회가 될지도 모른다.

거기까지 계산을 끝낸 서 대통령은 고개를 끄덕였다. 그리고 책상 위에 놓여 있던 유선전화를 통해 비서실에 지시를 내렸다.

"여당 대표와 제1야당 대표에게 지금 당장 청와대로 들어오라고 하세요."

그가 결정을 내리는 데까지는 그리 오랜 시간이 걸리지 않았다.

짧은 전화를 끝낸 서 대통령은 크게 한숨을 뱉어 냈다.

호랑이 등에 올라탄 기분이었지만, 멈출 생각은 없었다.

❖

보육원에 있던 아이들이 정부에서 운영하는 시설로 입소

하는 것을 마지막으로 사건은 일단 마무리되었다.

대대적인 언론 보도는 없었다.

한일 정상 회담이 개최되는 기간이라서 그런 건 아니었고, 보육원과 관련되어 있던 모든 비리를 단번에 밝혀내기 위해서였다.

그것과 관련해서 서 대통령으로부터 전화가 오기도 했다.

―보육원과 관련되어 있던 모든 관련자가 반드시 죗값을 치르도록 하겠습니다. 탐탁지 않으시겠지만 이번 건만큼은 저희에게 일임해 주셨으면 합니다. 김시우 각성자에게 이레귤러에 걸맞은 권한을 주기 위해서는 다소 시간이 필요합니다. 그 전까지는 최대한 조심해 주시면 감사하겠습니다.

대통령이라는 사람이 저렇게까지 말하는데 재촉을 할 수가 없었다.

한일 정상 회담으로 인해서 정신이 없는 와중에도 직접 전화를 걸었던 걸 보면 그 나름대로 성의를 표시한 것이라고도 볼 수 있었다.

아무튼.

그렇게 심란한 밤이 지나고, 다음 날 아침.

생각할 게 많아서 이른 아침에 신전에 나왔는데, 나보다 먼저 신전에 나와서 바닥을 쓸고 있는 한 남자와 소년을 마주할 수 있었다.

"아, 나오셨습니까 교황님? 평소보다 일찍 나오셨군요."

"안녕하세요, 교황님!"

"좋은 아침입니다 진서준 형제님. 승우도 좋은 아침."

둘의 정체는 승우와 승우의 아버지인 진서준 씨였다.

병원에서 퇴원한 이후로 신전 관리인으로 교단에 고용된 진서준 씨는 항상 이렇게 성실하게 신전을 관리해 주는 중이었다.

나는 웃으면서 그 둘을 바라보았다.

부자의 표정은 정말로 행복해 보였다.

"승우는 오늘 학교 안 가?"

"시간이 좀 남아서 아빠를 도와드리고 있었어요."

"우리 승우 참 성실하네. 시연이는 내가 나올 때까지도 자고 있었는데."

"미인은 원래 잠꾸러기라잖아요, 헤헤."

우리 시연이가 예쁜 건 맞는데 저 입에서 나오니까 기분이 참 이상하네.

안 그래도 최근에 둘이 까톡하고 있는 걸 본 것 같은데 말이지.

하지만 진서준 씨가 바로 옆에 있었기 때문에 뭐라고 할 수는 없었다.

탐탁지는 않지만 넘어가 주도록 하자.

"그래, 요새 레오 대주교로부터 수업은 잘 듣고 있지?"

"네!"

"레오 대주교가 너무 엄하게 교육하는 건 아니고?"

"항상 친절하셔서 좋아요. 가끔 루나 님도 오셔서 도와주시기도 하구요!"

일본에서 돌아온 이후로 승우의 교육은 전적으로 레오가 전담하고 있다.

승우는 선지자로서 선택된 아이다.

교단에 합류한 선지자는, 선지자라면 반드시 교육받아야 하는 교리, 신성력 운용법 등을 숙지해야만 한다.

막 교단에 들어온 신성 계열 플레이어들보다 훨씬 더 전문적인 교육을 받아야 하는 것이다.

어린아이에게 다소 부담이 될 수도 있겠지만, 그래도 레오와 루나가 성심성의를 다해서 가르쳐 주고 있는 모양이다.

둘 다 선지자 출신이기도 하고, 아이들을 좋아하니까 크게 걱정하진 않고 있었다.

"다행이네."

승우도 우리 교단에 들어오면서 각성자로 분류되었다.

그래서 각성자 아카데미의 초등반으로 배정받았고, 지난주부터 등교하는 중이다.

승우는 처음 만났을 때보다 확실히 얼굴이 밝아졌다. 아빠를 제발 구해 달라고 간절히 기도했던 때가 엊그제 같은데,

이제는 얼굴에서 그늘을 찾아볼 수가 없었다.

나로서는 뿌듯할 수밖에 없는 변화였다.

그리고 그것은.

"항상 리멘님과 교황님께 감사드리고 있습니다. 평생 이 은혜를 갚아 나가겠습니다."

승우의 아버지, 진서준 씨도 마찬가지였다.

참고로 진서준 씨는 지난번에 세례식을 통해서 세례를 받은 사람 중 한 명이다.

덕분에 그의 몸에서 은은하게 신성력이 피어오르고 있었다.

"리멘님께서는 이미 형제님의 진심을 알고 계십니다. 형제님이 이곳에서 행복하시다면, 리멘님께서는 그것으로 만족하실 겁니다."

만약 승우의 기도가 나에게 들리지 않았다면 그들은 이곳에 오지 못했을 것이다.

진서준 씨는 응급실에서 괴한의 습격을 받아 세상을 떠났으리라.

승우 역시 죽거나, 어제 봤던 보육 시설로 팔려 가는 최후를 맞이했을 테고.

새삼 둘의 존재가 고마웠다.

아침 일찍 나와서 사이좋게 신전을 관리하고 있는 이 부자를 보고 있자니, 지난밤 동안의 고민이 부질없었다는 것을 느꼈다.

처음부터 복잡하게 생각할 것 없었다.

에덴에서도 그랬듯, 우리 교단은 결국 많은 이들이 행복할 수 있도록 노력하면 될 뿐이다.

나쁜 놈이 보이면 아무도 모르게 분리수거 해 버리면 되고, 착한 사람이 보이면 도와주고.

교단이란 게 결국 그런 거 아니겠어?

나는 둘을 바라보면서 기분 좋게 미소를 지었다.

"아침부터 귀중한 선물을 받은 기분이네요. 즐거운 하루가 될 것 같습니다. 감사합니다."

"예?"

"그런 게 있습니다. 날씨가 참 좋네요."

역시, 나에게는 단순한 게 최고다.

지난밤에 가슴이 답답했던 것도 내가 어울리지 않게 고민을 했기 때문인 듯하다.

나는 그들을 향해 웃으면서 고개를 숙인 다음, 가벼운 발걸음으로 내 집무실을 향해 걸어갔다.

머릿속이 청량해진 기분이었다.

※

내가 아침 일찍 신전으로 출근한 데에는 당연히 이유가 있었다.

"매일 불효만 저지르던 우리 둘째가 처음으로 효자 같다 느껴집니다. 아침에 집에서 나오면서 제가 안사람에게 얼마나 자랑했는지 모르실 겁니다. 안사람이 꼭 김시우 교황님을 뵙고 싶다고 조르는 걸 겨우 말리고 왔습니다."

"사모님이 함께 오셔도 좋았을 것 같습니다."

"저희 안사람이 워낙 말이 많은 편이라서 말이지요. 하하!"

나는 내 앞에서 사람 좋게 웃음을 짓는 유선 그룹의 최길영 회장을 바라보면서 부드럽게 미소 지었다.

호부 밑에 견자 없다고, 최길영 회장은 아들인 최서진 대표만큼이나 호방한 인물이었다.

도저히 67세라고 믿을 수 없는 탄탄한 근육들과 180은 가뿐히 넘는 체격은 그가 최서진 대표의 아버지란 사실을 여실히 알려 주고 있었다.

내가 가지고 있던 재벌 그룹 회장에 대한 이미지와는 사뭇 다른 인물인 건 틀림없었다.

안경을 쓰고 지적이고 온화한 분위기. 그것이 내가 재벌 회장들에 가지고 있던 대략적인 이미지였는데, 역시 사람은 직접 만나 봐야 안다.

다만, 이 사람이 재벌 회장 중에서도 상당히 특이한 캐릭터인 건 의심의 여지가 없어 보였다.

일이 잘 안 풀리면 주먹으로 해결할 것 같은 건 단순한 기분 탓일까?

"원래는 제가 직접 찾아뵐 생각이었습니다."

"목이 마른 사람이 우물을 파는 법입니다, 김시우 교황님. 제가 찾아뵙는 건 아주 당연한 일입니다."

타이밍도 좋았다.

언론들의 눈이 한일 정상 회담에 집중된 상황이기도 했고, 아직까지 신전이 있는 이 그라운드 제로는 통제구역이기도 했으니, 이곳만큼이나 보안이 확실한 곳은 없었다.

들어올 때도 비밀 출입구(대형 길드들이 파 둔 백도어)를 이용했기 때문에 이 만남이 노출되었을 확률은 지극히 낮았다.

일부러 순례객들이 입장하지 않은 이른 아침에 약속을 잡은 이유도 이것 때문이기도 하고.

아무튼.

나는 레오가 내려 준 녹차를 마시면서 슬며시 최 회장에게 말했다.

"보통 다른 사람들은 저를 교황보다는 각성자라고 부릅니다. 교황이라는 칭호가 어색하시면 그리 부르셔도 좋습니다."

"한 교단을 이끄시는 분인데, 교황이라고 부르지 않는 건 무례한 행동입니다."

확실히 이런 부분까지도 아들과 닮았다. 아니지, 이런 경우에는 아들이 아버지를 닮았다고 해야 하나?

"또한 제가 오늘 이곳에 찾아온 이유는 개인 대 개인이 아닌, 수장 대 수장으로서 유선 그룹과 리멘 교단의 일을 논의하기 위해서입니다. 그러니 교황이라는 호칭은 당연하다고 생각합니다."

단호한 말투에서 그의 성격이 대강 엿보인다.

최 대표의 성격에 원칙주의를 더하면 딱 저런 모습일 것 같다.

교황이라고 부르겠다는 사람을 막을 이유는 없었다.

최 회장은 자신의 앞에 놓인 녹차를 한 모금 마신 후, 부드럽게 웃으면서 말을 이어 갔다.

"유통에 관심이 있으시다고 들었습니다. 자세한 이야기를 듣고 싶습니다."

"음, 일단 직접 보시는 게 빠를 것 같습니다. 레오 대주교?"

내 부름에 레오는 작은 판을 들고 집무실 안으로 들어섰다. 그리고 그 판을 나와 최 회장 사이에 놓여 있던 탁자 위에 조심히 내려 두었다.

판 위에는 각각 보급형 성수, 중급 성수가 담긴 병 두 개와 하급 신성석으로 제작된 신성석 팔찌가 놓여 있었다.

참고로 저 팔찌는 도깨비 길드에게 팔았던 팔찌와는 비교도 할 수 없을 정도로 품질이 떨어진다.

레오가 직접 축성했던 팔찌들과는 다르게, 저 팔찌를 축성한 것은 우리 교단의 신입들이었기 때문이다.

　－축성 역시 가장 기초적인 축복이라고 할 수 있죠. 병아리들 교육도 하고, 팔찌도 만들고. 그 와중에 재능 있는 친구 보이면 축성 사제로 키울 수 있고. 이거야말로 일석삼조 아니겠어요?

　그리고 이 팔찌는 내가 아니라 루나의 아이디어로 만들어진 결과물 되시겠다.

　누구한테 배웠는지는 몰라도 밑사람을 갈아 넣기에 아주 탁월한 아이디어였다.

　팔찌 제작에 사용된 하급 신성석은 하급 마정석을 루나가 직접 변환시켰다.

　루나의 성의가 들어가 있는 셈.

　게다가 최상급 신성석을 이용한 팔찌에 비해선 손색이 있을지는 몰라도 분명히 이로운 효과를 지니고 있다.

　시스템에 의해 〈아이템〉으로 분류될 정도기도 하고, 플레이어가 아닌 일반인의 건강에도 분명히 도움이 될 것이다.

　"저희 교단에서 판매하고 싶은 성수와 팔찌입니다."

　"잠시 설명을 부탁드려도 되겠습니까?"

　"물론입니다."

　나는 흥미를 보이는 최 회장에게 간단하게 설명을 해 줬다.

일반인들에게도 판매될 최하급 성수와 신성석 팔찌.

그 두 가지에 대한 설명을 들은 최 회장은 감탄사를 내뱉으면서 고개를 끄덕였다.

"효과만 입증된다면 분명히 큰돈이 될 겁니다."

"그렇겠죠?"

"건강이란 시대를 불문하고 인류의 오랜 숙제였습니다. 치유 능력을 인정받은 플레이어들은 각국의 부자들로부터 천문학적인 금액에 고용되고는 하지요. 그들의 몸값이 비싸진 이유 중 하나였습니다."

건강을 위해선 돈을 아끼지 않는 사람들이 많다. 애초에 이 두 상품은 그들의 니즈를 노리고 판매될 것이다.

에덴에서도 마찬가지였다.

축성소에서 가장 많은 매출을 가져다주는 건 부유한 귀족이나 상인 계층이었다. 그리고 교단은 축성소에서 발생한 수익으로 빈민들을 구제하는 등, 아주 다양한 활동을 이어 나갔다.

일종의 리멘식 재분배라고 부를 수 있겠다. 그리고 나는 지구에서도 그것을 이어 갈 생각이고.

"이미 두 상품으로도 충분히 흥미롭습니다. 신성력을 이용한 지구 최초의 상품이라…… 분명히 엄청난 수요가 발생할 것 같습니다."

"여기서 놀라시면 곤란합니다. 진짜는 이 녀석부터거든요."

우리 교황님 좀
말려 주세요

나는 그렇게 말하며 중급 성수가 담겨 있는 병을 가볍게
흔들었다.

"중급 성수라고 합니다. 자세한 스펙을 말씀드리기 전에,
이미 미국 정부에서 50프로를 구매해 갔다는 것부터 말씀드
리고 싶군요."

재계 순위 5위라는 유선 그룹의 회장 앞에서 본격적인 약
팔이 쇼가 시작되었다.

※

유선 그룹의 회장실.

최서진은 창문 밖을 바라보고 있는 자신의 아버지, 최길영
을 향해 넌지시 물었다.

"어떠셨습니까, 아버지."

"참 재밌는 젊은이더구나. 첫 만남부터 나를 대놓고 벗겨
먹으려는 놈은 처음이었어. 하마터면 그룹의 기둥까지 뽑힐
뻔했단다."

"그래서, 기둥뿌리까지 뽑아 주셨습니까?"

"기둥을 뽑아 주면 우리는 뭐로 먹고산단 말이냐? 대신 기
둥을 하나 만들어 주기로 했다."

"손해 보신 것치고는 얼굴이 참 밝으십니다."

"손해? 하하하!"

최길영은 크게 웃으면서 뒤로 돌았다. 그리고 최서진을 바라보면서 말했다.

"너도 정말 손해라고 생각하느냐?"

"그럴 리가 있겠습니까? 제 덕분에 리멘 교단에 손을 보태셨는데, 이 아들놈에게 뭐라도 주십사 해서 말씀드렸습니다."

"고얀놈. 다 늙은 아비한테 뭘 더 뜯어먹으려고. 내가 먹을 것도 없다. 이따가 술 진열장에서 술이나 몇 병 가져가려무나."

"흐흐, 사양하지 않겠습니다."

애주가인 최길영의 술 진열장에는 구하기 힘든 술들이 많았다. 최서진은 만족스럽게 고개를 끄덕인 다음, 천천히 아버지 옆으로 다가갔다.

최길영은 어느새 자신의 옆에 선 아들을 향해 말을 이어나갔다.

"장사꾼은 어떤 세상이 와도 적응하여 이윤을 남겨야 한다. 적응하는 방법엔 아주 여러 가지가 있지. 최선은 내가 세상을 바꾸는 것이다. 자신이 바꾼 세상이라면 적응할 필요조차 없거든."

최서진은 최길영의 말을 가만히 들었다.

그의 아버지는 원래 기분이 좋으실 때 말이 많아지신다. 즉, 그는 지금 기분이 굉장히 좋다는 뜻이었다.

"하지만 최선을 선택할 수 없다면, 차선을 선택해야 한다.

차선은……."

"세상을 바꾸는 놈 옆에 붙어 있어라."

"그래. 그게 차선이지."

아들의 대답에 최길영은 만족스럽게 고개를 끄덕였다.

"그래도 내 자식 놈들 중에선 서진이 네가 그나마 눈이 좋아. 네 말대로 직접 찾아가 보길 잘했다."

"그렇게나 마음에 드셨나 봅니다."

"마음에 든다 뿐일까. 그 김시우라는 놈, 세상을 바꾸고도 남을 놈이다. 아니, 더 정확하게는."

최길영은 아까 전에 보았던 젊은 교황, 김시우의 얼굴을 떠올렸다. 그리고 짙은 웃음을 지으면서 말을 맺었다.

"세상을 바꿀 수밖에 없는 놈이다."

다음 권으로 이어집니다

One for all
원포올

일라잇 스포츠 장편소설

**작렬하는 슛, 대지를 가르는 패스
한계를 모르는 도전이 시작된다!**

축구 선수의 꿈을 품은 이강연
냉혹한 현실에 부딪혀 방황하던 중
운명과도 같은 소리가 귓가에 들어오는데……

당신의 재능을 발굴하겠습니다!
세계로 뻗어 나갈 최고의 축구 선수를 키우는
'One For All' 프로젝트에, 지금 바로 참가하세요!

단 한 번의 기회를 잡기 위해
피지컬 만렙, 넘치는 재능을 가진 경쟁자들과
최고의 자리를 두고 한판 승부를 벌인다!

**실력만이 모든 것을 증명하는
거친 그라운드에서 당당히 살아남아라!**

기갑천마

거짓이슬 퓨전 판타지 장편소설

종말을 막지 못한 절대자
복수의 기회를 얻다!

무림을 침략한 마수와의 운명을 건 쟁투
그 마지막 싸움에서 눈감은 무림의 천하제일인, 천휘
종말을 앞둔 중원이 아닌 새로운 세상에서 눈을 뜨는데……

"천휘든 단테든, 본좌는 본좌이니라."

이제는 백월신교의 마지막 교주가 아닌 평민 훈련병, 단테
그럼에도 오로지 마수의 숨통을 끊기 위해
절대자의 일 보를 다시금 내딛다!

에이스 기갑 파일럿 단테
마도 공학의 결정체, 나이트 프레임에 올라
마수들을 처단하고 세상을 구원하라!